中 国 当 代 作 家 论

谢有顺 主编

贾平凹论

中国当代作家论

谢有顺 主编

苏沙丽／著

贾平凹论

作家出版社

苏沙丽

■ 湖南浏阳人，先后就读于苏州大学、中山大学，获文学硕士、文学博士学位。主要从事中国现当代文学研究，已出版专著《思想的乡愁——百年乡土文学与知识者的精神图像》；在《中国现代文学研究丛刊》《文艺争鸣》《当代作家评论》《南方文坛》等刊物上发表学术论文多篇。

主编说明

自从到大学工作以后，就不时会有出版社约我写文学史。很多文学教授，都把写一部好的文学史当作毕生志业。我至今没有写，以后是否会写，也难说。不久前就有一份高等教育出版社的文学史合同在我案头，我犹豫了几天，最终还是没有签。曾有写文学史的学者说，他们对具体作家作品的研究，是以一个时代的文学批评成果为基础的，如果不参考这些成果，文学史就没办法写。

何以如此？因为很多学问做得好的学者，未必有艺术感觉，未必懂得鉴赏小说和诗歌。学问和审美不是一回事。举大家熟悉的胡适来说，他写了不少权威的考证《红楼梦》的文章，但对《红楼梦》的文学价值几乎没有感觉。胡适甚至认为，《红楼梦》的文学价值不如《儒林外史》，也不如《海上花列传》。胡适对知识的兴趣远大于他对审美的兴趣。

《文学理论》的作者韦勒克也认为，文学研究接近科学，更多是概念上的认识。但我觉得，审美的体验、"一个灵魂唤醒另一个灵魂"的精神创造同等重要。巴塔耶说，文学写作"意味着把人的思想、语言、幻想、情欲、探险、追求快乐、探索奥秘等等，推到极限"，这种灵魂的赤裸呈现，若没有审美理解，没有深层次的精神对话，你根本无法真正把握它。

可现在很多文学研究，其实缺少对作家的整体性把握。仅评一个作家的一部作品，或者是某一个阶段的作品，都不足以看出这个作家的重要特点。比如，很多人都做贾平凹小说的评论，但是很少涉及他的散文，这对于一个作家的理解就是不完整的。贾平凹的散文和他的小说一样重要。不久前阿来出了一本诗集，如果研究阿来的人不读他的诗，可能就不能有效理解他小说里面一些特殊的表达方式。于坚也是一个典型的例子。很多人只关注他的诗，其实他的散文、文论也独树一帜。许多批评家会写诗，他写批评文章的方式就会与人不同，因为他是一个诗人，诗歌与评论必然相互影响。

如果没有整体性理解一个作家的能力，就不可能把文学研究真正做好。

基于这一点，我觉得应该重识作家论的意义。无论是文学史书写，还是批评与创作之间的对话，重新强调作家论的意义都是有必要的。事实上，作家论始终是中国现代文学的一个宝贵传统，在1920—1930年代，作家论就已经卓有成就了。比如茅盾写的作家论，影响广泛。沈从文写的作家论，主要收在《沫沫集》里面，也非常好，甚至被认为是一种实验。中国现代文学研究界的许多著名学者都以作家论写作闻名。当代文学史上很多影响巨大的批评文章，也是作家论。只是，近年来在重知识过于重审美、重史论过于重个论的风习影响下，有越来越忽略作家论意义的趋势。

一个好作家就是一个广阔的世界，甚至他本身就构成一部简易的文学小史。当代文学作为一种正在发生的语言事实，要想真正理解它，必须建基于坚实的个案研究之上；离开了这个逻辑起点，任何的定论都是可疑的。

认真、细致的个案研究极富价值。

为此，作家出版社邀请我主编了这套规模宏大的作家论丛书。经过多次专家讨论，并广泛征求意见，选取了五十位左右最具代表性的作家作为研究对象，又分别邀约了五十位左右对这些作家素有研究的批评家作为丛书作者，分辑陆续推出。这些作者普遍年轻、锐利，常有新见，他们是以个案研究的方式介入当代文学现场，以作家论的形式为当代文学写史、立传。

我相信，以作家为主体的文学研究永远是有生命力的。

谢有顺

2018 年 4 月 3 日，广州

目录

绪论 贾平凹的"问题意识"与"现实主义"

一

说到文学创作的"问题意识"，了解新文学起源的人们应该并不陌生，"五四"时期出现的小说大都是"问题小说"，当时的作家苦于现实的黑暗及困境、个人的无力及彷徨，以文学的方式来给社会开具药方，爱与美，启蒙或变革。之后描写乡村记忆与现实处境的乡土小说，我想是更深广也是更切中实际的社会"问题"的写照，淡化预设观念之后是浓郁的乡愁、来自泥土的气息、乡风习俗；紧接着被誉为有着"社会分析派"色彩的乡土书写，亦是社会大问题的考察，阶级理念、政治思想、人物与情节的典型意义呼之欲出，试图来解析历史与当下的整体趋向。四十年代作为解放区文艺创作方向的代表人物，也被称为"文摊文学家"的赵树理，亦在写作中贯穿"问题"，他是这样来谈文学创作的主题：

> 我在做群众工作的过程中，遇到了非解决不可而又不是轻易能解决了的问题，往往就变成所要写的主题。这在我写的几个小册子中，除了《孟祥英翻身》与《庞如林》两个劳动英雄的报道以外，还没有例外。如有些很热心的青年同事，不了解农村中的实际情况，为表面上的工作成

绩所迷惑，我便写《李有才板话》；农村习惯上误以为出租土地也不纯是剥削，我便写《地板》（指耕地，不是房子里的地板）……假如也算是经验的话，可以说"在工作中找到的主题，容易产生指导现实的意义"。[①]

带着工作中所遗留下来的问题来写作，是关于政治方向、社会发展、时代难题，这也就使得笔下的世界有鲜活的事件与人物，当然，写作也就难免成了阐释政策时局、服务于政治及革命的一种方式。七十年代中后期，到八十年代初，也就是五十年代出生的作家开始走入文坛，练习写作的时候，也有类似于赵树理这样的问题小说，简单的形象与情节，背后是意识形态的牵引。再说到近年来以乡村为主题的"非虚构"叙事，大多也有着鲜明的问题意识，急切地想要书写乡村现状，吁求关注所需解决的现实问题，"梁庄在中国"，"一个农村儿媳眼中的乡村图景"，这样的标题本身就有了现实的穿透力及问题的突显。

而在贾平凹这里，"问题"又是什么？谈到他的"问题意识"，并非是讲他的写作有着预设的观念，有意对某种理念进行图解，或者强调他紧跟时局与文学思潮的写作，而意在表现他以文学的方式发现问题并书写问题的情怀、精神与笔法。

若从1973年贾平凹正式公开发表第一篇文学作品《一双袜子》算起，直到现在，他的写作未曾离开过乡村大地。他是一个与时代同步的作家，同步并非指其有意地跟随社会与文学的方向——事实上，"寻根""先锋""改革"的思潮中都有贾平凹的身影，但他意不在此，每每又以与众人相背的方式进入其他题材的写作——而是指对现实的敏锐观察：八十年代反映农村改革气象的《小月前本》《鸡窝洼人家》《古堡》《浮躁》，九十年代的《土门》《高老庄》，新

---

① 赵树理：《也算经验》，《赵树理文集》（第四卷），工人出版社1980年，第1398页。

世纪的《怀念狼》《秦腔》《高兴》《古炉》《带灯》《老生》《极花》，他的乡土书写不仅只是在聚焦乡村作为一种社会结构的常与变，更重要的是，他一直保持着对现状的洞察力，还有追问现实、对现实发问的权利——在他的探寻中，有一种乡土作家罕见的文化自觉，也就是去理解并在一个宽广的历史与社会视阈中来考察费孝通所说的"从基层上看去，中国社会是乡土性的"①。不管是人性人心还是乡村社会的变迁都是放在这样一个社会文化的语境中来察看。尤其是在他九十年代写完《废都》之后，他整体的观察转向的是乡村在现代性进程中的式微情状及其困境，开启的是由"废都"向"废乡"的这一乡土书写模式，甚至像乡村基层政治、上访、拐卖这样的敏感话题都成为了他的写作内容，他不满足于只是描述和记录现状、回忆与书写历史，而是要去追问现象背后的陈因，是什么导致了今日的乡土裂变，是什么让人性如此狰狞？每一次发问都与乡村的困境、社会的难题联系在一起，他不止一次在后记中提到过萦绕于内心的那些人和事，有着不得不说的冲动与责任，说溃散的乡村、日渐消隐的历史往事。我想，在贾平凹的写作中是有着明显的为乡土作传、为乡土立言的意识，并且有揭露那些潜藏于乡村深处的思想黑洞与人性裂隙的使命感，提出贾平凹的"问题写作"也就在此：

> 故乡是以父母的存在而存在，现在的故乡对于我越来越成为一种概念。每当我路过城街的劳务市场，站满了那些粗手粗脚衣衫破烂的年轻农民，总觉得其中许多人面熟，就猜测他们是我故乡死去的父老的托生。我甚至有过这样的念头：如果将来母亲过世了，我还回故乡吗？或许不再回去，或许回去得更勤吧。故乡呀，我感激着故乡给

---

① 费孝通：《乡土中国　生育制度　乡土重建》，商务印书馆 2011 年，第 6 页。

了我生命，把我送到了城里，每一做想故乡那腐败的老街，那老婆婆在院子里用湿草燃起熏蚊子的火，火不起焰，只冒着酸酸的呛呛的黑烟，我就强烈地冲动着要为故乡写些什么。我以前写过，那都是写整个商州，真正为棣花街写的太零碎太少。我清楚，故乡将出现另一种形状，我将越来越陌生，它以后或许像有了疤的苹果，苹果腐烂，如一泡脓水，或许它会淤地里生出了荷花，愈开愈艳，但那都再不属于我，而目前的态势与我相宜，我有责任和感情写下它。法门寺的塔在倒塌了一半的时候，我用文字记载过一半塔的模样，那是至今世上惟一写一半塔的文字，现在我为故乡写这本书，却是为了忘却的回忆。①

如若说贾平凹对乡村境遇的关注是社会物质的层面，那么在这里同时有一条隐现的却并不难见的精神线索。在《废都》里他早已感知到了一种无法挽回的文化颓败，当这之后的大多数长篇都在细细地叙述乡村一点点的败落与沉寂时，恰恰也是将现代人无根的漂萍的状态一一勾勒；或者在隐现出纷繁复杂的世象及人性时，同也是在为整个民族的精神生存状态素描。与此同时，当面对历史与现实的乡村处境时，对人性、暴力的思辨与诘问亦也是在试图厘清精神的背景。何况，他小说里大量存在的疾病隐喻，更多所指向的是精神的隐疾与病态，一个人，一个村庄，亦指向一个民族。

二

很明显，"问题"与"现实主义"是息息相关的。可以发现，贾平凹的小说既有像社会分析派一样对宏大历史与社会现实的扫描

---

① 贾平凹：《秦腔》，作家出版社 2009 年，第 516—517 页。

建构，甚至拆解，也有像赵树理一样就某一个问题所生发开来的思考形塑，那么，首先我们需要谈及对"现实"二字的理解。它不仅仅是指向我们所处的当下，也指向我们在当下的位置所体会到的历史情境，历史的过往亦是一种指向当下的严酷现实，或者说，我们站在当下的视角回看历史境遇时不同样感受到并未远去的血雨腥风、温暖悲欣吗？抑或那些历史的因子早已沉淀于我们的血脉，它们需要厘清梳理与逼现原形。换句话说，现实主义同样离不开一种"历史感"，"历史感并非作家对历史的全部分析或即时反应，而是体现为作家'生活在其中'的意识，一种时间、空间与文明洪流汇集于此的坐标感，只有在此坐标轴中，人或历史才能体现出它们的存在与意义"①。我想，在贾平凹的"商州""棣花""清风街"，他能够找到一种历史感，也是基于这样一种存在的坐标感——不只是传统与现代的对立这么简单，而是混杂着多种局面，具体而言，也就是当代作家比现代作家有可能站在更宽广的视阈来察看、书写并反思中国乡村的现代性历程。于当下和过往，此刻，我们需要的正是现实主义的直视与冷静。现实主义的优越性除了沉淀优良传统，如典型人物、典型情境的意义与寻找，写实色彩，对历史感的呈现等等，它也正像迪克斯坦所说："人们曾经有过这样的共同假设：赋予文学以意义的一切其他要素——对语言和形式的精通，作者的人格，道德的权威，创新的程度，读者的反应——都比不上作品与'现实世界'之间的相互作用那么重要。文学，尤其是小说，毫无疑问是关于我们在文学之外的生活的，关于我们的社会活动、物质生活以及具体的时空感。"②

对现实主义的选择，一开始贾平凹就表现了充分的自觉，一方面他从创作初期就意识到只能写自己所熟悉的题材，也就是广大乡

---

① 梁鸿：《当代文学往何处去》，《文艺理论与批评》2007 年第 1 期，第 26 页。

② ［美］莫里斯·迪克斯坦：《途中的镜子——文学与现实》，刘玉宁译，上海三联书店 2008 年，第 1 页。

村大地，来自记忆、经历或者现实所见，面对自我及周遭的状态，七十年代末他有过这样的自述："《伤痕》出来后，影响很大。我也曾经试着模仿写过。但失败了。我很苦恼。我个人缺乏那样的生活经历和生活感受。写出来，也不动人。后来，我下决心还是回到自己比较熟悉的生活领域中来。我再一次深刻体会到：没有真实生活感受，没有形象的东西，是怎么也写不好的。"[①] 此时，《满月儿》获1978年全国优秀短篇小说奖，与常见的"伤痕文学"不同的是，一改控诉及揭露、情绪的宣泄，而是以清新明亮的乡村故事来引人入胜，营造出积极向上的氛围，姐姐满儿一心扑在科研上，好学上进，妹妹月儿在"我"和姐姐的影响下，也主动开始学习，向姐姐看齐。另一方面，之于文学与现实的关系，或者说，文学的现实性、当下性，贾平凹在《高老庄》的后记里这样说过："我的情结始终在现当代。我的出身和我的生存环境决定了我的平民地位和写作的民间视角，关怀和忧患时下的中国是我的天职。"[②] 这是作为精神的现实主义，它本身也就意味着对现实逼现，进而见出各自的灵魂，用王光东的话来说，就是显现作者的灵魂与人物的灵魂。

基于贾平凹在创作中所投射到的浓郁的个体情感思绪，费秉勋也曾将其总结为"审美对象化"的特征，这会不由得让人想起胡风的"精神奴役的创伤"："作家应该去深入或结合的人民，并不是抽象的概念，而是活生生的感性的存在。那么，他们的生活欲求或生活斗争，虽然体现着历史的要求，但却是取着千变万化的形态和复杂曲折的路径；他们的精神要求虽然伸向着解放，但随时随地都潜伏着或扩展着几千年的精神奴役的创伤。"[③] 说到底，贾平凹的乡愁情结、这个时代普遍的异乡人的境遇，又何尝不是新的精神奴役的创伤呢？作家摆脱阶级革命的概念，进而反身乡村，伏贴大地，倾

---

① 见胡采《山地笔记·序》，《山地笔记》，上海文艺出版社1980年，第3页。

② 贾平凹：《高老庄》，安徽文艺出版社2010年，第317页。

③ 胡风：《胡风全集》（第三卷），湖北人民出版社1999年，第189页。

听那些即将随风而逝的言语疼痛，察看那些留存在时间轴上的风情民俗，更何况这其中也有着历史个体的伤痕。但是，需要注意的是，这份带着强烈主观体验、情感与价值判断，甚至是有着强烈的伦理道德感的"现实主义"，到了贾平凹写作《老生》和《极花》时，已经不比他写作《浮躁》《废都》《白夜》《土门》《秦腔》时，将自己的情绪与主观判断不由分说地整合进小说之中，此一时期贾平凹更愿意冷静、客观地来讲一个故事，呈现乡村的过往当下的现状，这从结构、人物、语言方面所做的"减法"就可以感知到。

实际上，贾平凹笔下的乡村也是一个不断深化扩大的现实主义世界。这涵盖他所经历的一个创作历程，亦指向他对乡村世界的观察透析与反思探问。他对现实主义创作方法，更具体地说，以怎样的创作方法来表现笔下的乡土乡情，一开始就是有着自己的认知。他并非没有受到二十世纪八十年代先锋实验的影响，事实上，他的作品中也不乏大量的现代主义笔法，甚至是有意实验，《废都》里的奶牛、庄之蝶岳母的奇思幻想，《白夜》里的再生人，《高老庄》里石头的画作及寓言、白云湫的诡异，一系列中短篇小说《太白山记》《五魁》《白朗》《晚雨》等等，都不乏魔幻镜像、弗洛伊德色彩，这些先锋的技法应该是早已内化在这一代人的血脉里，只是有的作家将其作为标志，有的作家则隐晦表达。先锋及寻根作家后来常常提到的西方现代派、拉美魔幻现实主义作家，在贾平凹这儿倒是较少提及。彼时，他谈得更多的是以怎样的方式来表现中国人的生活与情感，留住怎样的文学根基，在1985年写给蔡翔的信中这一点就已经思考得比较成熟：

> 中国的文学是有中国文化的根的，如果走拉美文学的道路，那会"欲速则不达"。我不是反对对外来文学的吸收，反过来则强调大量的无拘无束的吸收，压根用不着担心和惊慌，这叫中国文化的自信。这种自信，或许也有人

称之为惰性，无论如何讲，都说明一个问题：中国文化是源远流长、根深蒂固的。[1]

　　既然中国民族是这样的民族，文化是这样的文化，目下如何发展中国的文学？应该注意在当前的社会改革、时代的潮流，是怎样在冲击着这种文化，文化的内部结构是怎样引起了微妙的变化，而这种变化，又是怎样反作用于社会生活的。这样，文学作品就能深入地准确地抓住作为人的最根本的东西，作品的精髓和情调就只能是中国味、民族气派的，而适应内容的形式也就必然是中国味、民族气派。[2]

即便谈到现代派及外国作家的影响及启发，考虑的仍是传统与现代的对接，比如谈川端康成：

　　川端康成作为一个东方的作家，他能将西方现代派的东西、日本民族传统的东西，糅合在一起，创造出一个独特的境界，这一点太使我激动了。读他的作品，始终是日本的味，但作品内在的东西又强烈体现着现代意识，可以说，他的作品给我的启发，才使我在一度大量读现代派哲学、文学、美学方面的书，而仿制那种东西时才有意识地又转向中国古典文学艺术的学习。到了后来，接触到拉美文学后，这种意识进一步强化，更具体地将目光注视到商州这块土地上。[3]

① 贾平凹：《四月二十七日寄蔡翔书》，《土门胜境》（贾平凹散文全编 1984—1989），时代文艺出版社 2015 年，第 93 页。
② 贾平凹：《四月二十七日寄蔡翔书》，《土门胜境》（贾平凹散文全编 1984—1989），时代文艺出版社 2015 年，第 94 页。
③ 贾平凹：《答〈文学家〉编辑部问》，《贾平凹文论集·访谈》，生活·读书·新知三联书店 2015 年，第 12 页。

西方现代派在二十世纪八十年代的中国作家身上所激发的，在不同的作家身上有不同的侧重，有的是现代性体验，包括自身所经的历史伤痕，借助于现代派的技法得以激发与倾诉，对现代性的反思得以酣畅淋漓又光怪陆离地呈现，也正是在现代派的反照之下，当代乡土文学的历史反思才得以走向彻底；有的则是对中国传统文化及技法的自觉省察与重新看待，众多作家也是在这一时候醒悟到如何挣脱"十七年""文革"文学所遗留下来的模式，激发新时期文学的灵感，寻找到了自己的文学地理，与马尔克斯的拉美、福克纳的南方一样，"高密东北乡""枫杨树村""湘西""商州"也是在这时候显现雏形。很显然，贾平凹是趋于后者。而他尝试的结果，我们从"商州"系列散文及有关商州的风情志怪故事就可知晓一二①，但八十年代贾平凹重要的文学作品，如《浮躁》《古堡》《小月前本》等，仍是对传统底色的坚持，有着对现实主义的表现欲求，渴望去把握社会历史的整体——后来更长久的创作史中，也是钟情于现实主义。也就是说，在方法的先锋实验中，他并不是风头最强劲的一个。

<h2 style="text-align:center">三</h2>

与此同时，足以应当注意的是，二十世纪八十年代的文学现场除了对西方现代派的译介、阅读与模仿，这一时期，也是作家大量地接触与阅读中国现代作家的时候，对沈从文、张爱玲等作家的推介、重新解读与评价也是从这个时候开始，"重写文学史"的提法

---

① 在本书中关于《商州初录》《商州又录》《商州再录》的文体定位仍是散文，相关论述也会重点放到散文研究部分，但是，在涉及具体问题时，则会更加看重他的文体实验与传统笔法，还有其文学史意义。

及践行对作家创作的影响也是不能低估，与之相应的，对经典的重新定位、对边缘作家的文学性阐释，也是对传统理念的重新挖掘。贾平凹曾讲述大学毕业一年后对沈从文的"发现"，看到他的作品，还误以为是哪个新近登场的当代作家，写信给出版社希望多出版一些他的作品。可以想见，当代作家对现代文学非主流的传统也是相当的陌生。他在谈到有阅读心得并对其有所影响的作家时，现当代作家里面更多细致读到的还是沈从文、张爱玲、孙犁这几个——尽管他最开始是有着对鲁迅的模仿——这些作家的创作一方面与时代相联，却又能超脱置身的时代与公共话语，但对人生仍然是直面的，对现实社会及人性的处境有着非同一般的洞察力与表现力，能够深入到细微且幽深的人性裂隙中；另一方面他们在文字间散发开来的意味，像沈从文有野性活力，孙犁则趋向于士大夫旨趣——此时，他们的情怀、叙事的故事与语言都有着传统的民族的味道、泥土的气息。我想，身处这样的文学思潮境遇，一个作家怎样选择与借鉴也就决定了他日后的方向与风格，这其实也与作家自身的情怀气质、志趣审美是息息相关的，贾平凹骨子里的文人情怀、忧郁敏感的性情恰与他喜欢的作家是类同的。许子东是这样来评价贾平凹的《商州初录》及在"寻根"中的表现："《初录》也提醒当代文学的'先锋派'（大都是青年作家），不要一味只沿着'五四'以来的小说模式西方化的方向去'探索'，不要一味只学步卡夫卡和福克纳的奇技异彩，还应回过头重新审视从《世说新语》到明清笔记再到 30 年代散文的脉络线索，在语言和文体的意义上重新注意汉文学传统的魅力。"[①]贾平凹在当时的意义在今天来看仍有着价值，而且对其自身的创作来说，也有着决定性的意义。

往回看，其实也就决定了在 1985 年以来的乡土文学流变中，贾平凹的乡土书写与莫言、阎连科、刘震云等作家不同的质地，这也

---

① 许子东：《寻根文学中的贾平凹与阿城》，《当代文学阅读笔记》，华东师范大学出版社 1997 年，第 102 页。

是当代乡土文学的分化。陈晓明曾这样来分析贾平凹与同代先锋作家的"分道扬镳"与"殊途同归"：

> 在80年代，相比较于贾平凹，莫言在气质上更接近现代派，他的现代派潜质是他无拘束的个性或天生的叛逆性格所致，加上他的民间传统的文学教育，甚至孤独的放羊生涯。贾平凹骨子里渴望正统化，他天性温厚，生活于底层，对自己的命运几乎无能为力，他渴望走在正道上。传统、现实主义很容易对他构成规训，不超离主流太远，很长时间会成为他的文学生存的基本底线。当他长大到足够强大时，他自己都不知不觉地对中国的现实主义文学构成了尖锐的改革。与莫言相比，贾平凹是从内部破解了现实主义的陈规旧序的；而莫言则是从外部攻陷了中国现实主义的堡垒。如果说中国的现实主义有了一次彻底的（也是最后的）更新的话，那么这两个人无疑拔了头筹。[①]

莫言在1985年前后以《透明的红萝卜》《红高粱》一改自己的写作风格，他的魔幻现实主义确也是传统与现代的结合，但表现出来的对生命体验的感官逼现、对社会与人精神病理的透视，通过语言的质感与狂欢化特质将乡土大地的美丑善恶酣畅淋漓地表达，我们强烈感应到的是生命的勃勃生机与混淆着各种情境的芜杂。阎连科大概是九十年代开始才走向现代主义，新世纪以后他所提出的"神实主义"，不妨将其看作是对"现实主义"与"现代主义"融合的实验：

> 在创作中摒弃固有真实生活的表面逻辑关系，去探求一种"不存在"的真实、看不见的真实、被真实掩盖的真实。神实主义疏远于通行的现实主义，它与现实的联

① 陈晓明：《乡土文学、现代主义与世界性》，《文艺争鸣》2014年第7期，第9页。

系不是生活的直接因果，而更多地是仰仗于人的灵魂、精神（现实的精神和事物内部关系与人的联系）和创作者在现实基础上的特殊臆思。有一说一不是它抵达真实和现实的桥梁。在日常生活与社会现实土壤上的想象、寓言、神话、传说、梦境、幻想、魔变、移植等等，都是神实主义通向真实和现实的手法和渠道。①

他的《受活》《炸裂志》等小说大概也就体现了他所提出的"神实主义"，不再追求真实表象上的逻辑，而去探问真实背后所掩藏的，神灵、精神的幻象都有可能接近于一种真实情境，正如作者曾反复说到的在大伯的葬礼上看到的蝴蝶群飞的景象，无法解释是怎样的神力。同样表现中国乡村的现代性进程，选择一个村庄来管窥中国的发展，与贾平凹《老生》的工笔素描般书写不一样的是，《炸裂志》提炼的是一种夸张的对现代性的追逐情绪，人性中隐藏的恶、仇恨与怨念一触即发，阎连科喜欢在极致境遇中去拷问生存与精神的真相。再说到刘震云，他的现代主义特质更多体现在反讽戏谑的表现手法上，碎片化的乡村片断及人物对话，轻易地穿行于历史与现实之间，而我们也只能打捞只字片语的真实感。这三位作家的乡土书写可以说更多体现的还是现代主义色彩，经由这一种方法及其表现力，其实乡村意象也在发生着质的改观，与其说他们的乡土书写追求的是乡土温情的解构与还原，不如说他们揭露的是以乡土为布景的中国精神的神似及其幻象。

对于现代主义是否适合中国的土壤，邵燕君在评价阎连科的一篇文章中有过这样的问询：

　　现代主义艺术是一种典型的诞生于都市的艺术。中国的城市几年前还经常被人戏称为"都市中的乡村"，如

① 阎连科：《发现小说》，人民文学出版社 2014 年，第 154 页。

果连这样的都市文明都不能真正进入，更遑论"反都市文明"的现代主义？如果连本源的现代主义都不能真正把握，又谈何将其创造性地运用于乡土文学的创作？现代情绪的表达和形而上的反思本就不是乡土作家的强项，他们的得天独厚之处在于对占中国八成人口的农民生活、性格的深切理解和精微把握。然而，离开了现实主义的表现形式，这样的长处就难以表现。同时，作家在思想资源上的相对贫乏和在文化观念上的相对陈旧就会暴露出来。《受活》就显露了这样的问题。[1]

我们暂且不深入谈论现代主义与传统中国的对接，我们只关注这些作家笔下的乡土世界，其真实的可信度、精神的在场性，也就是在这个意义上，贾平凹再次突显了其价值。他的存在似乎也在提醒着文学与现实断裂的当下，一方面我们如何来表现乡村的现实，是实写、实录还是提炼、夸张？另一方面我们如何在传统的现实主义中发现镀亮小说的利器，现实主义是否还有着一如当初的"先锋性"——新文学发生伊始，以至在漫长的现代文学史上，现实主义所带来的表现力与影响力大大超过现代主义、浪漫主义，现实主义也一直被认为是更适合于表现本土气质的创作方法。依然坚守现实主义，而不是一味借用现代主义的技法来掩盖创作与思想的虚空，其实更需要经验的鲜活与思想的在场。其一是直面乡村变迁的实感经验，有无这些鲜活的历经，也就决定了细节的真实、情感的妥帖、村庄的实有，早已移居城市的乡土作家如果仅仅是沿用着青少年的记忆，抑或道听途说的新闻事件，明显已经无法再表现当下的乡村实景；或者，仅是靠想象力来链接现实的逻辑，也有着无处不在的踏空感。其二则是一种面对现实的思想批判力，二十世纪九十年代之前的几个时期，比如"五四"前后的二三十年、八十年代，

---

① 邵燕君：《与大地上的苦难擦肩而过》，《文艺理论与批评》2004 年第 6 期，第 6 页。

文学界与思想界是紧密相连的，正因为有了思想的引发，才有了文学的存在；思想的问题在文学场域有所回应，文学的形象在思想领域有其应答，但是九十年代以后，文学与思想仿佛已然断开，分属不同的阵营。而这一时期后中国层出不穷的各种变迁，亦需要有力的思想来给予穿透。很明显，在这一点上作家们所凭借的资源是很有限的，那些西方理论对于理解中国的现象已然乏力，更何况它们本身也在自我解构中，尽管我们不能够要求以形象说话的作家给予理性的抽象的提炼，但是有无思想力，却决定了一个作家作品的思想高度及对现实的洞穿力。李锐也有同样的疑问："自从后现代主义的种种理论，毫无阻碍地成为中国大陆知识界最时髦的'真理'之后，我一直有一个解不开的怀疑：为什么后现代主义理论对现代性的尖锐批判被扔在一边，而号称要坚持批判立场的知识分子，却一个个的在'解构''反本质'的理论幻想中变成随风飘荡的'词语'，变成毫无立场任人践踏的烂泥？以这样的'知讯'和立场，怎么能去批判那个权力和金钱的双重专制？又怎么能应对强势文化的淹没和同化？"①

四

基于对现实的表现方法，贾平凹仍坚持以传统现实主义为底色，并没有过突兀的改变，整体的风格也没有"改头换脸"，更具体地说，他是在现实主义之上做渐变的尝试。作为创作方法的现实主义在贾平凹这里其实经历了几个阶段，第一个阶段，也就是社会主义现实主义，可以分为两个时期来看待。其一，七十年代中后期到八十年代初，此时期的写作基本还是听从于时代的风声，反映当

---

① 叶立文、李锐：《汉语写作双向煎熬——李锐访谈录》，《小说评论》2003年第2期，第34页。

时"农业学大寨"的社会新形势，对"文革"的余风进行批判，有着明显的政治意识形态的色彩，甚至有的也有革命浪漫主义色彩，人物的对立、人性善恶及农民情感的简单置之，《姊妹本纪》《白莲花》《满月儿》《夏城与巧姐》《竹子与含羞草》《回音》《雪夜静悄悄》等等也就是这样，只不过"爱情加事业"为主调的模式、对自然风情的意境勾勒及人物心理的揣摩，让小说增添了不少灵动与轻逸，少了此时期文学的沉郁与紧张。其二，八十年代的前两三年，不再拘囿于社会现实的表象，而是去揭示隐藏的本质，拷问更深层的作用力。《丈夫》《年关夜景》《山镇夜店》《玉女山的瀑布》《上任》《下棋》《夏家老太》等小说，大多是对社会陋习及弊病的批判；与此同时，另一些小说对人性有更深入的探讨，对人物内心及潜意识的挖掘也更加深刻，如《歌恋》《沙地》《好了歌》《二月杏》《油月亮》等等，《二月杏》在今天看来仍然算是一篇技艺成熟的小说，反思甚于批判，也意不在突显明确的主题，更着重于人物内心的袒露与思辨。"文革"后，大亮选择去做地质工人不过是为忘却的记忆。因为在"文革"中他伤害过一个女生，却一生也忘不了她。当在采矿的小镇遇到同样有感情隐秘及伤痕的二月杏，惺惺相惜，内心的不安与愧疚也就愈加浓重，陷入与二月杏暧昧的感情猜疑中，当然还要面对他人的流言与世俗的看法，最终大亮也没有勇气来选择，而是让一切沉静沉沦，直至离开那个小镇。转向对自我的省思，本身也就意味着对流行的"伤痕"模式的远离。

贾平凹真正摆脱社会主义现实主义比较狭隘的"现实"观进入第二阶段，是从 1983 年开始"商州"系列的散文与小说的创作，"商州"故事既融入了散佚传说、志怪人物、神灵世界、风情民俗，也汇入了历史的积习、乡村的变动、人性的嬗变，这是来自边地的耐读的泥土味。也就是在这样一种前现代与现代交融，处于半开化与封闭的状态中，《天狗》《人极》《远山野情》《黑氏》等小说对人性的考量也就显得别有意味，既有去窥看人性本身的深渊、来自本能的召唤，也有考察历史及环境所带来的桎梏，因而"人性"的发现也就变得如此丰满。此一时期，贾平凹还有另一类与现实更为密切的小说，《九叶树》《小月前本》《鸡窝洼人家》《腊月·正月》《西北口》《古堡》是对乡村改革还有现代性一步步进入乡村并影响村民思想言行的呈现，同一时期作者所表现的态度也是矛盾的，对乡村改革的喜悦与对现代性的犹疑、不满甚至批判都是夹杂其间的。1986 年的《浮躁》是一个大的实验，对社会体制、民族文化心理的考察，对人性的透视更加宏阔而又细致，这是关乎写什么，而怎样写，具体地说如何在现实主义的创作方法上有所改变，亦是贾平凹关注的一个问题，如序言中所说："一个时代有一个时代的作品，我应该为其而努力……中西的文化深层结构都在发生着各自的裂变，怎样写这个令人振奋又令人痛苦的裂变过程，我觉得这其中极有魅力，尤其作为中国的作家怎样把握自己民族文化的裂变，又如何在形式上不以西方人的那种焦点透视法而运用中国画的散点透视法来进行，那将是多么有趣的试验！"[1]

九十年代中后期开始，也就是贾平凹对现实主义创作的第三阶段，他的中短篇小说的写作不再像八十年代那样密集，开始了一两年或两三年写一个长篇的节奏，仅仅是从小说的体量上来看，它所装载的对现实的实写及批判、对历史的考察及省思、对人性的探问及思辨都愈加的深厚。如若说《秦腔》是对当下乡村现状的一次整体摹写，尽管它只是一堆鸡零狗碎的日子，那么《古炉》在日常生活中对人性的拷问则在撕开民族历史的裂口。《高兴》《带灯》《极花》既有贴近现实的尖锐审视，也指向恒久的价值探问。在现实主义的描摹中，我们惊异地发现，那些难以表现的琐碎的日常、细腻的情感、混杂的乡村政治都被贾平凹的实写才能一一把握与展现，既贴近于藏污纳垢的现实层面，也有着飞扬的精神空间。

从传统的两相对立、典型但单一人物形象的寻找与塑造，到

---

[1] 贾平凹：《浮躁》，作家出版社 2009 年，第 3—4 页。

不断深化对历史与现实、自然与灵异世界、人物及情感的理解，试图对整个社会做全面的察看与精神的提炼，接着由一个村庄或者由一种曲艺的兴衰来探察历史与当下，最后到由具体的问题来探问乡村的困境，贾平凹调试的是表现方法及叙事视角，不变的是现实主义，直面的永远是乡村的现实世界。至此，也就是当我们再读到《老生》《带灯》《极花》的今天，我们很难再用传统的现实主义来衡量比照贾平凹的现实主义，所有的命名都有可能是对对象丰富内涵的剪裁。进一步说，现实主义的创作风格在贾平凹这里已经趋于成熟，彰显其个性特征，其最具价值的也就在于他的写实风格，对场面及细节做精细刻画与还原，对乡村社会做社会学家一般的细致考察，无论是民间文化的兴衰，还是乡村政治，都在一个故事的来龙去脉中展现更丰富的乡村肌理，即对乡风民俗自然灵异世界工笔素描般的摹写，对乡村内部情感即美丑善恶的细腻审视，对日常生活的忠实记录。当乡村的丰富与杂色一一展现的时候，恰恰体现的是贾平凹对人世的体谅、对乡土性的理解。写实，也就决定了贾平凹乡土世界的基本成色。

我们也不妨从他所塑造的"村庄"形象来做解读，如果要论其"典型意义"，也就在于我们从他的作品中能够读到前现代时期村庄的情状，历史动乱时期乡村的政治意味、改革时期乡村的躁动、九十年代以来乡村在城镇化进程中的零落，这是一部乡村"进化史"或者说变迁史。《老生》以四个村庄代表四个时期来写百年乡村的现代化史，我想，多少体现了贾平凹对"进化"历史的看法。只是，他的小说不再像启蒙、革命或社会主义现实主义那样，提供宏大的社会历史叙事，也不再预测历史的方向。更为具体地说，贾平凹的现实主义对现实的呈现摹写要大于批判——至少不会再像九十年代的创作那样，将个体的情绪与不满全盘抖露，这一点在他写作《带灯》《老生》《极花》的时候体现得愈加明显，回归于一个讲故事人的叙述角度及情感，既有对历史与当下清晰的勾勒，也有去把握一种混沌与茫然，基于这一种表现，一方面看出他自身思想的短缺、对现状的迷茫无力，另一方面可以从中探测到的其实是贾平凹写作的伦理，正如谢有顺引牟宗三的话所理解的：

> 贾平凹的《秦腔》正是朝着这个方向走的，它虽然是乡土的挽歌，但它里面没有怨气和仇恨，也没有过度的道德审判，这是一个很高的写作境界。"必须饶恕一切，乃能承认一切，必须超越一切，乃能洒脱一切"，牟宗三先生这话说出了一种新的写作伦理。①

当他带着感情带着回忆来书写一切时，过往的经历也有自身的体验在内，哪怕是恶，它也不是孤立的，而是包括自身的恶在其中，对人物的塑造从来不是单一的，也并不是为批判而批判，人性的多重面相、生存的艰难是他能体谅的，同情、理解、宽容，并且是"饶恕一切"。他的村庄所提供的历史感、时空感，也就在于这样一个处于前现代、现代、后现代时期的复杂色彩，若还要提炼典型的历史情节，那么，他对风情民俗活动的描写、对血腥场面的留存，或许可以作为历史记忆的一部分。倘若说还要寻找典型人物，金狗、庄之蝶当然是，但是，更多的还是一些小人物，《秦腔》里夏氏四兄弟与年青一辈就构成了对比的两组群像，《古炉》里狗尿苔、蚕婆、善人、霸槽在动乱年代各行其位，表现的是不同的精神质地，《带灯》里带灯、竹子，基层干部，还有更多有个性或者无特征的村民不也正是芸芸众生的写照吗……他的现实主义不再是一个或几个典型人物的刻画，而将笔墨分散到众多的人物群像之中。现实主义不再成为主流的当下，或者说现实主义不再提供一种意识形态的解读，我们重新再看待历史的时候，推动历史洪流前进的英

---

① 谢有顺：《尊灵魂，叹生命——贾平凹、〈秦腔〉及其写作伦理》，《当代作家评论》2005 年第 5 期，第 17 页。

雄人物或许已经失色，或者变得虚空，在小人物的人生际遇中我们看到的才是真实的人生，感知到的才是生命的温度，日常生活不正是历史的底色吗？这或者也是文学对历史的补充与正名，贾平凹的现实主义是生活的、日常的现实主义。

说到底，贾平凹的"问题意识"与"现实主义"提供的是理解其自身的一个窗口，或者切入点，我们循着它所散发的光芒来辨析其精神底色；也是在现实主义的笔法中，来察看他对乡村社会的三重解读，对历史、暴力与人性的书写及诘问；他所做的文体实验，皆是来直面中国问题与中国经验，这是社会现实的，亦是艺术审美的。回到文学创作本身及文学史的脉络，与贾平凹相对照的是现实主义精神与方法的落寞、现代主义的兴起、城市文学的勃发，他所置身的是一个更多元的书写传统与局面，但他的尝试也许会带来汉语写作的某种启示。

第一章　三种身份　两个传统

在贾平凹的精神背景中，有着"农民""知识者"与"文人"三重身份的纠葛。"我是农民"是一种经历，既是城乡制度拘囿下的人生历程，也是历史暴力下的生命体验，由此形成了他文学世界的最初原型，却也在骨子里烙上了难以揩去的"农民意识""土地意识"；而"知识者"的身份更多意味的是一种现代意识，是现代知识者所应具备的批判与反思精神，从他未曾放弃的知识者叙事视角及价值立场，可以感知对这一身份的内在认同。他小说中的人物，既有着农民的知识分子化，也有知识者身上未曾过滤掉的乡土思维，对这两种身份的考察，其实都是在辨析现代知识者的精神底色与思想资源。除此之外，他文人的色彩也是鲜明的。我们可以看到，民间传统与文人传统在他这里有着相得益彰的效果，正像是传统文人也是在庙堂与民间之间行走自如，如若说民间传统给予了他的文学世界以物质实有，那么，文人传统则赋予了这些物质基础一个精神外壳，即整体的文学观，还有其实并不那么遥远的文化精神。

第一节　"我是农民"

因着乡土社会与人的血缘、精神及记忆之间的联系，自称是

"乡下人"或者"农民"的作家不在少数，背后的旨意却有所不同。有的只是基于一种乡恋，简单的乡土意识，犹如对出生地的一点认知，如李广田："我是生自土中，来自田间的，这大地，我的母亲，我对她有着作为人子的深情。"[①]写过城市文学的茅盾也有类似这样的自白："生长在农村，但在都市里长大，并且在都市里饱尝了'人间味'，我自信我染着若干都市人的气质；我每每感到都市人的气质是一个弱点，总想摆脱，却怎地也摆脱不下；然而到了乡村住下，静思默念，我又觉得自己的血液里原来还保留着乡村的'泥土气息'。"[②]有的是基于社会情境下高涨的民粹主义情结，从而表达浓郁的乡情、对下层人民的同情敬仰之心："大堰河以养育我而养育她的家，而我，是吃了你的奶而被养育了的。"[③]"大堰河，我是吃了你的奶而长大了的 / 你的儿子，我敬你 / 爱你！"[④]有感于农民与新文学、与社会革命之间的密切关联，我们并不怀疑这里面真挚热烈的情感。还有作家的自白里彰显的是一种鲜明的文化态度，有"城里人"与"乡下人"的生分，沈从文将这样一种"偏见"发挥到了极致：

> 我实在是个乡下人，说乡下人我毫无骄傲，也不在自贬，乡下人照例有根深蒂固永远是乡巴佬的性情，爱憎和哀乐自有它独特的式样，与城市中人截然不同！[⑤]

> 我是个乡下人，走向任何一处照例都带了一把尺，一

---

① 李广田：《地之子》，《中国现代作家选集·李广田》，人民文学出版社 1984 年，第132 页。

② 茅盾：《乡村杂景》，《茅盾全集》（第十一卷），人民文学出版社 1991 年，第 179页。

③ 艾青：《大堰河——我的褓姆》，《艾青诗选》，人民文学出版社 2004 年，第 10 页。

④ 艾青：《大堰河——我的褓姆》，《艾青诗选》，人民文学出版社 2004 年，第 14 页。

⑤ 沈从文：《习作选集代序》，《沈从文全集》（第九卷），北岳文艺出版社 2002 年，第 3 页。

把秤，和普通社会权量不合。一切临近我命中的事事物物，我有我自己的分寸和分量，来证实生命的价值和意义。我用不着你们名叫"社会"为制定的那个东西，我讨厌一切标准，尤其是"伪思想"为扭曲压扁人性而定下的庸俗乡愿标准。①

固然在沈从文的文学世界里，有着为人生远景而凝眸的理想，你可以感受到自然的奇险与坚韧、生命的阔大与温暖，也就是说由边地而营构的世界其实是要远远大于乡土本身。但是，单论乡土书写而言，它形成了传统与现代的视阈，在传统文化中来寻找民族的血脉，将乡土视为精神家园的书写范式，由这样一种审美的现代性，来反拨社会的现代性、机械复制时代的精神与物质文明，与沈从文所期待的优美、健康、自然的生命相对照的是现代人精神的萎靡、人性的裂变、神性的不再。将乡土作为构建理想生命的居所，或者说将乡土大地这样的意象发展至现代人的精神性存在，我在张炜的文章中亦有读到这样近乎理想主义的高远与道德主义的纯粹："我曾询问：一个知识分子的精神源自何方？它的本源？……当然，我不会否认渍透了心汁的书林也孕育了某种精神。可我还是发现那种悲天的情怀来自大自然，来自一个广漠的世界。"②

我们可以发现，就现代乡土作家而言，即使如鲁迅一般怀有着对乡村的启蒙理想，或者像赵树理、周立波一样点染着革命或改革的色彩，但笔下的乡土社会仍然能够极大地呈现风物与民俗、乡情与乡音，丁帆曾用"三画四彩"——风景画、风俗画、风情画，自然色彩、神性色彩、流寓色彩、悲情色彩——来概括这些现代乡土书写的特征，之所以呈现这样一种情状，我以为是与作家本身所怀有的情感割舍不开的。更具体地说，他们是比较早走异路、逃异地

---

① 沈从文：《水云》，《沈从文全集》（第十二卷），北岳文艺出版社2002年，第94页。
② 张炜：《融入野地》，《九月寓言》，作家出版社2009年，第307页。

的现代知识者，不管是像鲁迅、周作人那样因学业、谋生路；像萧红一样逃避传统的家庭生活及婚约；像周立波、丁玲一般基于个体的人生选择与时代时局所迫，待过亭子间，又去往革命圣地，创作隐匿自我而有时代色彩的作品；或者如沈从文一般，有着生命最内在的冲动与疑惑，要去见识陌生的世界，去看个体的生命能长成怎样的风景。于乡土，他们真的还是源于最朴素的"地之子"的感情——是人与自然的亲近，是童年与少年的记忆，是侨寓者的乡愁，是现代知识者理想的一部分。对于"农民"或者"乡下人"的身份认同，正如赵园所说，这是一种精神与文化血脉的指认。可见，情感的旨向、知识者话语语境与社会大环境的氛围早就决定了现代乡土文学的内在质素——但这种质地，在我看来，也只是限于现代乡土作家。

温儒敏在谈到乡土文学的当代转型时，这样认为："当代中国的乡土文学是重新开掘自己的传统，重新建构自己的起源，可能可以被称为当代中国的乡土文学伴随着现代性宏大的历史叙事的解体，伴随着历史与阶级意识建构起来的乡土文学死去而重获新生。"[1] 这是乡土文学所置身的外在环境，也就是说，当代乡土文学有可能也应当不再背负国族形象的建构，承担启蒙与救亡的重塑，力图表现乡村的进步性与革命性，而是回归到真正个体的经验与伤痕，回到越来越迫近的切实置身其间的现代性进程及其反思中，乡土文学的生发，本也就源于现代的境遇——并非是出于审美现代性的作祟，而更多的是回到社会及制度本身、历史及当下的情境当中，这或许才能真切地回归到乡土中国的社会语义中来，回到作为社会结构及制度存在的乡土中国的现实中来。我在探讨莫言、刘震云、阎连科这样一批有着现代主义写作倾向的乡土作家时，考察过他们笔下村庄意象的异化："三画四彩"的消失、温情的倦怠、知

---

① 温儒敏等：《现代文学新传统及其当代阐释》，北京大学出版社2010年，第148页。

识者主体介入的不在或者戏谑式出现，在我看来这种风景的异化就源于知识者（作家）话语方式及主体情感的变迁。如果说，现代乡土作家在声称自己是"农民"或者"乡下人"的时候，有着比农民更自觉的文化立场，是基于一种精神文化的牵绊与探寻，那么，在大多数当代乡土作家这里，"农民"则是有更为现实与严峻的意味。

对贾平凹来说，或者对与贾平凹一样的五十年代生人，"农民"首先就是实实在在的一种身份标识，他不会像现代作家那样，彰显文化的骄傲与自身的本源，相反，恰恰是一种文化的自卑与不自信——"在相当长的岁月里，我不堪回首往事，在城市的繁华中我要进入上流社会，我得竭力忘却和隐瞒我的过去，而要做一个体面的城市人。"[①]这是带着苦难的社会体验，身份背后所指向的是直到现在依然存在并且并未从根本上改变的中国式的户籍制度、城乡二元对立的社会结构模式。对"农民"身份的正视，其实是从几代人的经历中看到的，贾平凹写到父亲自身的际遇：在西安考学时，害怕当兵，而念了师范学校；毕业后，在城里工作；西安解放时，没有选择留城，偏偏回了老家，就这样与"城里人"擦肩而过，"身份"的转换也就带来了后续的一系列问题，最大的问题也就在于子女要再次进入城市的通道中不得不费尽心力。"城市"在很长时期的语境中是传统观念中物质、地位、工作、名望与前程的象征，而不是今天声色犬马的现代性光景，城市与乡村社会及其身份表征在当时就有着这样的天壤之别。

身份的敏感之所以成为这一批乡土作家所共有的，是因为他们正是在这样一种分裂的城乡社会结构中来体验生活，跳腾人生。长篇散文《我是农民》写到对身份的认识与警觉最开始就是从与下乡知青及城镇的孩子的对比中来：

回到了棣花，我成了名副其实的农民，在农民里又居

---

① 贾平凹：《我是农民》，安徽文艺出版社 2010 年，第 20 页。

于知识青年，但是，当我后来成为一名作家，而知青文学在相当长的时间里走红于中国文坛，我却是没有写过一个字的知青文学作品。在大多数人的概念中，知青指那些原本住在城里，有着还算富裕的日子，突然敲锣打鼓地来到乡下当农民的那些孩子。我的家却原本就在乡下，不是来当农民，而是本来就是农民。

我读过许多关于知青的小说，那些城里的孩子离开了亲情，离开了舒适，到乡下去受许许多多的苦难，应该诅咒，应该倾诉，而且也曾让我悲伤落泪。但我读罢了又常常想：他们不应该到乡下来，我们就应该生在乡下吗？[1]

"本来就是农民"，原本指望着升学来脱离农门，因时代环境，初中毕业后无法再继续升学，只得回到乡下继续耕作的生活，这样的记忆，最初的沮丧，我想不只是存在于贾平凹这里，记得在学者王尧的个体回忆中，也详细地记录了这一段经历及心情：

在我读大学后的简历上，从一九七七年的七月到一九八一年的七月这段历史几乎是空白。此时，我的身份是"回乡知青"。这个身份和"插队知青"不一样，它对一个人的工龄来说是无效的，城乡差异在这两者之间显露无遗。生活把许多不平等留在了我成长的日子里，即使后来的生活已经有了根本改变，我的笔下仍然抑制不住悲伤的情绪。写作和成年后的生活仿佛总是离不开最初的底色。镇上许多同学后来插队了，他们是空降到"底层"的，命运对他们不公，是因为他们被甩出了原先的生活轨道；而我们这些"回乡知青"，在胎里就已经生活在别人后来才

---

① 贾平凹：《我是农民》，安徽文艺出版社2010年，第18页。

挣扎的轨道上。很少有人会比较最初秩序的毫无道理。[1]

只有真正在乡间的生活中挣扎过，也只有真正在这样一种境遇中来体验由乡到城的经历，才会刻骨铭心地懂得制度的桎梏与残酷。

毕竟，"农民"是一种真切实在的生活经历。我们从贾平凹对农民经历的回顾中大致可以看到二十世纪五十年代至七十年代的农村日常、大家庭伦理道德状况、动乱年代的纷争景象，而这些又构成了他日后创作的经验世界，丰富而又细密。他笔下的人事，无论是来自历史的沉疴，或者当下的影像，他内心对乡村所郁积的感情，甚至他隐隐显现的性情，皆是从过往的岁月中来，比如物质的贫乏、饥饿的体验：

> 我们把什么都变着法儿来吃，比如榆树皮磨成粉，掺在麸子面里，麸子面能擀成面条儿，但光滑得筷子夹不住。把未嫁接的柿树叶磨碎熬成稠汁做凉粉，若是苦，可以调上辣面，不咬就下咽。山上的老鸦蒜煮熟了，舌头能麻木，可吃那么一大碗，并不会出事的。没油少盐的树叶草根汤令几乎一半的人浑身浮肿，纯稻皮和柿叶做成的炒面成了每顿饭必吃的食物，因为它耐饥，但拉屎却成了问题。[2]

《我是农民》中贾平凹有叙述过他生长的大家庭，人口众多，人物却各有光彩，正是相互间的扶持与周济，维系着家族的情感。作者写到父亲叔伯之间的手足之情，有那么几件事，我想是特别感人至深的。一是，饥荒时期，二伯父出去乞讨，当这个事情被人知晓传开后，家族里立即召开会议，商议相互周济渡过难关。而此

---

[1] 王尧：《一个人的八十年代》，华东师范大学出版社 2009 年，第 11 页。

[2] 贾平凹：《我是农民》，安徽文艺出版社 2010 年，第 62 页。

后，在学校任教的父亲每每带回菜包或者锅盔，必是几家人一起分享，这个习惯一直维系到父亲去世，即使已经不再是缺吃少穿的年月，也仍然持续着这份情义。二是，父亲因"文革"期间遭人陷害，成为"历史反革命分子"，曾经熟知的人都有意无意地远离他，心情烦闷，而又申诉无门，三伯父和大堂兄每到星期天就回来陪父亲喝酒："安慰的话已经没有什么言辞可以说了，酒就是他们的兄弟之情、叔侄之情，一切都在酒里。"[1]贾平凹还写过一篇《祭父》，亦曾提到作为家族里唯一一个读书人，教书的时候，父亲都会把几个堂兄弟带在身边，照顾他们的生活，让他们受到好的教育，把照顾整个家族看作是自己应尽的义务与责任。这些乡间美德、手足情义，在日后贾平凹的作品中也屡有出现，乡村最能牵绊人的，除了记忆与血缘，这些德行的滋养我想是沉淀于贾平凹的心底。

在这些日子里，贾平凹说，物质经济上的困苦并不算什么，最难以忍受的是世态的炎凉，在父亲被革职后，一家人在困境中的相互支持与温暖也就成了难以忘怀的记忆。《祭父》中父亲带着我和弟弟赶猪去收购站这一片段我想是令人动容的，一开始是满怀期待与欢喜，因为把猪卖掉不仅意味着一笔不小的家庭收入，还能就此改善下伙食，在那样一个年代，养猪是农村不多的经济收入之一。那天先是起早，苦等了一上午，临近下午上班时，猪却开始"屙金尿银"，结果被收购员告知养了两年的猪却还是不够等级，只好又把猪赶回家来。失望、心酸就这样交杂着沉重的岁月之景，幸运的是还有一家人在隐忍与坚强中所酿的清欢，能为家里带来一点收入，能多背回家一些柴火，能够将好吃的菜带给家人一起分享，在贾平凹看来就已经是一种快乐与满足。

其实我们已经难以再读到这些有关家族的记忆、乡村的伦理日常，更确切地说，是我们所在的当下已难以流转这样的生活。一方面乡村伦理道德在屡次动乱中被销蚀破坏了根基，另一方面随着乡

---

① 贾平凹：《我是农民》，安徽文艺出版社 2010 年，第 111 页。

村结构本身在城镇化进程中的变迁，原有的情义与牵绊也如雨打风吹去。无论是乡村还是城市的后代们，可能都再难以理解当时生活的困境，再难以体验那种卑微如尘埃、俯身大地只是仅仅面对生存本身的日子，同为乡土作家的阎连科后来在《我与父辈》中写到的或许只有他们这一代人才能感同身受：

> 终于就在某一瞬间，明白了父辈们在他们的一生里，所有的辛劳和努力，所有的不幸和温暖，原来都是为了活着和活着中的柴米与油盐、生老与病死；是为了柴米油盐的甘甘苦苦与生老病死中的挣扎和苦痛。[1]

五十年代出生的人，是与共和国一起成长起来的一代人，他们感受着新中国的变化，也饱尝着动乱变革之苦，我在梳理乡土作家的代际特征时，将贾平凹这一代人看作是有着完整乡村经历的人，不仅有切实的劳动经验，经历乡村的物质贫困与精神纷乱的年代，也目睹乡村的式微及空落，在现代性进程中景象凄凉。因而，他们的精神伤痕深处，不只是来自贫困的体验，还有"四清""文革"这些动乱所留下的精神遗骸。如果说，鲁迅看到中国人旁观杀头的幻灯片，由此想到国民的看客心理及麻木的精神状态，需要注入变革与启蒙的力量，沈从文在城墙上看到杀头的景象，对人生、人性多了一份理解，他永远是对生命现象倾心的人，那么，贾平凹这一代人同样难以逃脱直面鲜血与残暴的现实，这同样也构成了他们日后的反思之源，还有对历史政治的极大热情，《古船》《古炉》《老生》《生死疲劳》《蛙》创作的动力我想就来源于闹腾的历史岁月。《我是农民》同样写到了"文革"武斗，描写了血腥的场面：

> 我亲眼睹了武斗场上，我的一位同学如何地迎着如雨

---

① 阎连科：《我与父辈》，云南人民出版社 2009 年，第 3 页。

一般的石头木棍往前冲。他被对方打倒了，乱脚在他的头上踢，血像红蚯蚓一般地从额角流下来。他爬起来咬住了一个人的手指，那手指就咬断了，竟还那么大口地嚼着，但随之一个大棒砸在他的后脑，躺下再不动了。那场武斗结束，打扫战场时，我的那位同学的右眼球掉出来，像一条线拴着一个葡萄，而他的嘴里还含着没嚼完的一截手指。[1]

这些往事，或者农村生活经历，无疑都促成了贾平凹性情的生成，还有对乡土世界的复杂情感。当作者写下离开乡村去城市上大学的心情时，反而不是跳跃"农门"的喜悦，而是沉甸甸的记忆之痛："这一去，结束了我的童年和少年，结束了我的农民生涯。满怀着踏入幸福之门的心情要到陌生的城市去。但20年后我才明白，忧伤和烦恼在我离开棣花的那一时起就伴随我了，我没有摆脱掉苦难。"[2]这些苦难及其精神伤痕的影迹又辗转到了小说的世界，不管故事如何演绎，在小说的后记里，我们照样能够读到贾平凹与乡土、与年少的经历、与记忆之间的关联。比如，《老生·后记》里就这样写道：

> 在灰腾腾的烟雾里，记忆我所知道的百多十年，时代风云激荡，社会几经转型，战争，动乱，灾荒，革命，运动，改革，在为了活得温饱，活得安生，活出人样，我的爷爷做了什么，我的父亲做了什么，故乡人都做了什么，我和我的儿孙又做了什么，哪些是荣光体面，哪些是龌龊罪过？太多的变数呵，沧海桑田，沉浮无定，有许许多多的事一闭眼就想起，有许许多多的事总不愿去想，有许许多多的事常在讲，有许许多多的事总不愿去讲。能想的能

---

① 贾平凹：《我是农民》，安徽文艺出版社 2010 年，第 48 页。
② 贾平凹：《我是农民》，安徽文艺出版社 2010 年，第 134 页。

讲的已差不多都写在了我以往的书里，而不愿想不愿讲的，到我年龄花甲了，却怎能不想不讲啊？！[1]

在乡间的那些年，看似安生于乡间的劳作，但是，时时刻刻存在并烙人疼痛的是"农民"的身份，它犹如脸上的"红字"，意味着低人一等的境遇，还有在这之上无法寄予希望的未来。与去经历乡村生活同样存在的是"离开乡村"的念头，"我"是怎样带着内心的挣扎、愤懑，寻找着一切离开乡村的机会，招工、参军，希望又是如何地一次次落空，直至推荐上大学的机会出现。我想大致可以把贾平凹在乡间的经历看作是这一代人甚至是几代人共同的经历，也可以试着将这份自传与现代乡土做家做一番比较，就可感知于乡土内里情感的异样，还有于乡土现实生活切实体验的迥然。

鲁迅在有关年少记忆的文字里，鲜少提及生活在乡村的直接经验，留下的也是不多的乡村生活实写，比如看戏，还有父亲生病家道中落所体会到的世态炎凉，他感知的与其说是乡村，不如说是人事。"有谁从小康人家而坠入困顿的么，我以为在这途路中，大概可以看见世人的真面目。"[2]沈从文自传里回顾的虽都是来自于边地鲜活的生活经验，关于历史、暴行、战争与天地间的坦荡，但那是在更宽广的天地里来塑造着一个人的生命感知与世界观，这样一个"得其自"的状态恰恰是生命意识不断膨胀生长的过程，是真正的生命的觉醒，因而环境对一个人的影响并不能上升到制度的层面。"二十年后我不安于当前事务，却倾心于现世光色，对于一切成例与观念皆十分怀疑，却常常'为人生远景而凝眸'，这份性格的形成，便应当溯源于小时在私塾中逃学习惯。"[3]现代乡土作家面

---

① 贾平凹：《后记》，《老生》，人民文学出版社2014年，第291页。

② 鲁迅：《呐喊·自序》，《鲁迅全集》（第一卷），人民文学出版社1981年，第415页。

③ 沈从文：《从文自传》，《沈从文全集》（第十三卷），北岳文艺出版社2002年，第253页。

对更多的是家国的动乱，还有个体人生之路的辗转，当时还来不及思考乡土作为一种制度或者文化而存在的社会现实，即使出生为乡下人，也无须在比对中得出城乡之别、身份的等级，因而在回望乡村时，仍是之前提到过的朴素的"地之子"的情感，甚至在这之上试图建构，即使如鲁迅一般带着建构的目的，如沈从文一样带着重造的理想。而如贾平凹一样的当代乡土作家的人生履历里，或许不只是有世事的无常、人生的坎坷，他们更多记录的是城乡二元结构下农民身份所经历的苦难，改革开放前的贫穷、饥饿，如何寻找机会离开乡村的历经。也就是说，于现实乡土，他们是有着直接的现实经验，真正去体验乡村作为一种制度，"农民"作为一种与前途、与日常生活息息相关的凭证而存在，它是去城市，或者说获取更多资源更好生活所必须跨越的樊篱，于乡村内里的情感已然变异。当莫言的小说里以两极的字眼来写故乡时，我想这不仅仅是一种修辞，亦是复杂情感的体现："高密东北乡无疑是地球上最美丽最丑陋、最超脱最世俗、最圣洁最龌龊、最英雄好汉最王八蛋、最能喝酒最能爱的地方。"[1]刘震云曾这样直白地表达过："从目前来讲，我对故乡的感情是拒绝多于接受。我不理解那些歌颂故乡或把故乡当作温情和情感发源地的文章或歌曲。因为这种重温旧情的本身就是一种贵族式的回首当年和居高临下同情感的表露。"[2]有学者也曾提到作家获取经验的途径与方式，所置身的思想文化与文学艺术语境，是影响乡土作家创作的重要层面。在我看来，这也正是决定了乡土文学当代转向的主要原因之一，也即回到乡土中国的语境，回到大多数人的生存与生活，回到带着个体伤痕的记忆与经历。

这样来看，经由"我是农民"的指认，对农民经历的回溯，达致的不仅是人生与生命的实录，也是社会与文学的传记。

写出苦难、内心的彷徨，并非就止于此，贾平凹还有着对"农

---

① 莫言：《红高粱家族》，作家出版社 2012 年，第 3 页。

② 刘震云：《整体的故乡与故乡的具体》，《文艺争鸣》1992 年第 3 期，第 73 页。

民"身份的自省，着墨更多的是对农民意识、农民习性及劣根性的认识与反思："当我已经不是农民，在西安这座城市里成为中产阶级已二十多年，我的农民性并未彻底退去，心里明明白白地感到厌恶，但行为处事中沉渣不自觉泛起。"① 而对农民性的知晓、对自身精神底色的认知恰恰是在物质贫乏甚至穷困无门的时候，是在制度剥夺了一切上升的渠道之后得以窥看环境对人性与人心的塑造与扭曲。《我是农民》讲述了"我"在回乡之后意识到自己暂时只能安于农民的身份及现状，带着无奈投入到与泥土农活为伴的日常劳作中：

> 真正的农民的德性我就是在那一年里迅速形成的，我开始少说话，一切都刻苦，不要求吃与穿。每日空手出门，回来手从未空过，不是捡些柴火，就是挖些猪草。这如小偷偷惯了人，一日不偷心发慌手痒似的。我家的院子里总是晒有各种树枝树根蒿草和落叶稻根豆秆，更有捡回来的绳头、铁丝圈、破草鞋、碎砖、烂瓦。能节省一粒米就节省一粒米是我的快乐，能给家里多拿回来一样东西就多拿回来一样东西更是我的快乐。②

并慢慢养成农民的习性，又是如何地将这样一种习性，好的、坏的，发扬到极点：

> 拾麦就是在收割后的地里捡拾遗落的麦穗，或者用小笤帚连土带沙扫地头上的麦粒。当然，拾麦人一半是拾一半是偷。经过没有收割的地边，手那么一捋，极快地捋过一把麦粒。我的怀里揣着一把剪刀，能潜入地中"嚓嚓

① 贾平凹：《我是农民》，安徽文艺出版社 2010 年，第 15 页。
② 贾平凹：《我是农民》，安徽文艺出版社 2010 年，第 39—40 页。

嚓"地剪麦穗。少不了被看守人发现，那就得扔掉篓子兔子一般地逃跑。那一年我丢失过两个篓子，跌伤过膝盖……那时，农民，几乎没有不偷盗的。[1]

我们已彻底接受了永远当农民的现实，同时发作了破坏性的农民劣性。五六个同年龄的人一伙，一块去山上割草，割生产队的苜蓿，割山里人家地堰上种植的黄花菜，将那些桑树苗一并割去；拾柴火，砍任何树上的枯枝，也砍湿枝，甚至到南山去，几个人进庄户人家缠住主人，几个人就在屋后砍人家的椿树、杨树；并将生产队里的所有地塄上的野枣刺砍下来，连根也要刨出来，使地塄倒塌。村里的一切果树，果子几乎在半青时就被我们打抢了……[2]

贾平凹这样为这一段生活总结，意在看自己的性情与精神底色是怎样长成的：

乡下的妇女善良、勤劳、节俭，但总是自私、目光短浅、心眼小、长嘴多事、爱笑话人、好嫉妒，这些我体会得最深。以至现在，我成了作家，许多读者认可我作品中的妇女形象，其实都是那一段生活得益。而我性格中的阴柔，处事的优柔寡断也都是那一段生活给我的坏影响。[3]

农村是一片大树林子，里边什么鸟儿都有，我在其中长高了、长壮了，什么菜饭都能下咽，什么辛苦都能耐得，不怕了狼，不怕了鬼，不怕了不卫生，但农村同时也是一个

① 贾平凹：《我是农民》，安徽文艺出版社 2010 年，第 42 页。
② 贾平凹：《我是农民》，安徽文艺出版社 2010 年，第 64 页。
③ 贾平凹：《我是农民》，安徽文艺出版社 2010 年，第 33 页。

大染缸，它使我学会了贪婪、自私、狭隘和小小的狡猾。[1]

来自农民经历的回溯与咀嚼，我想，至少带给日后贾平凹的文学创作两方面的裨益：一是，能够最大限度地去理解并呈现一种农民意识，何为农民意识？

> 乡里民众在共同的社会活动和历史传承过程中，形成了区别于其他群体的日常生活意识，包括人们的理想、愿望、情感、价值观念、社会态度、道德风尚等等心理因素。这些心理因素是在文化贫困的群体活动中自发形成的，同文化层次较高的群体心理相比，它相应缺乏理性思维的机能，对于人生、历史和社会，表现为一种高于生存本能而低于逻辑运筹的精神状态。[2]

贾平凹的文学世界没有宏大理想的建构，亦没有观念性的解构，从最根本的一点来看，也就在于是贴近一种农民意识与思维逻辑，在这样一个基础上来做乡土社会性的分析。

二是，既能对其物质生活正当性的一面给予理解，同样也对乡村生活庸常的一面有所警惕，在《秦腔》《古炉》《带灯》里有许多描述生活常态的片段，它们指向人性中的暴力与丑露，也指向其无精神无意义的日常本质。对其的实录，也正源于这段生活的感受。

与此同时，来自农民身份的自觉与自省，对一种农民习性的警觉，我想，贾平凹也是放在对现代知识分子的塑造中来，放在对自我精神之源的警醒，甚至批判中来。他的小说中至少有三类人物形象都有着农民与知识分子精神与性格的融合形象。一是像高子路、夏风这样从乡村走出去的知识者。前者无法在传统与现代之间找到

---

① 贾平凹：《我是农民》，安徽文艺出版社 2010 年，第 45 页。
② 程歗：《晚清乡土意识》，中国人民大学出版社 1990 年，第 12 页。

一个合适的平衡点，只能在这之间彷徨无助。子路带城里的妻子还乡祭父，乡村的现实场景让他身上的弱点暴露无遗，他犹疑小气，既无法坦然面对仍然有情感留恋的前妻，也无法从容解决乡村烦杂的事务，最后只能带着疲惫返城，于他而言，乡村或许只有那些古旧的残碑与方言俚语还留有几分价值，也只有在他的研究工作中乡村还存有亲切的念想。在他的身上同样无从看到现代思想的洗礼，不曾见到理性、理智与通达，当初他想要改造菊娃，改造失败离婚之后，他再婚的目的也就是想要娶一个满意的老婆来改变生活方式、心态思维，甚至是种族。他对西夏长腿的迷恋更是将农民的自卑与虚荣推向极致。夏风弃传统于纸屑，他不关心秦腔的发展与落寞，更不关心这一艺术形式对于父亲和妻子的慰藉，于乡村而言，他是一个决绝的逃离者，而现实生活中，乡村不也成为众多人的负累吗？夏风对待乡村的态度并非孤立无二。二是像夏天智、白雪这样坚守传统文化的乡村知识者，还有像金狗这样有着现代知识者色彩的农民。他们虽受过一定的现代教育，或从事文化教育的工作，但他们的主体意识依然不改农民本色，或者思想意识里也仍是以传统教义与文化为本位的，在乡村改革、变革的进程中也是反应比较激烈的。金狗在八十年代的乡土文学中应该是一个醒目的人物，他是退伍军人，对乡村的改革积极践行，他身上因袭的负担还在于必须周旋于与地方势力的权势争斗中，也是在一场场周旋中才得到机会去城里当记者。我们看到，一方面他在处理河运队被田中正霸占并违法经营的事件、雷大空入狱事件时机智、果断、勇敢，另一方面，又分明感受到了他狭隘的农民心理及意识，对于与小水的感情优柔寡断，对于英英有一种明显的报复心理。三是像善人这样承担着传统礼仪说教及宣扬的儒者形象。此外，像《极花》里面的主人公胡蝶，虽也是乡村人，但她进入到另外一片粗陋的乡野，却还是如城里人下乡一般充满好奇，而她对事物的感知理解也似乎带有如带灯一样的细腻情思。

这些人物形象的塑造，多少都有着贾平凹自身的精神疑虑，这又何尝不是他对自身精神根底的审视呢？也就是在这一层面上，我以为当代的乡土书写，其反思的深刻与彻底或许大有空间，这首先源于"我是农民"的经历，来自一份真切的身份自觉与自省。

第二节 文人与知识者

在识别贾平凹的写作及其精神背景时，一般我们都会提到他所经历的乡村生活所带给他的精神怡养与写作根源，却较少察看他生活了二三十年的西安古都给予他的精神慰安与创作资源，至少他自己是有所察觉的。《高老庄》的后记里就有提到过："我终生要感激的是我生活在商州和西安二地，具有典型的商州民间传统文化和西安官方传统文化孕育了我作为作家的素养，而在传统文化的其中浸淫愈久，愈知传统文化带给我的痛苦，愈对其中的种种弊害深恶痛绝。"[①] 有着古都背景的《废都》《白夜》，既可以从中看到有别于乡村的官方传统文化，亦能察觉到贾平凹自身别样的精神质地。

还记得，贾平凹在《废都》后记里如此道明自己写作的愁绪及困境：

> 这些年里，灾难接踵而来，先是我患乙肝不愈，度过了变相牢狱的一年多医院生活，注射的针眼集中起来，又可说经受了万箭穿身；吃过大包小包的中药，这些草足能喂大一头牛的。再是母亲染病动手术；再是父亲得癌症又亡故；再是妹夫死去，可怜的妹妹拖着幼儿又回住在娘家；再是一场官司没完没了地纠缠我；再是为了他人而卷

---

① 贾平凹：《后记》，《高老庄》，安徽文艺出版社 2010 年，第 317 页。

入单位的是是非非中受尽屈辱，直至又陷入到另一种可怕的困境里，流言蜚语铺天盖地而来……我没有儿子，父亲死后，我曾说过我前无古人后无来者了。现在，该走的未走，不该走的都走了，几十年奋斗的营造的一切稀里哗啦都打碎了，只剩下了肉体上精神上都有着毒病的我和我的三个字的姓名，而名字又常常被别人叫着写着用着骂着。①

自身并不明朗的心绪，虚无之感，灰暗的，几近绝望的，笼罩于字里行间，但我所要追问的是，安妥自己的灵魂也好，或者以此为基点，通过西京城四大名人精神生活的颓败来捕捉二十世纪九十年代知识分子群体的精神状况也罢，为何要寻回到旧式文人的生活与精神世界中来？

首先，不言而喻的是，个体的经验历史、内里的思想情结，我想是与他所处的古都西安的氛围相一致的：

"废都"二字最早起源于我对西安的认识。西安是历史名城，是文化古都，但已在很早很早的时代里这里就不再成为国都了，作为西安人，虽所处的城市早已败落，但潜意识里曾是十二个王朝之都的自豪得意并未消尽，甚至更强烈，随着时代的前进，别的城市突飞猛进，西安在政治、军事、经济诸方面已无什么优势，这对西安人是一个悲哀，由此滋生一种自卑性的自尊，一种无奈性的放达和一种尴尬性的焦虑。西安的这种古都—故都—废都文化心态是极典型的，我对此产生兴趣。②

---

① 贾平凹：《废都》，作家出版社 2009 年，第 461 页。
② 贾平凹、王新民：《〈废都〉创作问答》，《〈废都〉废谁》，肖夏林编，学苑出版社 1993 年，第 23 页。

这种"历史意识"也就涉及《废都》的错位之一,"都"表现的完全不是现代或后现代情境下的物质及其生活,现代人精神状态及其情欲,不似西方现代派、后现代派所呈现的物质社会高度发展之后的茫然颓唐、精神世界的千疮百孔,如艾略特的"荒原"意象、波德莱尔的"恶之花"之寓。二十世纪八九十年代的当代中国还无法呈现大都市的景观、强烈的声色犬马之感,或者反过来说,《废都》也并没有完全呈现出经济改革下的都市影像,只是从庄之蝶开书店、替企业老板写宣传材料、歌舞厅的流行大致能感受到时代的氛围、市场经济的兴起。而从小说中所呈现的物质生活来看,更多体现的还是有着地域特征的俗世生活。再说到主人公庄之蝶喜欢的埙乐,也来自于古代的乐器,那种悲怆苍凉之感也只在有着旧时城墙砖瓦的古都才会有着相谐的情调;西京城四大名人的爱好趣味也大都如古代文人一样集中于古玩字画、品茗听曲,与古代士人不同的是,这些志趣已经不是修身养性的途径,而是成为敛财交易的工具之一。这里所说的"都"对应的恐怕还是传统中国古代城市,并非是今天异于乡村的文明形式,而是与乡村一样享有着同样的文化流脉,进入到现代视阈也就成了传统文化的表征。用雷达的话进一步说:"《废都》的写西京城,写庄之蝶,主旨并非写现代都市文明的困境和世界性的知识分子的精神危机,而是写古老文化在现实生活中的颓败,写由'士'演变的中国文化人的生存危机和精神危机。"[①]

然而,由"士"演变而来的知识者的精神过渡,从晚清开始到九十年代也已近百年,中国现代知识者的蜕变竟是如此的漫长!

我们看到,《废都》里的人物形象也并非现代意义上的知识分子,此为《废都》的错位之二。两者的错位也就恰恰成全了《废都》的正当性,从小说里的人物形象窥看的是贾平凹对现代知识者的想象,由此我们看到的是贾平凹自身的精神底色与精神短缺。如

---

① 雷达:《心灵的挣扎——〈废都〉辨析》,《当代作家评论》1993年第6期,第23页。

果说《废都》的出现应验着贾平凹人生内外的个体体验，那么，庄之蝶的精神面相是否是一种隐形因子，内在于常存于大多数现代知识者之中，只是贾平凹在他的身上放大了这一切？这些人物又与新文学史上另外一些知识者形象有何同异？

何谓现代的知识者？放在本土的语境，并结合现代的价值观，我以为现代知识者应当是经过"五四"欧风美雨的洗礼，对民主自由的理念已经深入内心，现代教育应当可以让他们成为葛兰西、萨义德的理念里那种有着专业技能，不依附于任何团体或单位，并通过专业知识来对社会进行批判的人。这种衍变可以看到，现代知识者既是一种身份，也成为了一种职业。但是，这种角色及身份也在发生变迁，更确切地说，是知识分子天然所代表的知识与正义的权威性正在发生变化，齐格蒙·鲍曼以立法者与阐释者来对应现代与后现代境遇下的知识分子的两种形态，前者是权威的建构者与裁定者，后者则是用来解释形成于此一共同体中的话语，能够被形成于彼一共同体中的知识系统所理解。从立法者到阐释者亦可从中看到这期间知识分子自身角色地位的蜕变，这或许应该算是一个全球性的普遍变化，也正如托尼·朱特所说："在过去 30 年里的一切转型中，'知识分子'的消失或许是最有象征性的。"[①] 对于中国的知识者而言，晚清以来传统教育与现代教育方式对人的塑造已经有了很大的差别，而最大的差别可能在于，现代知识者不再单单像古代知识者那样以一己之情怀来对抗或谏言时事，有着对"道"的高扬，他们身上有着足以区别于传统的、独立的现代文明的标识：专业技能、现代理性与公正、自由的信仰，批判社会的同时，亦包含有自我批判。细想之，这样的现代知识者形象其实在整个中国近百年的新文学中是极少出现的。

贾平凹笔下西京城里的知识者，还过多地保留着古时文人的色

①　[美]托尼·朱特：《重估价值：反思被遗忘的 20 世纪》，商务印书馆 2013 年，第12 页。

彩，文人的自恋是有的，将文化及才情推崇至无以复加的地位：

> 我看得出来，我也感觉到了，你和一般人不一样，你是作家，你需要不停地寻找什么刺激，来激活你的艺术灵感……但你为什么阴郁，即使笑着那阴郁我也看得出来，以至于又为什么能和我走到这一步呢？我猜想这其中有多原因，但起码暴露了一点，就是你平日的一种性的压抑……人都有追求美好的天性，作为一个搞创作的人，喜新厌旧是一种创造欲的表现……我知道我也会来调整了我来适应你，使你常看常新。适应了你也并不是没有了我，却反倒使我也活得有滋有味。反过来说，就是我为我活得有滋有味了，你也就常看常新不会厌烦。女人的作用是来贡献美的，贡献出来，也便使你更有强烈的力量去发展你的天才……①

由才情受到推崇，受人仰慕走向的是多情，甚至是滥情，从庄之蝶在唐宛儿、柳月几个女性身上所找寻到的自信与安怀，足以看清一个现代知识者他所凭借的精神资源，还有他内在思想的空缺。而他身上也有一些劣根性，甚至可以说品行的毫无底线，在龚靖元的事情上他难逃落井下石之嫌；为了赢得官司，他想尽一切办法，甚至把已经许给赵五京的柳月又嫁给市长有残疾的儿子。他唯一体现了正气的一件事便是为主编所争得的职称及待遇。需要进一步追问的是，他在现代社会的情境中真正的烦忧与彷徨在哪里？他是知名作家，本应追问的也是人类的精神问题，而他自己却也陷入虚无的精神困境当中。倘若说名气太大，带给了他一系列烦扰，与景雪荫官司的无休无止、家事的大小冲突，但这些我以为都还无法撼动他的精神底座，真正的落寞或许还是在于在时代的转捩点中无从去留，无以更加从容地面对，找不到自己的恰切位置。他身上承袭的

---

① 贾平凹：《废都》，作家出版社 2009 年，第 109 页。

这种传统文化及精神无从有效地来面对变化，又或者说，庄之蝶的境遇也意味着知识者本身的精神遭遇。而与他一起的其他几个名人也莫不如此，一言以蔽之，在他们身上难以看到现代知识者的精神成人之景，或者仅仅是现代思想资源的塑造熏养。贾平凹借由庄之蝶情欲的泛滥、其他几大名人精神生活的颓丧，捕捉到的是大时代人内心深处的无处落地的精神依傍。传统文化的素养留给他们的是才情，是生活的趣味与品位，但是，并不能代表他们由此剔除了随波逐流的"恶"，他们所积淀下来的视野与能力更无从应付时代之变局。从某种程度来说，知识者置身于社会当中的无力感，是由他们自身所造成的。余英时对此就有这样的评价："中国知识分子的命运诚然是值得同情的，但这种命运又在很大程度上是他们的'无力之力'所造成的。这是绝大的历史讽刺。所以知识分子仅以'批判'自豪是不够的，他们必须进一步进行'批判'的批判，包括对于自己那种'无力之力'的深刻认识。王国维早就说过：现代知识分子怀疑一切，然而却从不怀疑自己立论的根据。这是'文化超越'的最后一关。能不能突破这道最后的关口，命运仍然掌握在知识分子自己的手中。"① 文化超越不仅是正视那些显而易见的文化立论，还有那些不易察觉的精神底色及戾气，过重的文人气息或许就在其中。

如果说，在《废都》里贾平凹寻回到旧式文人的精神世界，留下的是颓败、悲凉，秩序的坍塌，甚至是绝望之境，更多的还是一种气韵与神态，它留在知识者不易察觉的内心深处，正如在书的扉页上写的"唯有心灵真实"。那么，在《白夜》里虽对于现实的实描与介入更加的实有与直白，但人物依然留有文人的精神底色，我们更能清楚地看到一群小知识分子在时代变局之时的无所适从。

《白夜》写的是一群社会的普通人，夜郎在戏班唱戏，宽哥是警察，虞白和丁琳做着与文化相关的工作，颜铭开始是保姆，后来

① 余英时：《中国知识分子论》，河南人民出版社 1997 年，第 147 页。

到了歌舞厅走秀，受到追捧，还有保姆阿蝉、小翠。他们所面对的也是一个日益变化的世界，知识分子的边缘化，经济、金钱、权力的作用力日渐突显，道德的影响力却愈加捉襟见肘，城市及其意味的价值观也在慢慢影响着人们。发乎身心的情难以留住一切，吴清朴本有公职，也有自己喜欢的地质勘探工作，为了未婚妻邹云，他下海经商。而邹云却在一次演出中结识了煤矿主，并委身于他，留下吴清朴自己一个人来照看店面，最后还是失望地回到地质队，殒命于山石之间。而对美本身的追求向往也不足以抵御城市的虚假面具，夜郎一心想在城市里寻求一些洁净纯真的东西，他在颜铭身上看到了美，既是与生俱来的，而又有着现代的包装，但当他看到新生的女儿丑陋的面容时，也就无法接受原初理想的破灭，是关于审美理念的破灭，他的颓败感甚至是挫败感也有着一个小知识者在城市里无所事事的幻灭感。宽哥向来是正义果敢尽职尽责，最后却被一个拐卖儿童的妇女所蒙骗，开了一张通行证明，受到处分后再难做警察。与此同时，虞白无处安放的情感，他与夜郎之间暧昧而又纯净的感情，不也应验了现代人的情感缺失吗？贾平凹在每一个人物身上所提炼的这些事件，看似微小，实际上它们已经琐琐细细地织了一张网，当然还包括夜郎所在的戏班、青云所经营饭店的遭遇，还有经济的乱象，让生活其中的人都有着作茧自缚之感，既是生存生活的，也是精神世界里的幻灭，甚至是毁灭。

两部小说对城市的批判，抑或说，不可估量的现代城市的光影及力量带来了极大的不安。《废都》里虽不明显，但是城市的面影，或者说大转折到来时的氛围还是在那儿徘徊，由这种不自已的焦虑与悲哀幻化成一群文人的落寞与颓败。《白夜》的书名看上去就意味一座有些明暗不分的诡异之城，现代的化妆面具、传统的目连戏、再生人、整形术，真假难分，人鬼亦难辨，这些都表现出贾平凹对现代城市魔幻性的反映在九十年代已有了超前的描写。众多边缘的小知识分子面对这样的纷杂虚伪的景象，倘若还无法像行尸走肉一般毫无生命的律动，那么，何以慰安？只剩下埙、古琴、戏曲、剪纸等等这些传统的艺术世界还能安放那些破碎敏感的心。现代的精神资源在他们身上也是看不到的，即便他们面对着邪恶、不公正，也只是以有点近乎恶作剧的行径来处置。城市真的就是那些隐隐带来巨大不安的"新生活"，反过来说，现代文明及城市文化无法提供现代人所需要的精神处所，那么，就只能够往回走了。至少，传统的一切还留有余韵，也还是熟悉的。

我们可否进一步试着为庄之蝶、周敏、夜郎找寻到精神流脉？我想在鲁迅、郁达夫的小说里是能够看到些许影子的。鲁迅《在酒楼上》中的吕纬甫、《孤独者》中的魏连殳，他们原本也是有着革新思想、受过新式教育的人，对传统亦有着批判与质疑，但走着走着，人生也愈加灰暗，似乎也沉沦进那些旧式的漩涡里。吕纬甫在给小兄弟的迁坟中试着寻找点滴的暖意与慰安，魏连殳则在祖母去世后继续在传统中逆来顺受，尔后试着在新旧之间挣扎几番，偶得一些虚空的荣光，最终自己也接受不了自己的消沉与堕落，连死也不再可怕怜惜。郁达夫小说里有众多的"零余者"，时代的昏暗，生理的苦闷，理想的茫远，无从看到出路。似乎每个大时代的转折期，总会有这样一些知识者，彷徨着，找不到个人的出路，亦无从安抚那些落空的茫然的情绪与心理。许纪霖曾谈到现代知识者所处的社会已是一个无中心的"断裂社会"，一方面是国家与社会的断裂："士大夫原来扮演着将国家与社会一体化的枢纽功能，随着科举制度的废除，士大夫阶级瓦解了，国家与社会之间再也无法建立起制度化的沟通，二者之间发生了严重的断裂。"[①]另一方面是社会各阶层的断裂："社会各个阶级和阶层之间，由于缺乏公共的价值观和制度基础，无法形成有序的联系，也缺乏稳定的制度化分层结构，而是呈现出一种无中心、无规范、无制序的离散化

---

① 许纪霖：《"断裂社会"中的知识分子》，《20 世纪中国知识分子史论》，新星出版社 2005 年，第 2 页。

状况。"①断裂的社会也就是没有一种公共的价值观，也没有可以栖身的精神资源。

与《废都》《白夜》同类型的知识分子题材作品，即与贾平凹的创作同期出现的知识分子形象，有富有时代气息的知识者形象，有带着历史创伤的归来者或者坚守者，张炜《古船》里读《天问》《共产党宣言》的隋抱朴是其中一个，《人啊，人》里面的知识者也是一样，张承志《黑骏马》《北方的河》中的青年知识者批判历史及父辈时，亦有自我的深思与质疑，以及路遥《平凡的世界》里的孙少平。贾平凹这一时期的农村题材作品中也有一些积极参与乡村改革的知识者。当然，还有在市场经济浪潮中归于边缘的人文知识者，比如，我们在刘震云、方方小说里看到的是小知识分子的无奈、生活的平淡与琐屑，他们的精神世界已经趋于平面化，再也难见一种精神的张力与持守。张炜小说里的知识者，也是备受现代文明的冲撞与抑压，他们逃脱的方式也就是逃离城市，走进野地或者偏处郊区一隅。在阎真的小说里我们真切看到的是知识分子在市场经济中无可逆转的堕落，周旋于钱、权、色的交易当中。在这些知识分子身上，我们很少能感受到知识者内心的疑问与诉求，他们仿佛是像木偶一般听凭时代社会的牵引。

与之不同的是，贾平凹在《废都》《白夜》里提供的是一种精神深处的感受，聚焦了那些精神盲点，将那些时不时出现的悲观消沉的情绪积攒扩充，而且将人物置身于古都背景、传统艺术的领域，以见现代人精神资源的短缺。另一面也可看出传统的慰安及强大，而这又很难用好或者坏来给予评判，躲进古典音韵的知识者与其背后昏暗的古都，不也饶有意味吗？——老庄的思想、中庸的思想不是常徘徊于知识者的精神上空吗？老人与城，都将在时代向前的巨轮中往后退。《废都》的结尾，庄之蝶想要开始另一场行走与

<hr />

① 许纪霖：《"断裂社会"中的知识分子》，《20世纪中国知识分子史论》，新星出版社 2005 年，第 3 页。

逃离时，却最终没有成行，他也不复有前行的力量。借用小说中孟云房评价庄之蝶的话："别看庄之蝶在这个城市里几十年了，但他并没有城市现代思维，还整个的乡下人意识。"城市现代思维大体来说也就是现代意识，延伸来看，是否也可以说，"五四"以来中国知识分子的现代精神成人一直没有完成，城市文明与现代思想一直没有真正从根本上来塑造一代知识分子？我们见过新旧交替时代的，革命战争、动乱年代、改革阶段各个时期的知识者，不论落寞彷徨、犹疑不定、软弱自私，还是果敢向上、春风得意，知识的形象始终是带着精神气质里的不明朗。

由《废都》所示的精神底色，孙郁曾这样谈到贾平凹的文人气息及难以逆转的现代思维：

> 我们在阅读王小波的《黄金时代》时，与无数"黄色"的笔触相遇，却没有生理上的不适，反而觉得是在亵渎中有思想上的愉悦。那是一个有精神玄力的文本，我们阅读它时，感到了思维的快乐与精神上的有趣。贾平凹似乎没有这些。他还在明代文人的趣味里，意识未能盘旋到反母语的高度。或者这样说，贾氏借用了母语和旧文人的方式反讽了我们今天的生活，但他的思维却未能真正偏离传统。鲁迅、钱钟书、王小波是在话语的基本点上颠覆传统而又重塑传统的。这是贾平凹和这些作家的区别。因了这一区别，他对年轻一代的影响力，只剩下了美学趣味上的东西，有时是不在思想的层面的。[①]

是否可以说，正是这样一种文人气息，或者一种回退到晚明士人思想里的意识阻止着知识者现代精神的长成？由《废都》《白夜》我们看到的也是贾平凹自身的精神底色，简单地说，就是带着沉沉

---

① 孙郁：《贾平凹的道行》，《当代作家评论》2006 年第 3 期，第 42 页。

暮气的文人气息。

其实也可以就此来窥看贾平凹这一代乡土文学作家的思想资源——并非是站在要求一个作家也是思想家理论家的角度，而是察看作家本身思想的来源及长成环境，所能到达的深度与广度。他们当然是无法亲历"五四"思潮的一代人，"五四"留下的精神余韵所能感知到的也很渺茫，与这一时期革命先锋的精神境遇，比如鲁迅、周作人，对新文学前二三十年的创作资源的吸收，我想也是他们在后来的创作中才得以相遇，至少也是在创作的成熟期。他们思想成长的年代，正也是对传统与现代都弃之如敝屣，否定一切，尽管他们后来以各种方式进入了大学，或者以其他方式学习进修，但思想意识的桎梏仍然是有的，就像他们在创作的初期都无法摆脱掉模仿的痕迹；他们创作的成熟阶段即八九十年代，是各种思潮思想活跃的时期，但是就知识本身的学习，还有个体的经历经验来讲，有多少思想是可以过滤并打磨成一个现代人或者知识分子所应具备的资源呢？西方现代思想及现代派艺术更多的只是一种方法论或表现力方面的启示，至于思想的"改造"与"重塑"，我想还是缺乏的。存在主义、后现代的碎片化经验、反讽与戏谑这些西方现代派特质，我们也能从当下的乡土作品中读到，但很多时候，我们感受到的并非是一种内质，而仅是一种外在形式而已。传统与现代的资源究竟多少能沉淀为作家自身的思想积累？

贾平凹曾在不同的演讲中都提到过"现代意识"，以为："现代意识就是人类意识，以人为本，考虑的是解决人所面临的困境。所以，关注社会，关怀人生，关心精神，是文学最基本的东西，也是文学的大道。"① 他所提到的"现代意识"或许可以理解为文学的大同理想，而真正的"现代意识"，我想指向的是一种兼有理性反思与批判的现代精神。在后来贾平凹的众多创作中并不缺乏他所说的

① 贾平凹：《面对当下社会的文学》，《顺从天气》（贾平凹散文全编2002—2012），时代文艺出版社2015年，第281页。

"现代意识"，对于制度、人性、历史、暴力等等的反思与批判也是鲜明的。

但是，这或许还远远不够，需要的是一种解析现象的能力，既包括用文学来表现现象的能力，也是一种对现象进行解读的思想资源，也就是需要一些超越性的价值存在。

当下生活与文学的现实当然并非不需要批判和反思，但我们不禁要问：按小说家们既有的思想资源和道德尺度，他们是否很难对20世纪90年代以来剧烈变动的乡村现实作出真正有力的思想反省？应该说，新时期文学在重构中遇到的最大问题是：可供利用的哲学与思想来源显得非常匮乏。或许，中国知识分子的"现代性"原本就是借用西方话语的想象来试图干预社会，无论是对国家历史，还是个人现实。[1]

试问作家们有哪些思想资源是可以凭借，进而对现状发声的呢？《废都》《白夜》的存在泄露的正是这种精神疑难，尔后我们在贾平凹作品里感知到的悲观与迷惘、对现代性进程可喜之变的回避，是否也有着这种精神底色的影响？

第三节　文人传统与民间传统

在与贾平凹的对话中，韩鲁华也曾提到他所继承的两个传统，一方面是对中国传统文人艺术与精神上的接续，一方面则是民间艺术传统的承袭。在我看来，或许用一句话可以概括贾平凹身上的这两个传统：精神与理想在文人，形象与气韵在民间。也就是说，他

---

[1] 丁帆等：《中国现代乡土小说史》，北京大学出版社2007年，第341页。

文学世界里的趣味、精神旨意是文人的情思、情调与情怀，而创作的资源仍来源于广阔的乡土民间大地，所彰显的有些价值观念也更倾向于传统，有着历史性与当下性的融合，有着生生不息的俗世气息。看似两个相异的传统资源，文人传统大概意味着那些精致的上层建筑，用"大传统"来替代或许并不为过，而民间传统则意味着未曾过滤的世俗形态，是"小传统"，但是在贾平凹这里二者有着恰当的融合。想来，古时文人正是高可居庙堂，退可居乡间，既能在正统的文化中得其精神背景，又能自由出入乡里民俗，得其趣味。

何谓文人，他与今天所讲的现代知识分子有何精神渊源与独异？上一节我们对现代知识分子也有过一个界定，即是不依附于任何团体，以自己的专业技能来对社会进行批判，这完全是从社会学意义上来说，而在这里对文人与现代知识分子进行比较时，侧重的则是从文学创作的角度，或者说对于文学艺术来说，文人或现代知识分子（作家）哪种身份更为妥帖？这些概念都有着相交集的地方，却有着本质的不同。文人或许可以看作是古代的知识分子，士阶层，他与现代的知识分子有着精神的相通，身份、职位及社会意义上角色的相似，但现代教育已经使他们的差别愈来愈大，现代知识分子更加注重的是专业、技能，注重的是生命的理性。作家亦可以视为现代知识者的一部分，但并非每一个作家都可以称为文人。

文人，大概从思想与精神境界、技艺与旨趣上可以看作是一个贯通与完整的人，面向天地与人生，偏向于生命的感性，有情人生，与其说他们的技艺才能是用来应对外在的"事功"，毋宁说，他们面向的是生命本体，内在的自我，调和的是生命本然的缺失与遗憾，因而也更加关注历史及生活中的人性与人生。贾平凹在谈到散文的写作时，说到散文写到最后即是这样一种境界："是天文、地理、人间、地狱、神界融合贯通的东西，随心所欲，没了章法，完全是从天地自然、现实生活以及生命里体验出的东西。"①我想是一个文化人格、生命人格完整的人才能有此际遇。文人，不单指向的是一种文学人的身份，还有文化上的趣味、情思，琴棋书画、品茗鉴赏，游艺多方……因而，"文人，既是文学人，也是文化人"②。既有对纯粹知识的承继与传递，也有着文化意义上的接续与传承，同时也意味着一种情操，依然有着对"道"的高扬，并且是"道"高于"势"，并不缺乏古代的士，现代的知识分子、作家所具备的批判正义之气。钱穆有一段话，谈到的是古代的知识分子，我想与之相应的也有一种文人气质与情怀在其中：

> 政治不是迁就现实，应付现实，而在为整个人文体系之一种积极理想作手段作工具。此一人文理想，则从人生大群世界性、社会性、历史性中，推阐寻求得来。……他们的政治理想，乃从文化理想人生理想中演出，政治只成为文化人生之一支。这一理想，纵然不能在实际政治上展布，依然可在人生文化的其他领域中表达。③

唐君毅也有说过中国传统文化的本质是人文性的，文人的全部理想就也是在这文化人生的舞台上演绎，也就是说文人所承担的还有"文化"的传承与塑造之责。在我们所熟知的文人精神形象中，儒道显然是文人立身修身的两个精神资源，"修身齐家治国平天下"，"穷则独善其身，达则兼济天下"，"道不行，乘桴浮于海"，这些价值理念可以说在中国文人的思想里根深蒂固。再看贾平凹，一方面，他自己有着古代文人的情趣爱好，对字画古玩都有精深

---

① 贾平凹、谢有顺：《贾平凹谢有顺对话录》，苏州大学出版社 2003 年，第 249 页。
② 龚鹏程：《中国文人阶层史论》，兰州大学出版社 2004 年，第 27 页。
③ 钱穆：《中国知识分子》，《国史新论》，生活·读书·新知三联书店 2001 年，第 140 页。

研究，我们在散文中也可见他的精神乌托邦，"静虚村"也是一个人文意象："我不是农夫，却也有一庭土院，闲时开垦耕耘，种些白菜青葱。菜收获了，鲜者自吃，败者喂鸡，鸡有来杭、花豹、翻毛、疙瘩，每日里收蛋三个五个。夜里看书，常常有蝴蝶从窗缝钻入，大如小女手掌，五彩斑斓。"① 与陶渊明的田园诗一样，意味着间离世事的"自己的园地"，他早期的散文宁静恬淡，在山石明月间自得怡然，在这样一个艺术境界里规避世事及纷扰，彰显的就是一个文人的志趣与情思；另一方面，在谈到他对写作的理解时，常常吐露的又是一种自觉的担当与责任意识，这种意识在二十世纪五六十年代的作家中仿佛与生俱来，像乡愁乡恋一样沉淀在基因里：

> 我们生活在当下的中国，中国当下的社会现实就是我们的命运，我们和这个社会现实血肉相连，已经无法剥离，这种命运也决定了我们就是这样的文学品格。也就是说，我们是为这个时代这个社会而生的，我们只能以手中的笔来记录来表现这个时代这个社会，这是我们的宿命，也成了一种责任。②

因而，在他的小说中一直不乏对传统文明与道德的文人理想的张扬，也充斥着现代知识者的言说，有着批判省思的现代意识。具体体现在作品中，就是知识者的叙事角度或者身份存在——我把这一点看作是他承继现代乡土小说传统的特征之一，知识者的叙事跟随乡土文学的发生期，作为"侨寓者"的文学，本身就是来自于知识者的异域想象与现代性忧思，这之上的民族国家与个体理想的

---

① 贾平凹：《静虚村记》，《商州寻根》（贾平凹散文全编 1978—1983），时代文艺出版社 2015 年，第 32 页。
② 贾平凹：《命运决定了我们是这样的文学品种》，《贾平凹文论集·关于小说》，生活·读书·新知三联书店 2015 年，第 242 页。

建构。

在当下的乡土文学中，更确切地说九十年代以来，依然还坚持着知识者这一叙事主体的作家，并不多见，除了贾平凹，还有韩少功与张炜，与莫言、刘震云、阎连科小说中被戏谑与矮化的知识者形象，或者与"70后""80后"作家笔下可有可无的乡村外来者（知识者）相对照，前面三位作家笔下的知识者叙事主体依旧保留着传统现代知识者形象。简单地说，于乡村而言，他们怀有一种比个体乡愁更为阔大的人文关怀与现实关注。韩少功小说里的主人公有不变的知青经历，不断地往返城与乡之间，也就是不断地出入现实与记忆之间，指认历史悲欢。张炜小说里的主人公往往有着生活于城市的挫败经历，理想幻灭，而只有融入野地才会拥有一种行走于天地的生命实有。而在贾平凹这里，浓郁的乡愁、对乡土现状的深切忧心自不待言，但我以为他也放大了那种来源于现代性的焦虑、不适与茫然。相形之下，在鲁迅那儿，他对乡村的隐忧、对启蒙的惘然往往会在循环往复中进入对生命哲学的领悟与咀嚼，那也是一种释放；在沈从文那儿，尽管个体的情绪会不由自主地感染小说的叙事，往往最后又能得到细致的收敛，冲淡在青山绿水之间。贾平凹的乡土忧思像是烟雾一样缠绕徘徊，无从排解，不愿离散。

也正因为一份忧心与关切所在，当同时代的乡土作家大都已经开始撤换乡土叙事的主体，或者说不再张扬一种知识者的价值立场，纷纷转向民间写作，如莫言从"为老百姓写作"转向"作为老百姓写作"——"丢掉知识分子的立场，用老百姓的思维来思维"，韩少功走向"公民写作"①，贾平凹依然在坚持知识者的叙述及价值立场——这与他的民间意识与关怀并不相冲突，与他内心文人（知识者）的情结是脱离不开的。我们可以发现，他小说里总有些观念

① "作为老百姓写作""公民写作"并不意味着莫言、韩少功的写作中就完全没有知识分子的立场与意识，只是从某种角度而言，不再一味地以知识分子的趣味情怀来想象民间，不再一味地站在知识分子的角度来批判。

性的，抑或道德批判话语的存在，这在九十年代的几部作品中表现得比较明显。而道德话语一直是中国知识分子批判话语的主体，从中所看到的正是现代知识分子理性与专业知识的匮乏，在九十年代"人文精神大讨论"中，不能不说一些论争重又落入道德话语的窠臼。《废都》里的四大名人尽管自己也参与着时代的颓败、世风日下的进程，但他们的茫然与悲戚又何尝不是对人精神实体的悲观失望？市场经济下道德的缺失现象在小说中也时有发生，与之相应的，是对古风不纯伦理不再的茫然。《白夜》里关于社会的道德评判话语更加直白，比如夜郎与宽哥有过这样的对话：

> 夜郎说："我哪里就敢？只是现在都成了什么风气了，当官的以权谋私，各行各业的又以行业方便营利，有几个像你这号人？你正义，正义着却被人打了，挨了打一车的人怎不帮你？那司机如果还行，他停了车你也不至于让流氓跑了；车能直接开往医院，也不至于流那么多血吧！"宽哥说："正是这样，我才给你说，贪官并不怕的，铁打的营盘流水的兵，他作恶多了，总有被罢免或调走的；可有了污吏，咱这国家就完了！什么是污吏，就是各行各业的工作人员也都胡来么。"①

《病相报告》同样有着对社会现状的不满，小说后记里是这样说的：

> 我曾经写过《人病》一文，疑惑着到底是我病了还是人们都在病了？以此也想着许多问题，比如什么是病呢，嗜好是不是一种病，偏激是不是一种病，还有吝啬、嫉妒、贪婪、爱情……

---

① 贾平凹:《白夜》，安徽文艺出版社 2010 年，第 293 页。

> 爱情更是一种病。
>
> ……
>
> 与其说我在写老头的爱情，不如说我在写老头有病，与其说写老头病了，不如说社会沉疴已久。①

后来的《秦腔》人物形象已经呈现出了道德话语的两然，新与旧，守土与离乡，城市文明与传统风尚，市场经济与自然耕作，两代人对乡村治理的不同也是在道德视野里进行。《古炉》里的蚕婆与善人就是传统伦理道德的代表，而善人看病往往也是说病，道理也正是古中国的纲常伦理、仁义宽厚的传统美德。比如，他给护院是这么说病的：

> 你的性子是木克土，天天看别人不对，又不肯说，暗气暗憋，日久成病么。你要想病好，就得变化气质。要不化性，恐怕性命难保！你要先练习着见人先笑后说话，找人的好处，心里才能痛快，病才能好。②

道德性理念不由分说地被植入小说，或由人物直白地道出这些想法，有时会让我想起新文学发轫之初，那些对社会开出爱与美等药方的哲理性或理念性小说。即使到了创作的成熟期，贾平凹早已脱离了创作初期的观念性写作，还有狭隘的现实主义创作手法，但是小说中仍然不乏这些评判或警言。这跟贾平凹观念中的儒家伦理思想是紧密相关的，难以掩饰对社会现状的忧心，进而苦心说教或直接抨击。

去察看贾平凹的文人情怀与人文精神的时候，往大的方面说，是忧患意识，是自觉的担负，是"感时忧国"的接续，往小的方面

---

① 贾平凹：《病相报告》，安徽文艺出版社 2010 年，第 179—181 页。

② 贾平凹：《古炉》，人民文学出版社 2011 年，第 30 页。

说，更具体地从作品里面来看，则是对人与人之间冷暖善意的体察、对爱意与和平的点亮。以《带灯》为例，尽管作为基层政府综治办的工作人员，带灯与村民本有一种天然的对立，但是，更多的时候她是带着一份女性的温和柔软来工作来面对百姓的疾苦，甚至是野蛮行径，她有很多老伙计，也就是在下乡时真正与村民们建立起来的感情，而那些平日看上去懦弱也难免自私的村民，同样回报了她温暖与体谅。《古炉》《老生》里所出示的人事关系有血腥暴力的一面，但是也无从消弭人与人之间那些良善与温暖，蚕婆的慈悲、狗尿苔的善良、白石的忠厚等等。也正是这些日常中流溢出来的暖意照亮着生活与人性的暗处。

读贾平凹的小说，除了少数八十年代有改革气息的农村题材作品，比如《小月前本》《鸡窝洼人家》《腊月·正月》等等，我们能够感受到喜悦的时代氛围，还有人物角色的明朗之外，在他的文学世界里总能觉出几分哀暮之感。这根源于文人传统的忧患情怀，自是一份悲秋伤春的生命敏感，有情而发的情结，也来自于贾平凹骨子里那份仿佛与生俱来的悲剧意识。这份美学传统不说远了，其实晚清以来，就并不陌生。接续曹雪芹，王国维、鲁迅、周作人、张爱玲，现代作家的意识里多有苍凉悲怆之感，张爱玲就说过：

> 就因为对一切都怀疑，中国文学里弥漫着大的悲哀。只有在物质的细节上，它得到欢悦——因此《金瓶梅》《红楼梦》仔仔细细开出整桌的菜单，毫无倦意，不为什么，就因为喜欢——细节往往是和美畅快，引人入胜的，而主题永远悲观。一切对于人生的笼统观察都指向虚无。[①]

可以说贾平凹九十年代以前作品中的悲剧意识大多来源于对

---

① 张爱玲：《中国人的宗教》，《张爱玲文集》（第四卷），安徽文艺出版社1992年，第111页。

命运的追问，由对命运的不自知抑或是恐惧而心生悲剧感，如《妊娠》中的故事很多时候也就是笼罩在不自知的命运当中，《五魁》讲的是人处于社会环境、道德、情欲中的不自由；也有社会制度、整体环境及意识所造成的悲剧，如《商州》里珍子与刘成之间的爱情悲剧大概也是如此，《古堡》表现出来的是农民意识里的蒙昧。九十年代以后，我想用"废都"到"废乡"来概括他小说主题的转换是不为过的。《废都》由个人的人生体验、中年的暮气，到整个时代人文精神的下滑，还有古都文化的衰颓，悲怆之情之景是不言而喻的。《废都》之后，贾平凹开始密切地关注整个乡村在现代性进程中的式微局面，先不说弥漫在小说里的一种悲情愁绪，其中明显的疾病隐喻或许更能看出作者的用意及心思，悲观之状是打在作家的精神底色上的。《秦腔》在琐细的日子里慢慢道出乡村的变化，年轻人不再喜欢听秦腔，转向的是流行音乐，抬棺材的人少了，村子空了、静了。夏风与白雪生的小孩没有屁眼，新生的现代与古旧的传统无法有效地结合，进行新陈代谢。《古炉》里作者一开始就呈现了一个病村的形象，村民各有各的病，耳朵流脓、疥疮……身体的疾病只是其一，更重要的是精神的疾病，在善人看来，是治理国家还有人与人相处的纲常伦理出了状况。《带灯》里主人公作为一个乡村基层的工作者，对自己的精神有自洁自律的追求，也试图给自己的精神苦闷以释放与疏通，但是带灯最后也患了不自知的夜游症，也正意味着她无法在当下的乡村政治局面中寻得精神困境的突围，而乡村政治本身也莫不如此。《老生》最后写到的村庄，当归村，它毁于一场瘟疫，而当归村的村民都是长不高的侏儒，无法向上生长的境遇正如乡村社会无法在现代性的进程中良性地运转下去。

还记得王晓明在评价沈从文的小说时，说到一种"秋天的感觉"——"把他原先对整个人生虚幻无常的隐约的预感，不知不觉就偷换成了对他钟爱的那个湘西社会即将灭亡的清醒的悲愤。"[1] 把贾平凹的小说连贯着来看，又何尝只是一种秋天的感觉！如若说在沈从文的《边城》与《长河》中是一种静默的浅淡的哀愁，尚且美丽，那么贾平凹的乡土世界里则弥漫着沉郁的悲恸，隐隐中有无从让人轻松的抑压，这种精神世界里的黯色，更多的还是来自于他自身对生命与世界的无奈与伤感。倘若我们从音乐与绘画的角度来解读贾平凹的作品，完全可以感知到回落在古城墙上的埙乐，至于那些沉入底板的浓郁黑色，不像是传统文人水墨山间的轻盈飘逸，反而是像西方油画里那些厚重的背景。

费秉勋曾用"生命审美化"来概括贾平凹的创作特征：

> 一方面是指主体对生命历程的回味，并将这种回味沉积于审美意识中，参与审美活动；另一方面指生命体验贯穿于主体的大部分意识活动，它的主要特征是主体脱离于理性判断和功利目的对世界作沉静的体味和审美观照。所谓大部分意识活动，即不限于创作过程，而是渗透到主体的差不多全部生活中。这种对世界的沉静体味和审美观照成了主体重要的、惯常的生命需要。[2]

那么，我们是否可以说贾平凹性格里的那些忧郁的气质也影响着创作，并渗透进作品里面？还在他创作的初期，就写过一份档案资料，对自己的性情有所判断：

> 我出生在一个二十二口人的大家庭里，自幼便没得到什么宠爱。长大体质差，在家干活不行，遭大人唾骂；在

---

① 王晓明：《沈从文："乡下人"的文体与"土绅士"的理想》，《潜流与漩涡》，中国社会科学出版社 1991 年，第 128 页。

② 费秉勋：《贾平凹论》，西北大学出版社 1990 年，第 196—197 页。

校上体育，争不到篮球。所以，便孤独了，喜欢躲开人，到一个幽静的地方坐地。愈是躲人，愈不被人重视；愈不被人重视，愈是躲人；恶性循环，如此而已。[①]

我们读他的小说和散文，常常能够感觉到内里的细腻，比如对女性形象的塑造、对人性幽暗处的勘察，我想就来源于性情里那份讷言、孤独造就的敏感。他也曾言："我不是现实主义作家，而我却应该算作一个诗人。"[②]诗人天性的幻象、敏感与情绪的外化无疑在贾平凹这里也是有的，如若说"生命审美化"、诗人的气质可以用来阐释贾平凹创作时由内而外的特征，那么从字里行间所彰显的文如其人的风格恰恰也是他承继文人传统的一个由外而内的精神印象。

承继或者说恢复文人传统，在二十世纪八十年代以来的文学中，是别有一番意义的。一方面，是恢复那些诗情与暖意、柔和与情调，以此来冲淡长时期占据在文学领空的革命的、政治的意识形态色彩，还有僵化的理念，从而回归平淡日常情境下的人生与生活、个体与自我的情与思。另一方面，也是恢复几许闲适文化，也就是周作人所说的："我们于日用必需的东西以外，必须还有一点无用的游戏与享乐，生活才觉得有意思。我们看夕阳，看秋河，看花，听雨，闻香，喝不求解渴的酒，吃不求饱的点心，都是生活上必要的——虽然是无用的装点，而且是愈精炼愈好。"[③]闲适文化，我想就不妨看作是一份怡情养性的土壤。此外，从乡土文学的创作角度，也就是重新回到文化意义上来看待乡土文明及乡村社会，在贾平凹这里，不仅看到这一种社会与文化形态的正当性、价值所

① 贾平凹：《性格心理调查》，《商州寻根》（贾平凹散文全编 1978—1983），时代文艺出版社 2015 年，第 266 页。

② 贾平凹：《后记》，《高老庄》，安徽文艺出版社 2010 年，第 317 页。

③ 周作人：《北京的茶食》，《周作人自编文集·知堂文集》，河北教育出版社 2002 年，第 101 页。

在，而且是进一步考察这样一种社会与文化形态在现代性进程中的式微。这里所指的"文化"，我想并非是一个单一的概念，用费孝通的理解来说，"是指一个团体为了位育处境所制下的一套生活方式"①。对这样一套生活方式的观察，往往就包含着对制度及问题、文化及习养、性情及人心的综合考察，在这一点上，我想即使贾平凹不是表现得最好的，却也是思考得较为充沛的。《土门》《高老庄》《秦腔》《古炉》《带灯》《极花》无不是体现这样一种文化的因与果，关乎形态与内里。恢复文人传统，在某种意义上，也就是恢复中国传统的文化及艺术精神，是人文的、文化的，亦是世俗的。说到底，恢复文人传统也就是要回归到文学本身的属性。

然而有意味的是，尽管贾平凹有着文人的趣味与情怀，但并非以此来过滤日常生活与世俗烟火气息，使其精致、虚幻与美好。相反，在他的笔下乡村社会却是原生态的，芜杂粗粝。显而易见的是他的精神流脉里除了文人传统，还有着对民间传统的承续与开化，这包括两个方面的内容，其一是民间物质与精神，其二是传统创作艺术。对这一传统的主动继承，我想首先源于他自身对其身份的自觉，也就是在第一节里我们涉及的对"农民"身份的警醒。民间物质与精神传统在贾平凹的文学作品中最大的呈现，我以为还是对乡村社会及俗世生活的还原，更具体地说，是在日常生活，在看似千篇一律的流水日子里写出农民意识与乡土意识，道出人事、人心、人性，是常态的，也是在不经意间变幻的。

我所理解的民间传统，不只是那些与日常生活相关的风俗礼仪、宗教信仰等等，还有像葛兆光所认识到的"一般的知识"："在人们生活的实际的世界中，还有一种近乎平均值的知识、思想与信仰，作为底色或基石而存在，这种一般的知识、思想与信仰真正地在人们判断、解释、处理面前世界中起着作用。"②这种介于精神经

---

① 费孝通：《乡土中国　生育制度　乡土重建》，商务印书馆 2011 年，第 339 页。
② 葛兆光：《中国思想史导论：思想史的写法》，复旦大学出版社 2001 年，第 13 页。

典思想与普通的社会生活之间的"一般知识、思想与信仰的历史"指的是"一种'日用而不知'的普遍知识和思想，作为一种普遍认可的知识与思想，这些知识和思想通过最基本的教育构成人们的文化底色，它一方面背靠着人们不言而喻的终极的依据和假设，建立起一整套有效的理解，一方面在日常生活中起着解释与操作的作用，作为人们生活的规则和理由"①。文学史上，能够把乡村细水长流的日子写得细腻逼真的作家还是少数，那是要在日常烟火中见风俗民情、见生活静态、见人生百态的。乡村经验、文化自觉、写实功底一个都不能缺少，贾平凹恰恰具备的就是这种功底。王光东从民间文化与文学审美的角度，将民间审美的呈现方式归纳为四个方面：其一是对民间文化形态的内部式表现，其二是自觉借鉴和运用民间的形式，其三是对民间文化的转化与再造，其四是知识分子对民间想象。这四种方式在贾平凹这里可以说都有呈现，甚至成为他文体美学的重要部分。

这样看来，如若说，文人传统给予贾平凹的是一个整体的文学观，构建的是文学理想的高远之境，那么，民间传统铺就的则是细密的物质肌理，关于民族文化，关于这片古老土地上最寻常的生活及情感。这两个传统的结合，使得贾平凹在最开始的文学创作中就彰显了一种文化的自觉，并且是努力在寻求最具本民族特色与民族生活情感的表达方式。也正因为如此，我们可以为他创作中的诸多现象做出解释，比如，八十年代的文学现场，当众多的作家开始践行一种现代主义的方向，贾平凹有过尝试，但最终回到的还是传统的笔法；九十年代《废都》后的转向，关注乡村的现状，即也是观照一种今天看来是民间传统，而在从前则是文化发源地的传统文化。

对于贾平凹来说，他无法轻易割舍的还是一种传统的情怀，他

① 葛兆光：《中国思想史导论：思想史的写法》，复旦大学出版社 2001 年，第 14 页。

是在承继传统乡土叙事的基础上来做适当的调试与创新，更确切地说，是在同时承继中国文人传统与民间传统的基础上来迎应文学及外部环境的变局，这也使得他的乡土世界仍然是一种意义与精神价值上的建构与传袭，但不是乌托邦式的，而是文化与世俗的。反过来看，当贾平凹固守于他的传统资源，或者说，他在传统资源的基础上屡屡做出具有现代意识的创新时，不也正说明了他将中国经验及艺术精神与现代意识做了某种融合吗？

第二章 乡村、乡土与荒园

乡村、乡土与荒园，不妨看作是贾平凹对村庄历史与现实处境的三重立体解读，它是社会学意义上的记录，也是文化意义上的省思，关于现代性进程、城乡制度、乡土文化的式微，他都有着自己鲜明的态度在里面。一方面，贾平凹记录了七十年代末到当下乡村社会的变迁，内里是从改革的喜悦到现代性忧思这样的情感起伏与审美风格之异；另一方面，他提供了一幅村庄的完整画卷，物质生活与精神世界，既是温情善意的，也是藏污纳垢的。贾平凹从未想过在乡土之上建立一个理想的世界，他也未曾在这里寄寓希望，关于人性与生命，相反，他在勾勒着村庄的"荒园"意象，由历史到当下，由文化到制度，由人性到民族性。最终，我们看到的是，不仅是村庄及其生活纠结于环境、制度、人性境地的不自由与不自在，知识者也不复有家园可以返归与思念，从而再一次提出并警醒后乡土时代的精神难题。

第一节 乡村：从改革的喜悦到现代性忧思

"乡土文学"是一个在现代视阈里才生发的概念，"乡村"也只有在与城市的对照中才能有其突显的意义与地位。那么，何谓现代？什么是现代性？"现代"是一个时间的标识，意味着精神与物质文明新的生发点，也就是韦伯所说的传统与现代的分界；"现代性"是一种同化且普世的力量，是关于"进步"的历史必然性，其中的标志之一便是城市化，也正是由于中国现代性的被动性与植入性，城市与乡村的对照由此衍生，现代与传统、西方与东方亦形成各样的比对。斯宾格勒在《西方的没落》中如此叙述城市与乡村的分野，甚至是对立：

> 如果早期的特点是城市从乡村中诞生出来，而晚期的特点是城市同乡村作斗争，那么，文明时期的特点就是城市战胜乡村，因之，它使自己从土地的掌握中解放出来，但走向自己最后的毁灭，无根源的、对宇宙事物无感觉的。不可变更地委身于石料和智性精神的城市，发展出一种形式语言，把它的本质的一切特征重现出来——不是一种方成和生长的语言，而是一种已成和完成的语言，当然能变化，但不能进化。[①]

他也在书中提到理解城市与乡村分野的重要性：

> 如果我们不认识到城市由于逐渐地脱离了乡村并最后使得乡村破产，成为高级历史的进程与意义所一般地依从的决定性的形式，我们就根本不能理解政治与经济的历史，世界的历史就是城市的历史。[②]

"世界的历史就是城市的历史"，这是乡村必然面对的命运。无论是在社会，还是文学的版图中，现代性及城市的光影一直笼罩在乡村之上，是一种使其向往的魅惑，也是一种让其相形见绌的灵

---

① ［美］斯宾格勒：《西方的没落》（上册），商务印书馆1963年，第224页。
② ［美］斯宾格勒：《西方的没落》（上册），商务印书馆1963年，第206页。

光。尽管中国社会格局及传统力量直到二十世纪九十年代才显现真正瓦解的迹象，但是从晚清开始乡村的损蚀就已经在进行。一方面，乡村向城市的进发似乎是出于一种本能的主动："城市成了农民向往的地方，因为那儿有不尽的财富和诱人的享受和娱乐。同时还是个使人有出息的地方，农村的优秀人才都到了那里，那里有学问，更有权势。就某种意义而言，农村的正式领袖已经部分地流入了城市，化为新市民。"[①]另一方面，乡村这一社会结构也处在被动的同化中，前面我们就有提到贾平凹的文学世界是一部乡村的"进化史"，"进化"既指向乡村被同化的城市化进程，也意味着其本身的式微、落寞与消亡。考察贾平凹的乡村图景，也是在解析他对城市与乡村的态度、对现代性的理解、他的文学世界生成背后最基本的感情及价值判断。

中国乡村的改革要从二十世纪八十年代开始，在实行土地承包到户的责任制以后，个体经济已是被允许的行为，乡镇企业也是在这个时候兴起。作为"地之子"，贾平凹经历过乡村物质极度匮乏和政治意识形态极度森严的阶段，当然是去迎应乡村的改革，期待乡村的新变。1983 年至 1985 年，他先后写作了《小月前本》《鸡窝洼人家》《腊月·正月》《古堡》，这些贴近于现实题材的作品都有着一个共同的特点，即传统与改革思想的对立，进而在人物形象上也出现了概念化的简单对照。《小月前本》以小月的情感纠葛为主线，面对只知道一心扑在农活上、老实木讷而又保守的才才，还有灵活开放的门门，后者大胆地尝试新的生产方式，在政策的引导下搞活了个体经济，他给小月带来外面世界的信息、新鲜漂亮的衣物，小月自然倾心于他，他满足了一个少女对外界、对美的好奇——这或许也可以看成那个时期乡村在现代性进程中的喜悦心思，小月对爱情的大胆冒险，多少也就像保守已久的乡村迎来的改革——但又必

---

① 张鸣：《乡土心路八十年——中国近代化过程中农民意识的变迁》，上海三联书店1997 年，第 179 页。

须面对与才才一家早已有的约定，还有随之而来的道德及情感压力。

> 小月坐起来，她把窗纸戳了一个大窟窿，看着这两个年轻人站在院子里说话。两个人个头差不多一般高，却是多么不同呀！门门收拾得干干净净，嘴里却叼着香烟；才才却一身粪泥，那件白衫子因汗和土的浸蚀，已变得灰不溜秋、皱皱巴巴，有些像抹布了。人怕相比：才才无论如何是没有门门体面的。[1]

这些对乡村形象及淳朴之风的有意"贬低"，有着作者价值标准的主观倾斜。在《鸡窝洼人家》里，仍然拘囿于保守的农业生产、一心想过安稳日子的麦绒与并不"安分"的禾禾离婚了，禾禾听从于政策松动的信息，倒腾个体经济，虽并不顺利，经过几次失败之后却也摸准了养蚕的门道。个性开朗的烟峰很赞赏禾禾的创业，两个"改革"人物也就这样走到了一起。与此同时，重新组合后的夫妻档灰灰和麦绒，也思量着要做一些改变：

> 做生意买卖，这是灰灰和麦绒从来没有干过的，他们世世代代没有这个传统，也没有这个习惯。但现在仅仅这几亩地，仅仅这几亩地产的粮食逼得他们也要干起这一行当，却一时不知道该干些什么好。两口子思谋了几个晚上，麦绒就说出吊挂面的事来。麦绒在灶台上是一个好手，早年跟爹学过吊挂面，那仅仅是过年时为了走亲戚才吊上那么十斤二十斤的。当下拿定主意，就推动小石磨磨起面来。[2]

---

[1] 贾平凹：《小月前本》，《贾平凹中短篇小说年编·中篇卷：小月前本》，山东人民出版社 2013 年，第 82 页。

[2] 贾平凹：《鸡窝洼人家》，《贾平凹中短篇小说年编·中篇卷：小月前本》，山东人民出版社 2013 年，第 247 页。

《腊月·正月》里韩玄子是退休教师，在村里享有威望，但思想保守，看不惯开了食品加工厂的王才，在买公房、闹社火、王才申请购买食品加工的原料上与之较劲并阻挠，最后却也拗不过时局，因为村民们纷纷到食品厂做工，甚至自己的儿媳也偷偷加入其中。更重要的是，王才的创业得到了政府的肯定，正月里马书记还亲自过来拜年。如若说前面这三篇小说带着改革的喜悦，传统的阻力、外界的干扰并没有发生那么强有力的对抗，那么，改革的艰难则在《古堡》里有了更深入的叙述，李家老大这位改革者有点像鲁迅笔下的革命者，他带领大家挖矿，不仅是要让自己一家摆脱贫困、过上好日子，还想要带上全村一起致富。但是，他所面对的困难，不只是资金上的短缺、村民思想的自私蒙昧，还有整个社会经济改革中所面临的法制与政策的不健全、不法或者越轨的行径，改革者的悲哀与悲壮，像曾经革命者的血被用来做人血馒头，又被民众食用一样，整个小说也是浓郁悲情的。

与此同时，就在同一个写作时期，对改革及城市文明的赞赏、欣喜，在另一些小说中很快就变成了犹疑，甚至是批判，因而，也就有了城市与乡村的对照，对改革中乡村形象的挖掘与塑造也有了重新的考量。《九叶树》《西北口》《纸火》这三篇小说里都有"外来者"的介入，代表着城市及改革力量，但不再是以完全正面的形象来出现。《九叶树》里由于政策的带动，乡里的各样物资丰富起来，乡民们头脑灵活，对山里的各种资源也懂得来利用赚钱、发家致富，石根对山里的未来充满了信心：

> 石根说："能有机会进城当然是好事。要是前几年我倒没这份想法了，现在眼界开了，倒觉得城里有的，咱这儿慢慢也会有，咱这儿有的，城里却永远不会有。"①

---

① 贾平凹：《九叶树》，《贾平凹中短篇小说年编·中篇卷·小月前本》，山东人民出版社2013年，第34页。

而小说里的城里人何文清，会照相，文质彬彬，他与《西北口》中的城里人冉宗先一样，对乡下姑娘始乱终弃，最终都是悄然地离开乡村。《西北口》里小四对城里人冉宗先表达了这样的看法：

> 小四说："能挣钱就是改革人物？旧社会地主、资本家都能挣钱哩！我出来这些日子，全打听了解到他们一伙干的名堂了，尽是胡日鬼！要看改革，你到十道营沟里来看吧。人家因地制宜，全村联合起来打了机井，办了林场、羊毛加工厂，闹的实实在在事情，家家年收入也是几千上万的。以前是个穷地方，从没闹过社火，如今富了，才闹起这一队社火来了。"[1]

小说中最后安安的刺绣、泥塑这些传统工艺也走向了山外，被邀请到城市去交流，城市与乡村的对比由此而生，而通过自身的改革，乡村在城市面前仿佛也有了自身的优势。《火纸》里麻子一心爱护着女儿丑丑，经营着一个火纸作坊，对于时下的个体经济、乡村新风也看不惯，以为世风日下，人心不古。经营茶社也卖火纸的阿季，钟表情于丑丑，踏实肯干，也能听从于时局的变动灵活地转换谋生的方式。等到他攒好积蓄想要娶丑丑时，却传来悲伤的消息：丑丑被人勾引怀孕，羞愧而死。麻子的反省中，后悔开了火纸作坊，也是对改革的质疑和拒绝——对现代性的隐忧就此衍生。

改革中必然出现的悲剧，或者说传统社会在改革中必经的阵痛，贾平凹已经有所察觉。因而，改革与保守、传统与现代之间的裂隙，让我们看到乡村的伦理道德与民间风尚在城市新风与改革浪潮中似乎重又焕发出新的活力，至少我们读到了对变动中人性异

---

① 贾平凹：《西北口》，《贾平凹中短篇小说年编·中篇卷：冰炭》，山东人民出版社2013年，第51页。

化、淳朴之风及良善不再的忧心与害怕。《浮躁》中的结局，金狗没有在城市继续生活和工作，而是回到了州河，回到小水的身边。我们如何理解作者的用意？更具体地说，贾平凹在试图用文学的方式形象地来勾描社会中那一团团浮躁的气息时，是否还是会想念尚未完全开化的乡村，她的宁静与和谐？尽管乡村也并非桃花源，乡村政治的险恶、地方势力的威权一直都存在，并非是在经济改革当中，像田中正这样的人才显现威力。那么，当年的"浮躁"是什么？小说本有着当时几个经济案件的底本，而文学家真正关心的恐怕还不是整个社会的改革方向、改革的艰难、在改革中出现的政策法制的问题，而是在改革中人性人心的去向、精神的方向、情感的居所。换句话说，现代的革新中究竟要革除掉的是什么？这是对改革，或者对现代性更深入的思考。雷大空，赤手空拳在经济改革中呼风唤雨，尔后又跌落谷底，身陷囹圄，他的身上有正义之气，有江湖义气，真正缺少的却是在时代的浪潮中秉持精神根基的动力与清醒。更直白地说，我们难以察看到他的精神世界。金狗的浮躁不仅在于他身上的英雄主义气息与其背负的历史重担，还有时代格局之间的裂痕，还在于他自身难以摆脱的精神底色及思想局限。为了去城里做记者，违心地与英英交往，这是明显带着报复的心态；在城市里，他与石华的爱恋，是被烙上了城市光影的泛滥情欲，尽管我们可以视为他要选择一种方式来发泄内心的痛苦与纠结，终究是不安生的；只有在小水那儿，才是心安之所。而小水也正代表着传统的道德风尚、朴实善良的乡村之德，是仍然未曾经过改革开化的精神根底，也是在这样一种情形之下，乡村的一切还能抚慰在城市中受挫的身心。扩大一点说，此时的家与乡，还是可以退而归去的。

这样一种思想倾斜，在八十年代的乡土小说家中，并不陌生，比如路遥，《人生》中同样在城市受挫的高加林回到乡村，德顺爷爷是这样来宣扬乡村美善与希望：

他用枯瘦的手指头把四周围的大地山川指了一圈，说："就是这山，这水，这土地，一代一代养活了我们。没有这土地，世界上就什么也不会有！是的，不会有！只要咱们爱劳动，一切都会好起来的。再说，而今党的政策也对头了，现在生活一天天往好变。咱农村往后的前程大着哩，屈不了你的才！娃娃，你不要灰心！……"①

　　至此，我们可以看到在贾平凹这些有着"改革"色彩的小说中，乡村的落后与蒙昧、农民意识依然是有的，但是对其的批判仅仅是指向这些保守的力量，并不指向乡村整体的基底——对乡村政治、人性的考量还在后续的作品中。如同大多数乡土作家所意识到的那样，对历史进步与道德滑落的二律背反现象的担忧，在贾平凹这里同样无从超脱。然而，乡村的主动或被动的改革并不会停止，正如金狗的河运队也在酝酿着大的动作，更大的革新——或者是破坏已经来到。

　　倘若说，贾平凹对乡村仍有念想，有着家园的亲近感，那么，也就是在九十年代之前吧。

　　九十年代开始，中国的各项经济改革更加深入地开展起来，市场经济、真正的城市现代性也就是从这个时候开始。社会学家曾用"断裂"来阐析这个时候的中国社会，认为是"在一个社会中，几个时代的成分同时并存，互相之间缺乏有机联系的社会发展阶段"②。如若说社会层面的断裂只是表层，那么深层的则在于精神意识的断裂，传统与现代之间无从找到一条贯通融合的路。在写作后来引起争议进而成为九十年代一起文学事件的《废都》之前，贾平

① 路遥：《人生》，北京十月文艺出版社 2012 年，第 247—248 页。
② 孙立平：《断裂——20 世纪 90 年代以来的中国社会》，社会科学文献出版社 2003 年，第 11 页。

凹还有一同名小说《废都》(又名《遗石》)，其实讲述的也是保守派与改革派之间的故事，只不过将阵地移到了城市，一座古城，却是传统文化的表征。因不满儿子离婚，老汉带着孙女独自生活，以给他人送水为生，他钟情于古城区的建筑和生活方式，为这里的文化古迹而自豪，在新一轮的城市建设中，他成为了古城的守护者，并且劝说老街坊也加入到这个行动中来。但是，并没有多少人愿意与他一样仍然住在破旧的老屋，维系着传统的生存生活方式，更不用说新一代年轻人的思想早已随世风的变动有所转变。

与之相应的，城市的扩张与革新不仅是对于老城区的改造，也在伸向更大的区域。贾平凹 1996 年写作的《土门》讲的就是在城市的扩张中，一个叫土门的郊区村庄所经历的。在村长成义的带领下，村民抵制政府的拆迁工程，村庄内部却也迎来了自己的裂变：以治肝病为由，开具祖传秘方，招揽各地的病人，并形成产业的模式，各家各户从中分红得利，然而现代城市的服务行业也随即进入了村庄。原生态的乡土风貌已然不再，村庄不得不以自己的方式向城市妥协。

也就是从《土门》开始，乡村的芜杂、人性的撕裂、道德的变异，与城市现代性的魅影、欲望的裸呈、精神的虚空纠结在了一起。文化意义上的家园不再。

如若说《土门》讲述的是乡村在城市现代性逼近之下的境遇，那么，《秦腔》则是一个不由自主地被现代性所带动以至城镇化或慢慢冷寂的村庄。新一届村委会在君亭的带领下将市场修建起来，带来了物资与乡民的流动，也带来了一部分人的富裕；相应的新的酒楼也开张了，跟城市一样的新经济形式也紧跟其后。与此同时，剧团开始解散，热爱秦腔的年轻人越来越少，流行歌曲得到了更多人的追捧。小说更多表现的其实还有两代人在土地观念、道德意识方面表现出来的差异，而这两者也正是维系乡土社会的两大命脉。费孝通在《乡土中国》中谈到一种乡土情感：

人和地在乡土社会中有着感情的联系，一种桑梓情谊，落叶归根的有机循环中所培养出来的精神。

　　这象征着乡土联系的最高表现，而乡土联系却维持着这自然的有机循环。也就是这有机的循环，从农民一朝的拾粪起，到万里关山运柩回乡止，那一套所维系着的人地关联，支持着这历史未衰的中国文化。[①]

　　在老一辈人夏天义的眼里，土地就是命："人是土命，土地是不亏人的，只要你下了功夫肯定会回报的。"[②] 他对荒了的田地耿耿于怀，于是自己种上粮食；对村委会以七里沟换鱼塘的事，不惜以各种方式阻挠，以至于后来带上哑巴去开垦荒地。

　　夏天仁、夏天义、夏天礼、夏天智四兄弟是乡村伦理道德的典范，多年来相互扶持，维持着大家庭的和睦，即便是有一口好酒都要一起分享，妯娌之间也常是相互温暖，说心里话。而到了下一代，如夏天义的五个儿子，夫妻之间、兄弟之间、父女之间都是矛盾重重，怨恨积压，争吵不断。他们已不再在乎整个大家庭的关系，甚至是与至亲的感情，道德感的泯灭、伦理之情的消逝，每个小家庭似乎都在上演着各种摩擦与冷漠：妻子菊娃粗俗野蛮，当教师的庆金出轨，与父亲为了一张桌子也是大打出手；雷庆开大巴，梅花帮着卖票，常常假公济私，直至被公司发现；夫妻之间难以再有那种相濡以沫的感情，夏风不喜欢白雪继续在剧团工作，一心想调她到省城去，甚至要她打胎，而白雪心心念念的却是秦腔……

　　至于那些风俗美德，诸如红白喜事的礼仪规矩，在年青一辈身上已经失传，在夏天礼的葬礼上，主持各项事情的都是老人，从两

---

①　费孝通：《损蚀冲洗下的乡土》，《乡土中国：生育制度乡土重建》，商务印书馆2011年，第401—402页。

②　贾平凹：《秦腔》，作家出版社2005年，第237页。

个细节即可以看出：

> 竹青和瞎瞎的媳妇从柜子里往出舀稻子，装了两麻袋，瞎瞎的媳妇扛了一袋往院外的架子车上放，她个头小，人就累得一身的汗，正过院门槛，二婶拄着拐杖往里走，门槛一时出不去，瞎瞎的媳妇就躁了："娘，娘，你争着干啥么，挡我的路！"言语生倔，上善就说："你这做儿媳妇的，对你娘就是这口气？"瞎瞎媳妇说："你没看着我扛着麻袋吗！"上善说："我能看见，你娘看不见么。"瞎瞎的媳妇说："我说话就是这脾气。"上善说："你咋不学学竹青？"瞎瞎的媳妇说："她呀，就会耍嘴！这麻袋她咋不扛呢？"上善说："待老人心实是孝顺，但孝顺里还有一种是媚孝，爱说笑，言语乖，让老人高兴，可能比你那只有心没有口还孝顺。知道了吧？"瞎瞎的媳妇哼了一声，拉着架子车走了。院子里的人都笑了，说："说得好！"上善说："你们这些媳妇呀，还得我来给上课哩！"[①]

> 夏风又极力参与一些事，在上善的指导下他写灵牌，先用一张白纸写了贴在牌位上，要等下葬后撕了白纸重新再写，他问上善："这是为啥？"上善说："规矩就这么定的。"灵堂是俊奇布置的，白纸联由赵宏声写，一副要贴在院门上：直道至今犹可想；旧游何处不堪悲。一副要贴在堂屋门上：人从土生仍归土；命由天赋复升天。一副要贴在灵堂：大梦初醒日；乃我长眠去。夏风看了，说："好是好，都不要贴。"赵宏声就让夏风重写，夏风给灵堂写了：生不携一物来；死未带一钱去。给堂屋门上写了：忽然有忽然无；何处来何处去。给院门上写了：一死便成

---

① 贾平凹：《秦腔》，作家出版社 2005 年，第 291 页。

大自在；他生须略减聪明。赵宏声说："到底是夏家人！"夏风又随同庆堂一起去给夏家的亲戚报丧，穿着寿衣草鞋，到人家屋中先在"天地布凳"前磕三个头，由亲戚扶起，对亲戚说明出殡日期，亲戚便要做顿饭，略略动几下筷就回来。[①]

《秦腔》里有不少地方写到乡风习俗在年青一辈身上的消逝，这只是涉及两代人的对照，更年青辈并没有触及，但是，足以发现传统乡村的面目在渐渐模糊。

到后来我们看到的《极花》，作者并没有简单地处理成一个拐卖事件，一面是主人公胡蝶的视角，来察看村庄本身的日常生活、精神状态、政治生态、风土人情，另一面则是黑亮的视角，他代表着乡村本身的叙述。黑亮勤劳能干，有想法，敢作为，但贾平凹在他的身上规避了时代青年的特质，也从未写过他对城市的任何想象及念想——当然，他也有对现代生活及器物的向往，如电灯、电视，也想要赚更多的钱，然而，他是一个极其维护乡村的人，并为那些久远的文化蕴意真心感到自豪。他可以心存愧疚忍受胡蝶的各种反抗吵闹，唯一不能容忍的是胡蝶对村庄的诬蔑；他也是一个极容易满足的人，当他有媳妇孩子，他自以为的世界似乎很是美好，他的理想代表着乡村人最朴实也是最基本的愿望："好男人一生最起码干三件事，一是娶媳妇生孩子，二是给老人送终，三就是箍几孔窑。"[②]他对身为乡下人的命运并没有胡蝶那么悲观，他以为在哪儿都是在中国，他理直气壮地将乡村的凋敝归罪为城市的发展与掠夺——可以说，黑亮代表更多的如他所在的村庄向世界、向城市提出了质疑，这个质疑不仅在于将乡村的败落如何归罪，也在于乡村沿袭原古经验的发展是否有着自身的价值，它是一味的蛮荒蒙昧

---

① 贾平凹：《秦腔》，作家出版社 2005 年，第 298 页。

② 贾平凹：《极花》，人民文学出版社 2016 年，第 172 页。

吗？现代性的唯一标准是否就只是参照现代城市文明？乡下人的命运转折是否就只是进城？黑亮的疑问与质疑，我想也是贾平凹的疑问与质疑。

在黑亮的叙事中，我们看到乡村的自在自为，同时在现代性感召下的挣扎、无力，也看到那些走出乡村的人并没有带来好的消息，金锁进城之后，一开始杳无音讯，最后现身却被怀疑偷了自行车；立春两兄弟进城后回乡，带回的是一个在城里生活过的媳妇，但现代文明无法给予他们真正的思想洗礼……

对于乡村在当下的境遇，贾平凹的追问除了他在八十年代就已经表露出来的对现代性的质疑，这包括城市与农村发展的不平等不平衡状况，新旧之间如何链接，道德如何在现代的诱惑中守衡，时代的欲求如何寻得精神的安妥，还有乡村体制与政治生态，这其实是贾平凹一直关注的重点，他在《秦腔》的后记中对自己家乡的变化及改革有过这样的感慨：

> 长期以来，农村却是最落后的地方，农民是最贫困的人群。当国家实行起改革，社会发生转型，首先从农村开始，它的伟大功绩解决了农民吃饭问题，虽然我们都知道像中国这样的变化没有前史可鉴，一切都充满了生气，一切又都混乱着，人搅着事，事搅着人，只能扑扑腾腾往前拥着走，可农村在解决了农民吃饭问题后，国家的注意力转移到了城市，农村又怎么办呢？农民不仅仅只是吃饱肚子，水里的葫芦压下去了一次就会永远沉在水底吗？……体制对治理发生了松弛，旧的东西稀里哗啦地没了，像泼出去的水，新的东西迟迟没再来，来了也抓不住，四面八方的风方向不定地吹，农民是一群鸡，羽毛翻皱，脚步趔趄，无所适从，他们无法再守住土地，他们一步一步从土地上出走，虽然他们是土命，把树和草拔起来又抖净了根

须上的土栽在哪儿都是难活。①

政策的不定，更具体地说，乡村并没有自行改革变革的自主权，一切都得听从于政策的指引。八十年代贾平凹的改革小说中，常常会看到村民们有关政策信息的言论，《浮躁》里关于河运队的开展也是得听从于政策的导向、政府的指令。与此同时，关于乡村的改革变动也就成了政府的政绩工程之一，《浮躁》里如此，后来的《老生》所叙述的最后一个村庄当归村，在政府的主导下发展蔬菜药材种植业，戏生被派去拍老虎的照片等等，恰恰也是干部为自己的升迁所创造的业绩之一，因而乡村的发展同样是一种进化式的急功近利的心态。而对乡村基层政治中"关系"层面的揭示大概可以窥看到农民与发展、政治、权力之间的多重生态。

贾平凹具体来反映乡村政治生态的小说要算是《带灯》，从这里看到的是整个乡村的运转情况、农民的生存与精神状况。一方面，我们看到政府治理的功利化、暂时性与暴力行径。小说中书记、镇长、马副镇长都没有全名，也没有用很多笔墨来着重他们这些人物的形象刻画，也正因为他们本是国家机器中的一名听命者，尽管有权，但也并不能完全听从于内心的道德律，或者跟随着法制的指引，而置身其中的人，他们的人性与性情、精神与心灵也在经受各种各样的扭曲磨折。但是，政治自有它的一套逻辑，当上访量作为每个乡镇的业绩指标之一，作为考核干部的指标之一，当民众的各种矛盾积压纷涌的时候，所看到的也就是更深的矛盾在酝酿着。比如，相比对待樱镇十三个村民申请健康鉴定的事情，书记更在乎的是这起事件给樱镇带来的不良影响，以至于影响后续的引资建设，他更在意的当然是大工厂的引进项目；在处理洪水的事情上，为了不影响自己的政绩，隐瞒真相，虚报死亡的人数，生命也就这样被漠视着；对待上访者，要么是以钱来维持暂时的稳定，要

① 贾平凹：《秦腔》，作家出版社 2005 年，第 515 页。

么是以围追堵截的方式来缓冲，甚至是使用暴力。

另一方面，我们也看到了乡村治理本身的艰难，村民们有的善良但懦弱，遇到事情无从寻求帮助，就这样让病痛、不公正圈圈着生活；有的强势却愚昧，无从在事与理之间寻求一种平衡。我们从带灯处理的上访事情来看，有家长里短式的纠纷，为了一棵核桃树、赡养老人等等，王后生甚至以替他人上访来谋生，而真正关系到民生的问题，却是遇到资金的短缺、政策的缺失，比如抗旱却没有抽水机，贫弱的家庭找不到出路……

乡村的状况也正如带灯给竹子说基层问题及综治办作用时所道出来的："就拿樱镇来说，也是地处偏远，经济落后，人贫困了容易凶残，使强用狠，铤而走险，村寨干部又多作风霸道，中饱私囊；再加上民间积怨深厚，调解处理不当或者不及时，上访自然就越来越多。既然社会问题就像陈年的蜘蛛网，动哪儿都往下落灰尘，政府又强调社会稳定，这才有了综治办。综治办就是国家法制建设中的一个缓冲带，其实也就是给干涩的社会涂抹一点润滑剂吧。"[①]樱镇只是窥看乡村中国的一个窗口，却是乡村中国现状的缩影，而她将怎样走下去？尽管小说的结尾，樱镇出现了萤火虫，仿佛带来了光亮与希望，但带灯的夜游症或许才是乡村的真实。

至此，我们看到，从八十年代改革的喜悦到九十年代改革的艰难，乡村内外出现了一系列问题，现代性加剧了乡村结构的破坏与乡土文化的失散，这在贾平凹的乡土世界里都有回应与展现，正好接续了现代乡土文学尚未完成的主题。当年的沈从文在《长河》中隐约表现出对似乎迫近的"新生活"的忧虑，在其散文《湘西》里透露对边城的危机感，他无法续写边城的故事，也就在于现代性，无论是战争所要达致的民族国家的建立，还是改革所要达致的民族国家的富强，都已然使乡土梦变得满目疮痍。

---

① 贾平凹：《带灯》，人民文学出版社 2013 年，第 39 页。

我并不即此而止，还预备给他们一种对照的机会，将在另外一个作品里，来提到二十年来的内战，使一些首当其冲的农民，性格灵魂被大力所压，失去了原来的朴质，勤俭，和平，正直的型范以后，成了一个什么样子的新东西。他们受横征暴敛以及鸦片烟的毒害，变成了如何穷困与懒惰！我将把这个民族为历史所带走向一个不可知的命运中前进时，一些小人物在变动中的忧患，与由于营养不足所产生的"活下去"以及"怎样活下去"的观念和欲望，来作朴素的叙述。①

贾平凹正视着这些，并且也是能够作为文学的社会学意义来留存。从另外一个方面来看，他九十年代以来的作品也可以视为对之前的作品的回应与续写，比如《秦腔》《极花》大可看作是对八十年代有关"商州"故事的延续，《老生》里的最后一个故事，戏生有金狗、雷大空的影子，他的故事又何尝不是更多的躁动的乡村改革者的故事呢？

但是，贾平凹对现代性进程乡村景况的长期关注中，究竟回避了什么？也就是乡村乡民本身对现代性的向往，现代性给乡村带来的可喜变化。如若说在贾平凹八十年代的作品中，乡村的改革人物往往获得作者的赞许，乡村的改革呈一片希望之景，那么，在九十年代及之后的作品中，"改革"销声，换之以村民流向城市，村庄空落，或者被强大的城市化力量进驻着，那些改革者或者从城市回到乡下的农民大都是以反面的形象，抑或以现代性进程中受侮辱和损害的形象来呈现，如《土门》里的梅梅，《高老庄》里的苏红、蔡老黑、发展木材加工业的王老板等等，在城市打工的农民往往也会患上各种各样的病，《带灯》里因为外出挖矿，有十几户农民患

---

① 沈从文：《〈边城〉题记》，《沈从文全集》（第八卷），北岳文艺出版社 2002 年，第 59 页。

上矽病;《老生》里的戏生,虽只有短暂的矿区生活,但也染上了性病;《高兴》虽然表现的是农民主动地来融入城市生活,发现城市的物质与精神的丰裕,但是在五富等人的遭遇中,看到的也不过是现代性的弊端。

大概只有两个人物是例外的,一个是叙述农民工进城的小说《高兴》里的刘高兴,这个人物明显也有着被拔高的区别于一般农民的知识分子色彩,他带着对城市的美好想象来到城市,以为自己卖出的那个肾必是在另一个城里人的身体里,尽管他收着破烂,住的地方只不过是城市最脏乱的角落,但是他欣喜在城市的所见所闻,他每天擦拭那一双高跟鞋,对妓女孟纯夷有着对美好爱情的幻想,并且付出行动来帮助她。在他的身上既剔除了一般农民所有的乡愁,又抽取了那些流俗的色彩,而这样一个人物恰恰表现的就是乡村对城市的美丽乡愁。另一个就是《极花》里的胡蝶,她虽出身于农家,但天生有着对城市的向往,有着对美好事物的无限追求之心,她从城市被拐回乡村后,意识里最明显的对立也是乡村与城市,对于黑亮的村庄怀有深深的来自城市的敌意与好奇。她自始至终都保持着对城市的念想,还有在城市所留下的标记印象,哪怕是她后来已经融入进了村庄的生活,她仍然喜欢"高跟鞋":"如今我学会的东西很多很多了,圪梁村的村人会的东西我都会,没啥事让他们再能骗我,哄我……每每在清晨我拿了笤帚扫硷畔,听到金锁又在东坡梁上哭坟,我就停下来,回窑换上了高跟鞋,然后再扫。"[①]

与贾平凹同时期的作家,大概韩少功是表达了与他不一样的乡土气象,在《暗示》《山南水北》这些作品当中,对现代性的隐忧是有的,乡土性的消失是不言而喻的,但韩少功更多看到的是村民迎应现代化的顺理成章,乡土性与现代性的结合也会有笨拙之处,但是村民自有自己的一套逻辑和方法来面对无法阻挡的现代化潮

---

① 贾平凹:《极花》,人民文学出版社 2016 年,第 170—171 页。

流。虽然我们可以以一个人文知识者的理想来想象，倘若村庄里没有了守候的村民，农民、农耕文化的消失指日可待，但现实的境况是，没有政策的扶持与导引，农民守望自己的家园也只不过是一种理想而已。文化是什么，文化之下的人是需要存活下去的："文化是一种手段，它的价值在它是否能达到求生的目的……人类创造文化为的是要增进他们生活的价值，他们并不会以维持文化为目的而牺牲生活的。"[①] 我想，实用主义的农民大概抱持的就是这样一种态度，而知识者恰恰相反。读完《老生》后，我在想贾平凹接下来又会写出怎样的故事，后来看到《极花》，这些乡土中国的苦难与悲情仍然是作者萦绕在心头笔头的愁绪，倘若哪一天他能适当地走出这种情绪，适当地调试察看乡土文化本身的视野，或许也就意味着贾平凹的乡土文学有了新的境界。

第二节　乡土：整体的世界与人性的体察

作家以什么样的理念来建构自己的乡土世界，与其自身的人生经历与思想熏养、时代背景与文学所置身的体制、思潮是密切相关的，从百年乡土文学的历程来看，乡土书写大致形成了三种样态，其一是启蒙批判式，二三十年代鲁迅及文学研究会的作家勾描乡村物质与精神贫弱的状态，这种书写在中断了很长时间以后重又在八十年代接续上，直至当下，阿Q、祥林嫂、丙崽、陈奂生，是我们熟悉的人物，他们隐射国民的劣根性，也指向社会及制度暗黑的时代。其二是浪漫理想式，以废名、沈从文为源起，后来的孙犁、汪曾祺、迟子建的作品里都有其影像，士大夫的情怀、趣味是少不了的。但是，如要论在乡土之上所构筑的更阔大的理想世界，还是

---

① 费孝通：《乡土中国　生育制度　乡土重建》，商务印书馆 2011 年，第 480 页。

要说到沈从文，在他这里，不仅乡土成为了城市的对照世界，也欲从其寻找到民族的重造之力，重塑优美、健康而又不悖乎人性的人生方式。其三是政治图解式，三十年代开始，文学听从于更为迫近的战争及时局所需，难免也就成了宣传与图解政策的工具，但还是可以从《小二黑结婚》《暴风骤雨》等等小说中闻到乡土熟悉的气息，这也毕竟是生长于大地上的人与事。

但是，不能否认的是，从这三种样态可以看到，很多的乡土作家大多是从预设的观念，而不是从本然的乡土状态中来建构乡土世界。这也正像李丹梦在考察乡土文学的起源时所发现的："'乡土'在中国的崛起并非工业化、城市化的自然产物，这与经典意义上的世界'乡土'很不相同；我们所谓的'乡土'，其形象是随着国家、民族意识的自觉、炽热而逐步清晰的。"① 也就是说，乡土文学的发生发展在很大程度上承担了国家民族形象的建构，从这个层面再继续深入一点说，真正具备一种文化自觉的作家，真正从乡土文化及社会情状来书写的作家其实是很少的。什么是文化自觉？其实也就是如何来理解中国的文化属性，并在这样一个基础上来理解中国的社会结构与体制、风俗信仰、人性人心的养成。

自从中国被动地进入现代性进程，关于中国文化的问题，其属性特征、优劣状况就成为了近现代思想家与社会学家的考察范围，有关中西文化的论争也时有发生，梁漱溟、钱穆、费孝通等都从中国的地理历史、社会结构来进行考察，农耕环境及生产方式所生成的中国社会的乡土结构及文化的乡土性是其共识，正如梁漱溟所说："中国社会是以乡村为基础，并以乡村为主体的；所有文化，多半是从乡村而来，又为乡村而设——法制、礼俗、工商业莫不如是。"② 后来的钱穆在《中国文化史导论》中亦有类似的看法，

① 李丹梦：《作为认同构造的现代文学"乡土"》，《南方文坛》2013 年第 3 期，第 51 页。

② 梁漱溟：《乡村建设理论》，上海人民出版社 2011 年，第 10—11 页。

以为"农村永远为中国文化发酵地"①，他不仅从历史沿袭的社会理念、生活居住环境来看农耕文化的"和平性"，而且将农业文化所濡养的性情放置到文学艺术的背景中来，这其中也是有着相通的文化脉络。比如，中国的士绅多来源于乡村，即便居于城市也尽量将居所自然化；中国的文人喜欢性灵的挥洒，而不注重人生具体的描写，所以中国的诗歌、散文远远盛产于小说和戏剧。这也就是费孝通在《乡土中国》中反复例证的："从基层上看去，中国社会是乡土性的。"②"所谓文化，我是指一个团体为了位育处境所制下的一套生活方式。"③生活中可察看文化的纹理，文化亦散落在日常的人事中。文化与生活方式之间的关联，可以更好地帮助我们来理解乡土文化的变迁。

需要注意的是，文化的自觉并不等于文化的保守，如若说文化是位育处境下的生活方式，那么文化只是达致一种生活的手段，环境的变迁，也意味着这一作为生存方式的文化的去与留。倘若从贾平凹对以乡土为表征的文化形式的哀逝，得出他有着文化保守的倾向，那也是在基于社会制度层面的社会转型的基础之上，人的现实与精神状况。因为"乡愁实际上告诉我们的不是关于过去的事情，而是现在的境况和问题"④。

我以为，理解这些还远远不够，这只是从大的方面来熟知中国社会及文化的属性，而无益于去理解真正的乡土生活。文化的自觉需要探察乡村社会的结构与制度，特别是共和国建立之后，作为一种制度存在的乡村社会，没有这样的认识，也就不可能理解乡村的悲欣、人被制度所奴役的精神与物质生活；也不可能理解她在中国现代性进程中的处境，以至于在漫长的乡土书写中所遮蔽与隐晦

---

① 钱穆：《中国文化史导论》（修订版），商务印书馆 1994 年，第 162 页。

② 费孝通：《乡土中国　生育制度　乡土重建》，商务印书馆 2011 年，第 6 页。

③ 费孝通：《乡土中国　生育制度　乡土重建》，商务印书馆 2011 年，第 339 页。

④ 转引自周宪《文学与认同：跨学科的反思》，中华书局 2008 年，第 208 页。

表达的；更不可能理解在这样一种制度之下人性人心的养成与裂变。文化的自觉亦需要理解文化与日常生活之间的关联，一方面是日常生活中的物质层面，在这样一个不需要文字的熟人社会如何生活与交流，另一方面则是日常生活中的精神世界，乡土社会的风俗习惯、神灵信仰、方言曲艺等等都连接着广阔无边的现实世界与情感空间。我想还是用贾平凹小说中形容乡村人事复杂性、丰富性的话语来表达，一个是《秦腔》："清风街的故事从来没有茄子一行豇豆一行，它老是黏糊到一起的。你收过核桃树上的核桃吗？用长竹竿打核桃，明明已经打净了，可换个地方一看，树梢上怎么还有一颗？再去打了，再换个地方一看，树梢上怎么还有一颗？再去打了，再换个地方，又有一颗。核桃永远是打不净的。"[①] 另一个是《老生》后记里作者对人、事与物之间关系及情感的体会："人和社会的关系，人和物的关系，人和人的关系，是那样的紧张错综复杂，它是有着清白和温暖，有着混乱和凄苦，更有着残酷，血腥，丑恶，荒唐。"[②] 作家既需要呈现这样生活本然的面目及形态——有人性深处温暖，但不乏自私丑陋甚至肮脏的一面，又要在这样无序的嘈杂中牵引出情感与精神的所在。

也就是从这个意义上来讲，我想，贾平凹是乡土作家中为数不多的真正具备文化自觉的人，他不是从预设的理念、理想或者其他概念化的抽象理论来察看乡村世界、建构乡土生活，回归于乡土的日常生活，是他的文学世界最本质的特征，区别于启蒙批判、浪漫理想、革命政治理念所营构的文学图景，在他的小说中无法找寻到这些话语言说。倘若要提炼他的文学景象，那么，只能说，他建构了一个天地贯通的完整世界。谢有顺在论述贾平凹的叙述伦理时，提到他的文学整体观，并引用刘再复所说的四个维度的观点来概括，也就是文学除了"国家·社会·历史"的维度，还应当有另外

① 贾平凹：《秦腔》，作家出版社 2009 年，第 90 页。
② 贾平凹：《老生》，人民文学出版社 2014 年，第 293 页。

三种维度：叩问生命存在意义的维度；超验的维度也就是与神对话的维度，和"无限"对话的维度；自然的维度。当具备这样四个维度的时候，也就意味着文学世界的多重蕴意，进一步说，贾平凹在贴着大地的尘埃与琐屑进行叙述时，从未放弃对精神世界的体察、对人性的勘探。这样一种文学创作的初衷在他早期的作品中就已经显山露水，至少在他八十年代初期写作"商州"系列的小说与散文时就已经很是娴熟，日常生活、风俗民情、人性情爱这些往往都是杂糅在一起，立体地来察看一个时代、一个村庄或者一群人的面貌，把握精神的张力及困境。更进一步说，在他的文学世界里乡村的生产劳作、生活琐碎、信仰情感这些东西交杂在一起构成乡村与乡民物质与精神的整体世界，如《古炉》中染布时蚕婆与顶针、三婶一起敬仙：

> 还是在埋葬马勺他妈回来的路上，顶针就求三婶帮她染三丈粗布，三婶满口应承了，却要顶针备些蓼蓝草。蓼蓝草是来声货担里有卖的，但一连几天来声没来，三婶就出主意以莲菜池里的青泥来捂，而捂出来色气不匀，两人拿了布来找婆请主意。婆说：敬仙儿没？三婶说：没。婆说：难怪哩，老姊妹你也糊涂了，染这么多布，你不敬仙儿？顶针说：啥仙儿？婆说：现在年轻人不知道梅葛二仙了。就搭梯到屋梁上取下一个布包，布包里是一些剪着的鞋样子，绣枕顶的花模子，再就是一张木板套色的年画，年画上并排站着的两个古人，这就是梅葛二仙。婆告诉顶针，先前洛镇上有个染坊，坊里就供着这二仙像。现在供销社里都卖洋布，没染坊了，平日村里人自己织下的粗布，少一点的随便拿到莲菜池里捂捂，而布一多，熬蓼蓝草染，不敬仙儿就常常染得不匀。这都是很怪的事，就像蒸馍，谁不会蒸馍呀，但你遇上邪了，馍蒸出来就是瓷疙

瘩。三婶说：就是，就是，我把顶针的布拿去揎泥，一股子旋风吹得我个趔趄，估摸是侵了邪了，布就染成个老虎脸。婆把梅葛二仙的年画贴在墙上，没有香火，供了一碗清水，三个人趴下磕头。①

这是靠经验生活的世界，构成了文化的物质肌理。文化，确也是贾平凹写作的背景，不过，时有变迁。八十年代"商州"系列的作品，作者是停留在对文化本身的欣赏玩味上：

贾平凹比那时的寻根派要更高明些，他并不把文化当做全部，文化只是他的一些原料、一个背景。他的小说一开始就奔"性情"而去，他要在性情中流露出民俗风习，要在风土人情中展现出人性。贾来凹一开始就没有让历史断裂，没有在文化寻根与新时期的文学人性论之间断裂开来，只有他弥合了两个时期而没有沦为落伍者。这就是贾平凹，既聪明过人，又偏执顽固。有文化作底蕴，原来被认定为封建落后的那些现象，现在已经没有进步尺度作为压制，贾平凹借助地理风情，下功夫去发掘那种文化状态中的人们的心灵美德、高尚情操，同时细致刻画那些偏离道德规范的野情私恋。要强调正面道德化的意义，那就必须在强调道德的纲领下来进行，贾平凹一开始就精通写作的辩证法，这种辩证法一开始就使贾平凹的写作在"性情"中游刃有余，而且充满了含蓄的暧昧性。②

此时，这样一种在文化性情中的自如挥洒，后来的《太白山

---

① 贾平凹：《古炉》，人民文学出版社 2011 年，第 69 页。
② 陈晓明：《本土文化与阉割美学——评从〈废都〉到〈秦腔〉的贾平凹》，《当代作家评论》2006 年第 3 期，第 5 页。

记》仍留有余韵。不过，对文化更具"野心"的勘察在《浮躁》里已经表露出来。从这儿开始，对文化的品鉴转向对文化的审问，不乏批判与质疑。此后不管是发生在乡土都市的故事，有着文化怅惘的《废都》《白夜》，还是真正去察看现代性进程中乡村情状与问题的作品《土门》《高老庄》《秦腔》《极花》，都体现了这一视角与意识。也正是通过这些细致的考察与书写，我们可以发现这么几点：其一，贾平凹对一种传统精英文化与民间文化都有着精细考察，《废都》《白夜》勾勒的是现代知识分子身上一种传统气息，或者说有着文人色彩与情怀的知识分子在现代的境遇，其实表现的也是两种文化的冲突。与此同时，他对乡村式微情状的考察，也正表现了从乡村发源发展的文化传统正走向落寞与消亡。其二，贾平凹小说中难以遮掩的伤情、对文化的惋惜之情都是有的，对民间文化的钟情也是溢于言表的，但很难说贾平凹是一个文化的保守主义者，或者说乡土文化的守灵人，在他众多的作品中其实我们也不难看出一条精神追寻的线索，即现代人的精神皈依在何处？跟随中国人几千年的文化为何就慢慢走向衰亡？其三，从贾平凹对文化的审问与批判来看，他对文化的省思远远要超过一种对文化的悲情恸伤，特别是对这样一种文化及社会制度下人性恶、群氓暴力的审视，更能从中读到一种对文化的悲情，所以说，只是执着于贾平凹传统意识与文化哀伤的研究者，未曾看到他"现代意识"的理性与批判。

也正因为文化既是背景，也是考察的对象，贾平凹所建构的整体的世界用丁帆对现代乡土文学特征的概括来看，就是具备"三画四彩"，即风景画、风俗画、风情画，自然色彩、神性色彩、流寓色彩、悲情色彩。"三画"及自然色彩当然是显而易见的，神性色彩在于穿行于民间信仰、灵异世界与自然世界中所融合的日常生活及精神信仰。流寓色彩更多体现的是现代人无处归家的现实及精神状况，无论是对于本来就在乡村生活的人，如夏天智、白雪、高兴、五富、戏生、荞麦，他们的生活也愈来愈受到现代性的胁迫，以至于终归是要面对空落人稀的乡村生活、寄生并非家园的城市；还是对于已经走出乡村的人，如高子路、夏风，他们对乡村还能够怡养自己的精神处所，还能在若干年后提供居所，像旧时的乡绅一样退而还乡，已经不再抱有希望，大家终归是普存的异乡人。悲情色彩也就在于贾平凹对现代性进程中乡村式微及不明未来的伤情，对普通百姓在社会主义乡村制度下所遭受的苦难与不公正待遇，以及携带的历史伤痕的悲悯——从这个角度来看，贾平凹对现代乡土文学既有承继，也有发展，他的发展，是一种必不可少的补充。

"三画四彩"的呈现，使得贾平凹的乡土世界既有着传统乡村本身的属性特征，亦有着现代人的精神症候，但是与张炜、张承志等一些作家在乡土之上所生发的"家园"想象有着本质的不同。后者是在乡土之上寄予一种理念、理想，"家园想象首先体现为形诸精神与哲理层面的'怀念与追记'"，"怀念的前提是有所'失'，而这种'失'显然不是个人一己的失，而是人类的家园之失"①。对于贾平凹来说，家园之思是有的，怀旧的情感也是充盈内心的，但是对精神与社会结构意义上家园的建构已经完全消解在他自己的叙述当中了，他整体的文学世界在于呈现完整的乡村生活及情感，而不是寻找家园——乡土之上的家园是基于文化与生活意义上的世界，并非哲学意义上的家园想象。

去察看贾平凹所建构的整体的世界，有一点是不能回避的：如何来面对并表现乡村藏污纳垢的本然面目？它的粗俗，甚至是污秽；它的琐碎，甚至是无序；它的庸常，甚至是无个性。换句话来说，也就是如何从现实生活中的审丑走向文学艺术的审美。贾平凹九十年代之前的作品一直是以细腻、秀丽、优美或者野性自然来示人，九十年代《废都》以来的作品也就开启了审丑的美学风范，这一点变化当然离不开整个当代文坛向现代主义的转向，1985 年前后

① 叶君：《乡土·农村·家园·荒野——论中国当代作家的乡村想象》，中国社会科学出版社 2007 年，第 39—40 页。

的文学实验，美学风格的嬗变是呈现出来的重要特征之一，暴力、污秽等等大量地出现在作品当中，来表现生活的本然、人性潜意识里的戾气；亦与作家的审美体验是分离不开的，如之前提到过的，从"废都"到"废乡"大致也已经表明了贾平凹不再像之前一样以玩味欣赏的心态来面对所置身的文化，现代的审视与批判眼光更为明显。

在过往的乡土书写中，乡村的庸俗日常及其藏污纳垢的属性，要么是非常有节制的叙写，如萧红的《生死场》；要么是已经提炼过的意象存在，如鲁迅的乡土小说。一方面贾平凹常常选取的是精神上非正常人（疯子、精神臆想者）或孩童的视角来叙述，《秦腔》里的引生，他对白雪有着超乎想象的爱恋，以至于自残，但是对白雪的欲念还一样生机勃勃；《古炉》里的狗尿苔，是一个永远也长不大的孩子，懦弱而又敏感，受人欺侮而又无能为力；《老生》里的唱师，他相当于灵异世界里的人物，看透乡土百年历史，像上帝一样旁观一切知晓一切。他们都不是正常状态下的精神成人，因而，他们看到的感受到的乡村世界也正是残缺、零碎，却是足以补充那些正常的视角所展现的生活面目。或者说，他们本身在构成乡村的一部分时，也展现了意想不到的生活一角，比如精神病人潜意识里的想法，受侮辱与损害的弱小者内心的强大与软弱。另一方面，当作者将生理新陈代谢的芜杂、污秽，男女之间的不伦之事，遗风陋俗等等一一展现时，是融入在日常生活中，不突兀、不夸张、不惊异，叙述的语言也一如平常，如《古炉》里这一个细节：

> 麻子黑也是光棍，长得黑，你觉得他老穿件黑衣服都是身子把衣服染黑的。别人可能不知道，狗尿苔知道，麻子黑其实每晚都去老顺家那儿听动静，月光明明的，来回听见后窗外有响动，老顺说：是老鼠吧。来回听出不是老

鼠，就说：噢，你让老鼠进来么。越发颤颤地声唤。气得麻子黑揭了院墙上的瓦片扔到塄畔下的水田里，蛙声也聒到天亮。[1]

也正因为作者是融入在日常的生活之事中来写，而不是当作一个焦点或者事件来放大，将其作为生活本身的一部分，就使得贾平凹的文学世界既没有呈现莫言的"狂欢化"气质，如巴赫金所说的："身体和肉体生活在这里具有宇宙的以及全民的性质；这根本不是现代那种狭隘意义和确切意义上的身体和生理；它们还没有彻底个体化，还没有同外界分离。在这里，物质－肉体因素的体现者不是孤立的生物学个体，也不是资产阶级的利己主义的个体，而是人民大众，而且是不断发展、生生不息的人民大众。因此，一切肉体的东西在这里都这样硕大无朋、夸张过甚和不可估量。这种夸张具有积极的、肯定的性质。在所有这些物质－肉体生活的形象中，主导因素都是丰腴、生长和情感洋溢。"[2]也没有如刘震云一样的讽刺效应，在这些作家的小说里审丑已经变成了赫然显现在小说里的本质，通过语言的狂欢、感官器官的放大，要达致的是叙述的本身及需要，而不是对生活的本质与本然的表现力度。

再看《秦腔》中写庆玉与菊娃的争吵：

真的是离婚这话一出口，口就顺了，以后的几天里，庆玉和菊娃还在捣嘴，一捣嘴便说离婚。家里没面粉了，菊娃从柜里舀出一斗麦子，三升绿豆，水淘了在席上晾，一边晾一边骂。先还骂得激烈，后就不紧不慢，像是小学生朗读课文，席旁边放着一碗浆水，骂得渴了喝一口，喝

① 贾平凹：《古炉》，人民文学出版社 2011 年，第 22—23 页。
② ［俄］巴赫金：《拉伯雷研究》，《巴赫金全集》（第六卷），李兆林、夏忠宪等译，河北教育出版社 1998 年，第 23 页。

过了又骂。庆玉在院门外打胡基，打着打着就躁了，提了石础子进来说："你再骂?"菊娃骂："黑娥我日了你娘，你娘卖×哩你也卖×！嘘！嘘！你吃你娘的×呀！"她扬手赶跑进席上吃麦子的鸡。鸡不走，脱了鞋向鸡掷去，鸡走了，就又骂："你就恁爱日×，你咋不把屎在石头缝里蹭哩，咋不在老鼠窟窿里磨哩?！"庆玉说："你再骂，你敢再骂！"菊娃喝了一口浆水，又骂了一句，"黑娥，你难道×上长着花，你……"庆玉举起了石础，菊娃不骂了，说："你砸呀！姓夏的家大势大，我娘家没人，砸死我还不像砸死一只小鸡，你砸呀！"庆玉把石础砸在小板凳上，小板凳咔嚓成了堆木片。[1]

乡村的温暖与浪漫是不常有的事，即使有，也不过是类似"人间有味是清欢"这种，更多的是琐细、粗糙、粗野、不悦，甚至是肮脏的人事；人与人的感情也多有硌人疼痛的地方，夫妻、父子、邻里。贾平凹这种类似于零度情感的"平静"叙事，也就归功于作者所铺垫的对人事的写实背景及色彩，还有作者自身对乡村生活的理解，人世间自有其存在的面目及情理，乡村也自有它的道德伦理、价值判断，很多时候难以用现代文明的标准来衡量与审视，或用寻常的理念来解释，但在乡村世界里却是生活的常态、人事的常态。

这也就像贾平凹对人物的情感、性情的细腻体察，《带灯》有一段写到带灯要给十三个在大矿场做工染病的农民做健康鉴定并申请补贴，那些卖给带灯鸡蛋的女人也就立即表现出另一副态度来：

带灯摆摆手，说：这事我替你们反映，以樱镇名义与大矿区联系，绝不能让王后生插手。又说：以镇政府名义

---

[1] 贾平凹：《秦腔》，作家出版社 2009 年，第 213 页。

去解决或许还能解决，如果王后生去告，你们破了财，事情反倒办不成。你们听明白了没有？十三个妇女说：那我们寻你！又咋能寻到你？带灯说：看清这个姑娘了吧，她叫竹子，她会来为你们整理材料。低保的事，我觉得不光是王福娃，你们都够条件了，让村长往上报，竹子也会负责和村长联系的。再说，寻不到我了，就寻六斤，六斤能寻到。六斤就说：看到了吧，我老伙计人好得很！王福娃突然喉咙嘎地响了一下，说：天呀，遇上菩萨啦！十二个妇女全说：菩萨，菩萨！她们后悔土鸡蛋收了钱，甚至过秤时还嫌秤高秤低的，就要把钱退给带灯。带灯当然不同意，她们说：使不得吧。带灯说：使得，使得。把她们送走了。[①]

但有的时候，还必须去理解一种乡村的逻辑，它的执拗，甚至是蛮横、不通情理：

> 而镇政府的人回到大院，天刚亮不久，镇中街村的郭槐花就到综治办来了。她迟不来早不来，带灯和竹子要出门时她来，她来讨要二百元钱。带灯就给了她二百元钱。原因是她又去县上了一趟，还是说她在县招待所当临时服务员时一件鸭绒袄被盗，告公安不作为，破不了案，县上就批下文让樱镇综治办给二百元算了。带灯故意没给，因为郭槐花太多事，可能是她没结婚时被怀疑怀孕而被村长拉去孕检过，气得有了些毛病，后来从招待所被辞退后回来，她感冒买药没治好，告卫生院，要退她交的十元钱，在镇政府告状时翟干事把她推出了大门跌了一跤，她说她回去肚子疼，怀上的娃娃流产了，又来告，她丈夫打了她

---

① 贾平凹：《带灯》，人民文学出版社 2013 年，第 89 页。

也告。反正啥都告，都是不上秤的事，县上和镇上也不登记，也不当回事。①

　　写出乡村的心理逻辑，我以为才算是真实了解到乡村的内在。鲁迅写出了阿Q的"精神胜利法"，以为那是一种民族心理；韩少功在《马桥词典》里通过民间语词打探到了民间的思维逻辑；刘震云在《我不是潘金莲》里同样写到了类似这种思维，以此来倾听民间。

　　还有《极花》中的胡蝶，作者并没有写她被拐一直反抗到底的命运之线，而是着重叙述她思想的转变。由最初的敌意、反抗，试图逃跑，鄙夷村子里的一切，再到被凌辱怀孕被迫融入，到最后的主动融入，或者说不由自主地融入，参与到家里的事务中来，叫黑亮爹作爹，学会骑毛驴，做各种菜，为这个家精打细算地生活，调和家里的气氛，用黑亮的话来说，就是学会了做圪梁村的媳妇……叙事到后半部分，也就是胡蝶怀孕以后，虽还有着逃跑的念头，不忘瞅准时机打听一下所在的地理位置，或者伺机打电话，想要把自己的信息传递出去，但已是心有余而力不足。这时候贾平凹更多叙述的是她如何关注与参与家里、村里的事务，也就是从这个时候开始，胡蝶对自身命运的抗争似乎没有那么激烈了，转向的是对命运的思索、诘问。比如，她在孩子面前自言自语："兔子，兔子。我在这村里无法说，你来投奔我，我又怎么说呀。这可能就是命运吧？咱们活该是这里的人吗？为什么就不能来这里呢？娘不是从村里到城市了吗，既然能从村到城，也就能来这里么，是吧兔子……娘是不是心太大了，才这么多痛苦？娘是个啥人呢，到了城里娘不是也穷吗？谁把娘当人了？娘现在是在圪梁村里，娘只知道这在中国。"②

---

① 贾平凹：《带灯》，人民文学出版社2013年，第156页。
② 贾平凹：《极花》，人民文学出版社2016年，第155页。

贾平凹还有一类作品在察看人性这一主题时也是值得回味的，他将人性所处的历史风俗、社会时代背景，还有人性本身意识及精神相交在一起，这也就是八十年代中期的中篇小说《远山野情》《黑氏》《天狗》《五魁》。《远山野情》里的香香在跛子丈夫没有劳动力的情况下，为了支撑家里的生活，盖新房子，不得不去矿区背矿，她能顺利地背矿，并由村长收购换钱的背后，是与矿区看守人员及村长的权色交易，直到外乡人吴三大的出现，从他的朴实、善良、踏实肯干的品性中得到鼓舞，慢慢从屈辱的人性中苏醒过来，最后放弃已经好转的生活，离跛子丈夫而去。香香的出走正是在经受着吴三大平凡但正直的生活及情感，与被扭曲的生活及情感的强烈冲撞中，听从于内心的召唤而去寻找新的生活，在她与吴三大接触的过程中，被激发出来对美与善、爱与温暖、人的尊严的渴望。

《黑氏》讲述的其实也就是黑氏的三段情感经历，第一段她与小男人，因为家境贫寒，也因为自己长得丑、黑，小男人不喜欢她，她也并没有享受到为人妻的尊严与快乐，是在屈辱和磨折中度过，但是这段婚姻激起的不是情感本身的欲求，而是做人的尊严。第二段她与木犊，当她与一家人的生活境遇有了改善以后，与木犊之间也更像是搭档，少了困境时的慰藉，也是这时候才有了余暇去体察自己的情感缺失。与此同时，来顺一直以来的嘘寒问暖与执着激起的是一个女人对情爱本身的欲求，何况这种情感暧昧已经在心里持续了很长的岁月，以至于最后黑氏与来顺以私奔的方式来换取也许是短暂的欢爱，而不再顾及道德的枷锁。但是，对人性本身的拷问并没有结束，正如小说末尾黑氏的心理："女人抬起头来，被架着跑，终不明白这路还有多少远程，路的尽头，等待着她的是苦是甜，是悲是喜？"[1]

---

① 贾平凹：《黑氏》，《贾平凹中短篇小说年编·中篇卷：黑氏》，山东人民出版社2013年，第159页。

《天狗》中天狗一开始对师娘就有着朦胧的爱恋：

> 女人拿指头点天狗的圆额角，说："你什么时候才活大呀，三十六的人了，跟娃娃伙玩那个！"
>
> 天狗在这女人面前，体会最深的是"骂是爱"三个字，自拜师在这家门下，关系一熟，就放肆，但这种放肆全在心上，表现出来却是温顺得如只猫儿，用手一扑索就四蹄儿卧倒。也似乎甘愿做她的孩子，有几分撒娇的腼腆，其实他比这菩萨仅仅小三岁。①

但是，当师父因打井受伤瘫痪在床，一家人的生活每况愈下，按照当地招夫养夫的风俗，他与师娘结亲，却不敢面对已有的感情，道德的力量在这个时候已经完全占据着上风，经受着磨折。除了道德之力，还有着那份对神圣情感的敬畏。天狗对师娘的感情，也就像《五魁》中五魁对女人的感情。五魁在背女人去夫家成亲的路上，遇上土匪，而后只身一人闯进山寨，救出女人，希望她幸福。而当她回归少奶奶的生活，面对的是残疾的少爷，还有对她的各种欺侮虐待，五魁只好带着她逃离。但是，五魁真正独自面对女人的时候，却只敢远远地看着，仍然葆有的是那份纯洁的爱恋，心中的道德律还是不减。而这最终也酿成了悲剧，女人本能的抑压、无法满足的欲求，只好从狗的身上得其慰安，不伦的悲剧难以避免；五魁最后野性爆发，占山为匪，到处抢妇女来做压寨夫人。

从这些作品可以读到二三十年代台静农、吴组缃等人的乡村风俗小说的味道，从风俗人情中看取人性裂变，又从本能的欲求中，察其人性纠葛，只不过，前者囿于时代氛围，更多的是在批判传统文化及时局的黑暗，而在贾平凹这里，是把文化环境与人性本能放

---

① 贾平凹：《天狗》，《贾平凹中短篇小说年编·中篇卷：黑氏》，山东人民出版社2013年，第286页。

置在一起考察，文化是背景，突显的还是人性本身。

同样是对人性、生命本能进行考察，2000 年的《怀念狼》也是值得注意的。小说中"我"的舅舅曾是猎狼队的队长，在商州仅存的十五只狼成为保护动物之后，猎狼队的队员开始出现精神萎靡、身体发麻、日渐消瘦的状况。随后在重新为剩下的狼拍照的过程中，狼被舅舅和村民全部射杀。舅舅成了"狼人"，而我回到城里后也叫喊着"我需要狼"。这其实说到的就是现代人的一个困境："人见了狼是不能不打的，这就是人。但人又不能没有了狼，这就又是人。往后的日子里，要活着，活着下去，我们只有心里有狼了。"[1]怀念狼，怀念的是人与自然相互依赖又相互对抗的时代、生命本能的旺盛与康健，而不是当下被技术所替代与改变，甚至是异化的生存与生活环境。这一点的思考，贾平凹与沈从文、莫言等作家是有相同之处的，沈从文所体味的健康的人性，就包括着一种近乎原始的生命力，他对现代人的鄙薄，就是因为他们精神的萎靡、生命强力的退化；莫言在《红高粱》里所渲染的生命强力，都有着与之相同的思辨。

记得，本雅明在《经验与贫乏》中有过这样的感慨：

> 什么叫经验：总是年长者把它们传给年轻人。言简者——借助年龄的权威——用谚语；絮叨者，讲故事；是在壁炉前，悠悠地讲给儿孙听，有时讲的是其他国家的故事。而现在这些都哪儿去了？哪儿还有正经能讲故事的人？哪儿还有临终者可信的话，那种像戒指一样代代相传的话？今天谁还能在关键时刻想起一句谚语？又有谁愿意试图以他的经验来和年轻人沟通？
>
> ……
>
> 没有了。很清楚，在经历过 1914—1918 年的这一代

---

[1]　贾平凹：《怀念狼》，安徽文艺出版社 2010 年，第 190 页。

人身上，经验贬值了，这是世界史上一次最重大的经历。

　　这种经验贫乏不仅是个人的，而且是人类经验的贫乏，也就是说，是一种新的无教养。①

本雅明所提到的这种古老的传统经验的消逝，很让人联想到乡村的现代性境遇。正如费孝通所说的："乡土社会是靠经验的，他们不必计划，因为时间过程中，自然替他们选择出一个足以依赖的传统的生活方案。"②但是，当这样一个靠经验生活的乡土社会走向空落，或者被同化，记录这些的乡土文学也已经不再具有"三画四彩"的特征，贾平凹的乡土世界恰恰留存的就是这些在现代社会中远逝的经验与故事。

第三节　荒园：疾病隐喻与无处归乡

在乡土文学史上，由乡土家园至荒园的体验与景象，我想，早在鲁迅的《故乡》里就已经有了：

　　时候既然是深冬；渐近故乡时，天气又阴晦了，冷风吹进船舱中，呜呜的响，从蓬隙向外一望，苍黄的天底下，远近横着几个萧索的荒村，没有一些活气。我的心禁不住悲凉起来了。

　　阿！这不是我二十年来时时记得的故乡？

　　我所记得的故乡全不如此。我的故乡好得多了。但要我记起他的美丽，说出他的佳处来，却又没有影像，没有

---

① ［德］本雅明：《经验与贫乏》，王炳钧、杨劲译，百花文艺出版社1999年，第252—254页。

② 费孝通：《乡土中国　生育制度　乡土重建》，商务印书馆2011年，第89页。

言辞了。仿佛也就如此。于是我自己解释说：故乡本也如此，——虽然没有进步，也未必有如我所感的悲凉，这只是我自己心情的改变罢了，因为我这次回乡，本没什么好心绪。[①]

现代乡土作家对乡土的书写多有悲凉荒园之感，不仅因为它是自然灾难、战争下实有的破败景象，也是因为乡土之上有着现代知识者自身的漂泊心绪与家国心事，乡土烙上了个人际遇与民族国家的意识。二十世纪八十年代以来，当代作家中再次出现"荒园"景象时，我以为，除了一种生存生命的现代体验感，更多的则来源于现代技法借鉴后的文学张扬。越往后，这样一种乡村的文学图景，随着乡土社会的转型、人的现代体验的扩充，变得愈来愈平常。丁帆在《中国乡土小说的世纪转型研究》中也指出，世纪之交乡土小说的突出现象之一即是"对转型期中国乡村社会现实及其历史的'现代主义'表现"[②]。去乡村化，不再怀有传统的乡村情感，而是去追问生命及存在的本质现象，或者提炼乡土之上所生发的抽象的精神意绪，是"荒园"的主要特质，从而追求一种虚构的精神意味上的真实。

如同前面所提到的，贾平凹在乡土之上所建构的不是精神意义上的家园想象，而是文化意义上乡土的整体世界，因而，对荒园的叙写，既不是后现代的魔幻影像，如莫言的《丰乳肥臀》《生死疲劳》《蛙》，也不是抽离掉自然与文化，只剩下食与性的存在，如李锐的《厚土》、刘恒的《狗日的粮食》《伏羲伏羲》、曹乃谦的《到黑夜想你没办法》，贾平凹的荒园是乡土性渐渐流失，传统的伦理道德、美德风范日益失去维系乡村生活的效应，乡村内部的情感走向分裂，一个看似自然化的过程，更确切地说是在现代化的逼仄情

---

① 鲁迅：《故乡》，《鲁迅全集》（第一卷），人民文学出版社 1981 年，第 476 页。
② 丁帆等：《中国乡土小说的世纪转型研究》，人民文学出版社 2013 年，第 10 页。

境中的乡村常态。荒园不仅指向乡土家园诗意流失，归属感不再，还意味着秩序的失散、乡土之情的裂变，荒园是自然世界的荒园，也是情感、伦理、记忆的荒园。

在贾平凹这里，荒园感的存在至少包括这三个层面，这也是乡村在当下的三个生存向度：

其一，《秦腔》所叙述的一个村庄自然"老化"的过程，这包括对土地观念的意识在两代人之间已经有了明显差别，像夏天义这样的老者视土地为生命，是不能侵犯的财产，年青一辈如君亭视为可以交换的利益，更年轻的光利、翠翠对乡村毫无眷恋地奔向城市；对待文化也是，剧团解散，演员们四散各自为生，听秦腔的人愈来愈少，流行歌曲在更多村民那里得到传唱；在老一辈的生活里还有情义与伦理，但是对于年青一代来讲，已经不再有所顾忌，更不要说羞耻感、道德感。小说中夏天义的思索代表着传统的观念，还有不能理解的转变：

> 在夏家的本门后辈中，夏风是荣耀的，除了夏风，再也没一个是光前裕后的人了。老话里讲：一等人忠臣孝子，两件事读书耕田。书读得好了你就去吃公家的饭，给公家工作，可庆金、庆玉、庆满，还有雷庆，却不是没混出个名堂就是半道里出了事。书没有读好的，那便好好耕田吧，夏雨完全还能成些事体的，可惜跟着丁霸槽浪荡。而使夏天义感到了极大羞耻的就是这些孙子辈，翠翠已经出外，后来又是光利，他们都是在家吵闹后出外打工去了。夏天义不明白这些孩子为什么不踏踏实实地在土地上干活，天底下最不亏人的就是土地啊，土地却留不住他们！……夏天义害怕的是在一瞬间里认定夏家的脉气在衰败了，翠翠和光利一走，下来学样儿要出走的还有谁呢，是君亭的那个儿子呢还是文成？后辈人都不爱了土地，都离开

了清风街，而他们又不是国家干部，农不农，工不工，乡不乡，城不城，一生就没根没底地像池塘里的浮萍吗？[①]

从守土到离土，这是人本能的生发，还是有着外在的胁迫？这就是村庄在现代性境遇中的尴尬生存状态。虚空的主体，田地的荒芜，伦理道德的不再，精神慰藉的消失，是年老的人所感受到的，而年青一辈还没有荒凉的人生体验，或许他们将遭遇到的是另一种，也许是城市的荒芜，也许是若干年后，无处归乡的荒诞与荒凉。"人类有了命，生了根，不挂空，然后才有日常的人生生活。离别，有黯然销魂之苦；团聚，有游子归根之乐。侨居有怀念之思，家居有天年之养。这时，人易有具体的怀念，而民德亦归厚。"[②] 这样一种人之常情与人生景象或许也只能留存渐行渐远的农耕社会，相反，愈来愈迫近的现代性给予的是一个毫无根基的生命存在。

其二，《老生》所讲到的现代性进程中，乡村过度发展后的情形。乡村的现代性、城镇化很多时候也是媚上的一种举动，小说里讲到的村庄"当归村"，村民通过种植蔬菜和药材发家致富，但是从中却看到了发展的不少问题，比如在种植蔬菜时一味地追求高产高效，而使用大量催生剂和农药。这只是村庄在现代化过程中极为寻常的一面，然而当归村最后在一场突如其来的瘟疫中沦为空村，是否也意味着发展给自己所带来的毁灭？荞荞与唱师有这样一段对话：

有一天，我问她：你再也不回住当归村了吗？她说：还回去住什么呢？成了空村，烂村，我要忘了它！我说：那能忘了吗？她说：就是忘不了啊，一静下来我就听见一

[①] 贾平凹：《秦腔》，作家出版社 2005 年，第 349—350 页。

[②] 牟宗三：《说"怀乡"》，《生命的学问》，广西师范大学出版社 2005 年，第 5 页。

种声音在响，好像是戏生在叫我，又好像是整个村子在刮风。我知道戏生和那些死去的人魂不安妥，我来找你，一是要躲那些记者，再就是求你能帮帮我。我说：我能怎样帮你呢？她说：你去唱唱阴歌。我愣了一下，我唱了一百多年的阴歌了，但从来没有过为一个村子唱阴歌，何况唱阴歌都是亡人入殓到下葬时唱的，当归村那么多人已经死了很久了。她说：我求你，他们都没正经埋过，是孤魂野鬼，唱了阴歌安顿了他们，我也就能真正忘了当归村了。我答应了莽莽，我也突然有一种感觉，给当归村唱阴歌可能就是我人生的最后一次唱了。[1]

当归村所预示的是一个没有根的时代，唐君毅在谈到农业社会对人生的启示时，提到农业生活使人有定居之所，从而拥有更绵长的历史意识。然而，在当下，无处安魂，无处还家，"当归"是一种隐喻，亦是一种反讽。

其三，《极花》所写到的乡村被现代性所抛弃后的景象。小说中通过胡蝶的叙述视角——展现。我们可以看到维系村庄正常运转的，一面是乡村社会日积月累的各种禁忌风俗，比如，二月二炒五豆，谁家丢了人或外出久久不归，就把他的鞋子吊在井里……还有像老老爷、黑亮爹充当了维持村庄秩序的角色，老老爷在胡蝶看来总有几分高深莫测，他会观星象，看古书，写一个个笔画繁多的生僻字来表达原始而古朴的祝愿，他的经验里积累着太多乡风民俗，贯通天地古今。另一面，是以村长为代表的干部，这一伴随着现代基层政治出现的人物，无所谓用道德理想来树立自己的形象，也并没有实际的能力来操持村庄的发展。他能做的是帮助村里的光棍买媳妇，并作为自己的政绩之一；在种血葱时想要领头以分得更多的利润，以自己的身份权威来霸占乡村的资源，比如女人。

---

① 贾平凹：《老生》，人民文学出版社 2014 年，第 282 页。

这其实是一个封闭的，并没有自身能力也难以企望外在能力来帮助它运转跳腾的村庄，它已经被现代性所遗弃，从村里的日常与经济生活就可知晓。土豆是日常主食，只不过是换着花样吃。村里少量的劳动力外出，大多数人会去挖极花卖钱，村里也出现过一些其他经济形式，比如经营温泉，成立公司种植血葱，但都无法长久地进行下去，有限的见识、人性的自私与蛮横这些潜藏在意识里的东西也在阻止着村庄的发展。黑亮的杂货铺也是其中一种，但更像是一种自然经济状态下商品的简单交换。这也是一个看不到出路的村庄，他们最大的焦虑来源于生理的需求，是如何延续血脉，并非物质的穷困、对城市的向往而不得。他们居住的窑洞仍旧彰显着最为原始的隐喻，以远古文化的寓意来表达对生活丰足的愿望，其内在根基也仍然是匍匐于乡土大地，代表着农耕社会最为基本的欲求。

之于乡村的发展与未来，还有从这之中所呈现的整个民族的精神状态，小说里大量的疾病隐喻或许已经表明了贾平凹内心的哀愁与态度。在《古炉》与《带灯》中，整个病村的形象是非常明显的，而这两部小说却也形成了延续并对照的意味。《古炉》中一开始就营构了一个"病村"的形象：

> 古炉村里许多人都得着怪病。秃子金的头发是一夜起来全秃了的，而且生出许多小红疮，婆让他用生姜汁抹，拿核桃的青皮和花椒籽一块捣烂了涂上拔毒，都没用。马勺娘一辈子心口疼，而马勺又是哮喘，见不得着凉，一着凉就呼哧呼哧喘，让人觉得他肚子里装了个风箱。来运的娘腰疼得直不起，手脚并用在地上爬了多年。六升的爹六十岁多一点就夹不住尿了，裤裆里老塞一块棉布。跟后的爹是害鼓症死的，死的时候人瘦得皮包骨头，肚子却大得像气蛤蟆。田芽她叔黄得像黄表纸贴了似的，咽气那阵

咽不下，在炕上扑过来扑过去，喊：把我捏死，把我捏死！谁能去捏死他呀，家里人哭着看他折腾了一夜，最后吐了半盆子血人才闭了眼。几乎上年纪的人都胃上有毛病，就连支书，也是在全村社员会上讲话，常常头要一侧，吐出一股子酸水。大前年，自从长宽他大半身不遂死了后，奇怪的是每每死上一个人，过不了两三个月，村里就要病或死一个人。水皮他大是和水皮的舅吵了一架，人在地里插着秧，一头栽下去再没起来。后来是护院的大瘫在炕上，再后来是八成媳妇生娃娃生了个肉球，没鼻子没眼。[1]

古炉村村民的"病"，有着物质匮乏时期的原因，也是政治高压状态下动乱时期的精神表征，因而村民的"病"，也是整个村庄的"病"。所以，善人在给人看病的时候，也是在给人说病，寻找出人体内器官系统失调、人与人关系恶化，还有国家失序的原因。

摆子说：我就见不得不孝顺的人！他护院让我帮他改灶，我不去，葫芦两口子叫我去帮忙，天上下刀子我都去哩。善人说：这就对，社会就凭一个孝道作基本哩，不孝父母敬神无益；存心不善，风水无益；不惜元气，医药无益；时运不济，妄求无益。一个人孝顺他的老人，他并没孝顺别人的老人，但别人却敬重他；一个人给他的老人恶声败气，他并没恶声败气别人的老人，但别人却唾弃他。伦常中人，互爱互敬，各尽其道，全是属于自动的，简单地说，道是尽的，不是要的。父母尽慈，子女尽孝，兄弟姐妹尽悌，全是属于自动的，才叫尽道。[2]

---

① 贾平凹：《古炉》，人民文学出版社 2011 年，第 53—54 页。
② 贾平凹：《古炉》，人民文学出版社 2011 年，第 51 页。

善人说："这世界有五行，国家有五行，家庭有五行，性界有五行，心界有五行么。现在外面这么乱，依我看是国家五行乱了，国家五行就是学农工商官，这是国家的心肝脾肺肾。工人居木位，主建造，精工细作，成品坚实，为天命，偷工减料，不耐实用，是阴命。官居火位，主明礼，以身作则，为民表率，以德感人，化俗成美，为天命，贪赃枉法，不顾国计民生，是阴命。农居土位，主生产，深耕增产，为国养民，是天命，奸懒馋滑，歇工荒地，是阴命。学居金位，以为人师表、敦品立德为主，教人子弟，出孝入悌，为天命，敷衍塞责，只讲文字，不愿实行，误人子弟，是阴命。商居水位，以运转有无为主，利国便民、货真价实是天命，唯利是图、以假冒真是阴命。人是要存天理，尽人事，不论哪一行，都是一样的，哪行有哪行道，若是这行人瞧不起那行人，是走克运，国家元气准不足。如果各守自己岗位，守分尽职，是走的顺运，国家就必治。讲道要往自己身上归，先说自己是哪行，以往是以天命为主呢还是以阴命用事？国家是这样，一个村子也是这样。"①

如若说，古炉村是历史情境中的村庄形貌，那么，《带灯》里的樱镇同样也是一个病村，象征着当下乡村的失序状态。

小说里带灯处理一起起上访事件的工作日常，樱镇也并没有在综治办的管控中就变得"温顺"，最后也出现了大的群众斗殴事件，与这些线索相平行的是带灯的身心状况，也是一个愈演愈劣的过程。尽管带灯有自己的精神空间，葆有着读书人的自尊与骄傲，并有着自觉的精神自洁的行为。尽管是在乡下工作，她仍然坚持读书

---

① 贾平凹：《古炉》，人民文学出版社 2011 年，第 184 页。

的习惯，这些知识与思想的濡养，更重要的是，对人世间不易与辛苦的理解、体谅、悲悯，我想也是她不愿意同流合污，不愿意冷漠粗暴来对待自己的工作，面对乡村混乱的生活、愚昧贫弱的乡民的原因。但是，作为一个并没有多少权力的基层干部，甚至还要受到村民的愚弄与嘲讽，她一面需要面对人性的丑陋自私与盲从，一股脑迎面而来的怨恨，纷繁杂沓的乡村之事，既有家长里短般的经营算计，也有关乎人民生命安危健康、乡镇发展的大事；另一面，她的理念，对维稳工作的看法，甚至她春风化雨般的做法，其实是与整个大的环境相冲突的。至少，维稳的功利性与暂时性，不允许她花太多时间与精力来将矛盾的源头一一解决，就像她也只能带给贫弱的村民短暂的希望一样。当有一天，带灯不再在乎身上是否有虱子，她的性情与脾气已经有所改观，她也需要不断地以药物来调理身体出现的症状。

然而，也不仅仅是带灯有病，马副镇长就有抑郁症，并有过自杀行为；村里的妇女也大多有各种各样的疾病，那些外出打工归来的人也染有疾病。王后生有病且穷，但还是不减上访的动力，他最后要上访的是关于大工厂的事，以为这样污染的工厂也必会带来更大的健康危机，这恐怕也不是危言耸听。带灯最后也患上了不自知且不为人理解的夜盲症，不也正预示着乡村迷惘的现在与未来吗？该怎样走，怎样做，乡村才不至于像陈年的蜘蛛网，落向哪儿都是灰？只不过，《带灯》里不再有善人的说教式的看病，传统的道德伦理、乡村美德在怨气冲天的樱镇的作用怕也是微乎其微。

除了《古炉》与《带灯》整体的疾病意象及其隐喻，在贾平凹的小说里非常普遍的是，《高老庄》子路的儿子石头是一个残疾人，《土门》的老冉有痔疮，《老生》的当归村的村民都是侏儒，无法向上生长的身体，也意味着村庄发展的困局。《秦腔》白雪生了个没有屁眼的孩子，传统与现代的结合在这里是一条并不那么容易走通的路……很明显，这些意象与隐喻的存在，就是贾平凹表达的对农耕社会逝去的哀婉与悲恸，对乡村未来的忧虑与质疑。

然而，还是要追问的是，是什么使得村庄呈现荒园的景象？像土门、清风镇、樱镇，有热闹的时候，但却是芜杂无序；像《极花》里的村庄，她以自然的状态运转下去，以至于不得不以血腥暴力的方式来维持自己的存在。正如作者在《极花》后记中的追问："拐卖是残暴的，必须打击，但在打击拐卖的一次一次行动中，重判着那些罪恶的人贩，表彰着那些英雄的公安，可还有谁理会城市夺去了农村的财富，夺去了农村的劳力，也夺去了农村的女人。谁理会窝在农村的那些男人在残山剩水中的瓜蔓，成了一层开着的不结瓜的谎花。"① 是无可逆转的现代性、政策体制，还是已然失序的人性人心？

他追问的也不仅仅是这些，当贾平凹从日常的生活中去勾勒村庄日益冷清的荒凉感时，我以为，他其实真正写出的是一大群人的精神生活状态，这些村干部、年轻的村民、妇人、老人在各自的生活道路中，或悲欣，或游戏，但是乡村还有可以抚慰心灵的吗？维系乡村现状的是什么呢？或者说能够把控乡村现在与未来的又是什么？在面对贾平凹一幅幅人世图像的摹写中，读到的是日子里的庸常，人生百态，有的人以自己的方式风光着，有的人则在低落于尘埃的日子里卑微着，人性偶尔的光亮，或者袒露的杂色，都是呈一种灰色，踽踽行走着。

> 一路上，竹子还在感叹着那十三个妇女的可怜。六斤说东岔沟村的女人命都不好，嫁过来的没一家日子过得滋润，做姑娘的也十之八九出去打工，在外面把自己嫁了，有七个再没回来，听说三个已病死。村里更有可怜的，后沟脑那家的媳妇是后续的，男人整天喝酒，又喝不上好酒，到镇街上买了些酒精回来兑水喝，喝醉了老打她，她

---

① 贾平凹：《极花》，人民文学出版社 2016 年，第 207 页。

半个脸总是青的。前年男人喝多了又拿刀撵着砍她，她急了抄个镢头抡过去就把男人闷死了。她一逮捕，她哥嫂来看护孩子，而第一个被离婚的媳妇要了钥匙又赶走了他们。那前房媳妇也留了一个女儿。现在两家人一家女儿进狱，娘家还要养两个小女儿，一家女儿带着孩子住娘家。两家父母都是老实疙瘩，说不全一句话。①

贾平凹的"村庄"其实大多时候是一种静止与封闭的状态，尽管有村民外出，但他们并没有带来好消息，死伤是常事，或者走上不轨的道路；外来者，也并没有带来新的气象，他们有的时候还要受到本村人的排挤，如《高老庄》里的王老板。当作者一意呈现乡土本然的现状，将新旧、肮脏污浊之事、人性丑恶等等都展露无遗时，却大致也透露了乡村为何成为如此模样的信息。这让我想起鲁迅，他写阿Q、祥林嫂、孔乙己，写那些看客，意在警醒国民麻木的精神状态，勾勒一群没有魂灵与精神的人。贾平凹当然意不在以启蒙批判式的眼光来看待村民，但是却从他的无奈与伤情中，感觉到了那份黑压压的沉郁，那份悲悯，甚至是与鲁迅相同的悲愤。所有的书写必将落实到对精神的指控中，精神的不自知，自知后的悲凉感，如《秦腔》里夏天义、夏天智面对乡村及自家的境况，悲恸不已，无法释怀，无从畅快地安享晚年；《土门》里的梅梅面对乡村的现状，有如面对爱情一样无力。再说到更多的乡民，已没有什么能够怡养这些人的精神与心灵，他们已不像蚕婆能在习俗、剪纸中与天地神灵交流，从而为自己的精神寻得庇护之地；不像善人，他的理念里有传统的伦理道德的那一套，足以让他对世事洞察而又心怀坦荡；不像黑亮一样，深居乡野，有一种难得的文化自信；也不像引生、狗尿苔在自己的世界的自我安慰与调侃。社会、家庭及生活也不再对他们提出更多的要求，已没有儒家伦理，生命就这么

① 贾平凹：《带灯》，人民文学出版社 2013 年，第 89 页。

冲撞着。而对于新的精神文明形态，比如城市及其文化，他们接触到的无非是糟粕的东西，真正的明智、理性无从对他们进行洗礼，现代文化并没有真正从精神思想上来改变一代或几代人——对于那些到城市打工的农民来说，也是如此。总是会不由得想起沈从文，他在《长河题记》《湘西》中狠狠地批判现代性与国民性，那份悲悯贾平凹也是与之相同的：

> 这个小册子表面上虽只像是涉笔成趣不加剪裁的一般性游记，其实每个篇章都于谐趣中有深一层感慨和寓意，一个细心的读者，当很容易体会到。内中写的尽管只是沅水流域各个水码头及一只小船上纤夫水手等琐细平凡人事得失哀乐，其实对于他们的过去和当前，都怀着不易形诸笔墨的沉痛和隐忧，预感到他们明天的命运——即这么一种平凡卑微的生活，也不容易维持下去，终将受一种来自外部另一方面的巨大势能所摧毁。生命似异实同，结束于无可奈何情形中。[①]

如沈从文一样，贾平凹对乡村的书写也是经历过明丽的书写阶段，从文化的底色中来看取性情，有抒情的意味，纵情"声色"。越往后，乡村的面目纵然不是模糊，也是呈相极的状态，沈从文是停止了书写，而贾平凹却加大了对乡村的批判式的考察。在他这里，很多时候相极的字眼不是以夸张的形态存在，而是就作为一种平常之物存在。现代性进程加剧的是普存的异乡人的境况，村民与乡村之间，与一种制度之间，本身就意味着一种难以言说的悲剧，无从维系的桑梓之情，甚至是连根拔起；维持生活与劳作的农业生产，也日益荒废。或许没有一个时代像今天这样会匍匐于大地的人

---

① 沈从文:《〈湘西散记〉序》,《沈从文全集》(第十六卷), 北岳文艺出版社 2002 年, 第 390 页。

们，如此的迷惘与悲凉。

这是依然生活在村庄的村民，那么，那些已经走出乡村去的知识者呢？相比于农民的现实功利性，他们更倾向于文化的忧思，在现代性的进程中更加体会到文化的断裂、精神的分裂。

《高老庄》的结尾高子路离乡的一段读来仍是令人不禁伤感的：

> 第二天一早，子路真的要走了。娘要送他，他不肯，石头要送他，他也不肯，西夏就提了他的那个提兜送他，西夏把他整理的方言土语笔记本也装进提兜的时候，问子路能不能把她收集的画像砖先带一两件，子路没有回答她，却掏出那个笔记本撕了。西夏不再说一句，提起了提兜跟子路走。出了蝎子尾村，子路却拐脚往爹的坟上去，他并不等候西夏从稷甲岭崖崩下来的乱石里走近来，跪下来给爹磕了一个头，那磕声特别响，有金属的韵音，西夏听见他在说："爹，我恐怕再也不回来了！"两行眼泪却流下来。在那一刻里，西夏不知怎么也伤感起来，她跑过去抱住了子路，子路的头正好搭在她的奶头上，她喃喃地说："子路子路，你要理解我。"拔掉了他头发中的一根白发。[①]

子路是在失望近乎绝望的乡村经历中，被动地离去，他无法在过往的情感中调和，也无力来主持并处理纷繁的乡村事务，更何况乡村已经在各种各样的变迁中。夏风，作为一个有名望的文化人，竟然也不理解父亲对秦腔的感情、妻子白雪对秦腔的热爱，自主地也是决然选择切断与乡村的关联，尽管这是很多离乡人的想法与做法：

> 夏天智说："叶落归根，根是啥，根就是生你养你的

---

① 贾平凹：《高老庄》，安徽文艺出版社 2010 年，第 311 页。

故乡，历史上多少大人物谁不都是梦牵魂绕的是故乡，晚年回到故乡？"夏风说："有父母在就有故乡，没父母了就没有故乡这个概念了。"夏天智说："没我们了，你也就不回来给先人上坟了？话咋能说得那么满，你就敢保证一辈子都住在省城？西山湾陆长守年轻时比你成的事大吧，官到教育厅长了，可怎么样，一九五七年成了右派，还不是又回来了！"四婶不想说话了，偏又憋不住，说："你说的啥晦话！什么比不得，拿陆长守比？那老仓库买过来得多少钱，要盖新院子又得多少钱？"夏天智说："老仓库拆下来梁能用，柱子能用，瓦也能用一半，总共得两万五千吧。"四婶说："天！"拿眼看夏风的脸。夏风说："不是钱多钱少的事，是盖了新庭院没用。"[1]

与此同时，像带灯一样，试图回到乡村、扎根乡村的知识者，不一样也痛苦地挣扎着么？三十年代费孝通意识到乡村的损蚀时，所指的也就是有知识的年轻人回到乡村难以再有所作为，也无从找到自己的位置。遥想当年"五四"时期革命者"到乡村去"的呼声不绝于耳，是作为民众的先趋，也是作为受教育者的双重角色。在很长一段时期，革命者、写作者自觉地以乡村作为根据地，正像毛泽东在谈到作家如何褪去启蒙的意识，写出群众喜闻乐见的作品时所说："唯一的办法就是使他们参加到实际工作中去，成为实际工作者，使从事理论工作的人去研究重要的实际问题，这样就可以达到目的。"[2] 再后来大量的知青下乡，在青春的黄金时期与天地为伴，了解真正的乡村生活及苦乐，让他们的人生有所错位的同时，"乡村"成为了他们一生的思想资源，不论是写作，还是研究。但

---

[1]　贾平凹：《秦腔》，作家出版社 2005 年，第 47 页。

[2]　毛泽东：《整顿党的作风》，《毛泽东选集》（第三卷），人民文学出版社 1991 年，第 816 页。

是，于今日而言，乡村很难再充当这样的角色。知识者与乡村的疏离、断裂，不到一百年的时间。

　　然而，谁又不会有家园之思、桑梓之情，或者，最天然的，对自然的向往与亲近？但是，何处归乡？乡在何处？当年，庄之蝶在火车站想要远行而身体突发状况，这或许是他最好的结局，因为，他并不知道他可以走向哪里，他其实也是一个没有故乡的人，也是贾平凹的小说里极少没有生长背景的人物。也就是在这个意义上，我以为，贾平凹写出了现代人无根无所居的生活与精神状态。当荣格在哀叹着现代文明所给予现代人的依然是千疮百孔的精神心灵时，"无论是从知识的、道德的，还是从审美角度看，西方的心理生活潜流都呈现出一幅令人讨厌的图景。我们在自己的周围建设了一个雄伟辉煌的世界，并为之破费了无可比拟的精力。它之所以如此辉煌，完全是因为我们在外部世界之上耗竭了我们本性中的一切辉煌之物——而当我们审视自身时，我们所发现的必然就只是这些破烂寒碜、捉襟见肘的东西"[1]。我想，这是属于西方的现代性，是繁华过尽之后的体验，它所导致的或许也正像泰勒所理解的是一个世俗时代的来临，即信仰失落、神性与终极价值不再的时代，这种超越性意义的式微也将带来三种内在隐忧："1. 意义的脆弱感，追求一种更长远的意义；2. 对于我们将生命中那些关键时刻庄严化的尝试感到徒然；以及 3. 日常之彻底空虚和平淡。"[2] 然而，正如中、西方的城市与乡村在现代性进程中所扮演的不同角色，"西方的现代化都是在城市与乡村的互动关系中彼此决定、塑造和完成的，而后发现代化国家的问题恰恰在于彼此的断裂与脱钩"[3]。中国的现代性包裹着被传统所架空的一种经验与体验，因为

---

①　［瑞士］荣格：《寻求灵魂的现代人》，苏克译，贵州人民出版社 1987 年，第 242 页。

②　［加］查尔斯·泰勒：《世俗时代》，上海三联书店 2016 年，第 357 页。

③　吕新雨：《农民、乡村社会与民族国家的现代化之路》，《读书》2004 年第 4 期，第 43 页。

它"不是从自身的古典性体验简单地进化或过渡而来的，而是古典性体验在现代全球性境遇中发生急剧断裂的产物"[1]。因而，中国的现代性所带来的局面也就是面对传统的流逝及乡土的荒园感，这也正像是牟宗三所说："在这个拔了根，落了空的时代，人类真是没有命。"[2]什么是乡愁？乡愁告诉给我们的正是现在所缺失的！

或许这就是必经的现代性体验，记录这些，书写这些，也就是乡土文学所具备的特征。从这一点来看，乡土文学不但不会消亡，也并不会随着乡村的落寞而远去，它社会学上的意义，它的反思性与批判性，反而应当成为它的主导特性，作为一种历经百年的题材，仍然有着书写的价值。我们仍旧可以期待贾平凹讲出新的乡土故事，既是对乡土的重新发现，也是对她的再次解读。

① 王一川：《中国现代性体验的发生》，北京师范大学出版社 2001 年，第 38—39 页。
② 牟宗三：《说"怀乡"》，《生命的学问》，广西师范大学出版社 2005 年，第 5 页。

第三章　历史、暴力与记忆伦理

　　新世纪以来，贾平凹乡土文学创作最大的转向，我想不只是乡土叙事方式的转换，即回到生活的本然与琐细，在叙事者及文体方面的实验，还有更重要的是试图深入乡村的内部，回到历史发生的原点、人性的面目，长篇小说《古炉》《老生》几乎都涉及同一个主题：历史及其记忆伦理。一方面，他要去厘清历史的情态，体察人世的艰难，这些都携带着个体的伤痕与记忆，另一方面，他也需要去察看什么样的环境滋生了怎样的人性与人心，历史的暴力与伤痕带来了怎样的延展。记忆及其书写并非是简单地倾诉控诉，甚至是揭示，或者是为了忘却的记忆，而是重申记忆的存在价值及伦理，它最终走向的是宽恕，这一种情感与思想倾向与他的文学整体观又是相一致的。也正因为这样，尽管贾平凹笔下的历史是混沌不开的，现实仍然烦杂，但他对人性恶之辨析，对那些所谓正义或非正义暴力的诘问，却显得尤为真实与真切，这一点也扩展至《带灯》《极花》这两部小说里，对暴力历史与现实状况的理解亦构成他对乡土世界的整体态度。

第一节　伤痕及其记忆的方式

　　二十世纪八十年代以来，历史书写成为当代乡土文学的重要主题之一，我将作家对历史的书写看作是他们理解中国现代性进程的一种方式，这个进程既包括晚清至新中国成立间的一系列战争与革命，也涵盖建国后社会主义建设中的实验、运动与改革。说到底，中国的现代性进程也就是从传统到现代的转换，这之间的艰难及尴尬、喜悦及欢欣也都是乡土中国所特有的。之所以说是"重写"，是因为在西方现代主义及新历史主义的影响下，发生了历史观及其书写话语、表现方式的革新，与以往社会主义文学中讲究英雄人物的塑造、大场面与情节的特写、对历史进程进行隐喻或明示的历史书写有了很大的不同；与此同时，在中国的现代性进程慢慢显现其得与失，西方的现代文明也屡露狰狞的时候，比起现代作家，当代乡土作家站在新的也是更漫长的历史视阈有可能对现代性做出更全面与深刻的反思。

具体而言，历史的"重写"表现在三个方面：其一，摒弃并拆解宏大的民族国家的叙事，试图回到个体生命与生活的存在历史、人之为人的生存境遇，《丰乳肥臀》是一个母亲的受难史，《蛙》指向的是社会主义生育制度，却也是一个乡村医生的精神受难史。《日光流年》中一个村庄几代人的付出只为凿引一条干净的水渠，活过四十岁，但结果看到的不过是一条臭水沟。即使作品涉及民族国家的历史，也是与家族史，个体的命运融合在一起的，也就是可以体会到个体在历史中的作为与心事，而这个个体不再是以英雄人物的形象来出现，如《白鹿原》《古船》等等。其二，不再指明历史的方向，即笔下的历史不再呈现唯物主义历史观螺旋上升式的进程，大多数作品中表现出来的是历史循环论或生命意志论，《故乡天下黄花》可以看到朝代的更迭不过是权力之心的回转，《米》《一九三四年的逃亡》推动事情进展的源于生命本能的趋使、权力欲望的作祟。其三，对政治历史、民族人性反思的彻底性，当代乡土作家再次面对乡村过往时，有可能也应当不再局限于城乡或者现代与传统的视阈，而是站在更宽广的历史—现实的长河中来体察与审问，如《檀香刑》《受活》《日光流年》。这是一则则寓言的书写，既是个体的，也是国族的。乡土历史叙事仍然无从脱离这样一个阔大的背景，也就是从这样一个层面，乡土文学无从归于其本源的面目。但是，在重写历史的过程中，也可以发现传统的悲剧感已经消失殆尽，剩下的是具有现代与后现代色彩，让人哭笑不得的喜剧感、谐谑的氛围，或者以感官的狂欢来消解思想及情感的旨意，曾经给人带来共同记忆与情感的"乡愁"已然在失去其庄严与厚实。

但是，在重写历史的过程中，所表现出来的也并非同一种风格及景象。我们在莫言的小说里看到的是大地的颜色、生命的律动、污秽的裸裎，历史是诡异与传奇的合谋，善恶美丑均有一份穿行于天地之间的坦荡与力量。在刘震云的小说里读到的是历史的儿戏玩乐、嬉笑怒骂，私欲的泛滥、对权力的膜拜，是历史更迭的原动力。在阎连科的小说里捕捉到的是一种历史遗留下的精神意绪，对发展的执念，对权威的无限遵从及后怕，这些都笼罩在生命的阴影里，并且跟随一生。在苏童早期的小说里感受到的是恶魔性的循环与难以超脱，对权力、财富与美色的原欲创造了历史，却也毁灭了自身。在这些历史的言说与建构中，反讽、戏谑、夸张是最明显的修辞，难免会走向虚空、虚妄，村庄只不过是他们处理历史故事的一个背景，只是在这样一个幕布下来揭示人之为人的处境，考辨人性，看透历史的荒诞。历史俨然成了一种修辞和充斥修辞的文本，正像海登·怀特所说的那样："历史作品视为叙事性散文话语形式中的一种言辞结构……各种历史著述（还有各种历史哲学）将一定数量的'材料'、用来'解释'这些材料的理论概念，以及作为假定在过去时代发生的各组事件之标志而用来表述这些史料的一种叙述结构组合在一起……它一般而言是诗学的，具体而言在本质是语言学的。"[1] 还有另外一些书写历史的作品，虽不像前面提到的作家有

---

① ［美］海登·怀特：《元史学：十九世纪欧洲的历史想象》，陈新译，译林出版社2004年，第1页。

着明显的后现代的色彩，比如韩少功《马桥词典》、苏童《河岸》、东西《后悔录》《耳光响亮》等等，但他们重在关注一个人置身时代的精神处境及其留下的精神病症，寓言的色彩仍然是明显的，一个时代究竟呈现怎样的物质风貌与朴素感情往往在寓言的型构中变形。

历史是什么？对历史的极大兴趣，我想不只是赵园所说的，"历史热情有时的确是扩大了的乡情"[1]，也正像莫言所说，"我的政治观点、历史观点，我对社会的完整看法，已经在小说里暴露无遗了"[2]。还有如同《老生·后记》里贾平凹所疑惑的：

> 在灰腾腾的烟雾里，记忆我所知道的百多十年里，时代风云激荡，社会几经转型，战争，动乱，灾荒，革命，运动，改革，在为了活得温饱，活得安生，活出人样，我的爷爷做了什么，我的父亲做了什么，故乡人都做了什么，我和我的儿孙又做了什么，哪些是荣光体面，哪些是龌龊罪过？[3]

身边的人"做过什么"，亦构成自我的经历及记忆：

> 之所以有这种欲望，一是记忆如下雨天蓄起来的窖水，四十多年了，泥沙沉底，拨去漂浮的草末树叶，能看到水的清亮。二是我不满意曾经在"文革"后不久读到的那些关于"文革"的作品，它们都写得过于表象，又多形成了程式。还有更重要的一点，我觉得我应该有使命，或许也正是宿命，经历过的人多半已死去和将要死去，活着

① 赵园：《赵园自选集》，广西师范大学出版社 1999 年，第 192 页。

② 莫言：《碎语文学》，作家出版社 2012 年，第 222 页。

③ 贾平凹：《后记》，《老生》，人民文学出版社 2014 年，第 291 页。

的人要么不写作，要么写的又多怨愤，而我呢，我那时十三岁，初中刚刚学到数学的一元一次方程就辍学回村了……我没有与人辩论过，因为口笨，但我也刷过大字报，刷大字报时我提糨糊桶。我在学校是属于联指，回乡后我们村以贾姓为主，又是属于联指，我再不能亮我的观点，直到后来父亲被批斗，从此越发不敢乱说乱动。但我毕竟年纪还小，谁也不在乎我，虽然也是受害者，却更是旁观者。

我的旁观，毕竟，是故乡的小山村的"文革"，它或许无法反映全部的"文革"，但我可以自信，我观察到了"文革"怎样在一个乡间的小村子里发生的，如果"文革"之火不是从中国社会的最底层点起，那中国社会的最底层却怎样使火一点就燃？

我的观察，来自于我自以为的很深的生活中，构成了我的记忆。这是一个人的记忆，也是一个国家的记忆吧。[1]

"过去总是萦绕着我们，这是相当真确的；历史的作用就在于，萦绕着处在当下并且想要生活在如其所是的世界中的我们。"[2] 那么，如何才能触摸到历史的知、情、意？贾平凹选择的是另一种呈现方式，即历史也就是过去的生活，只有在生活或缓慢或峻急的河流才能感知到历史的温情与邪恶，说到底，也就是最寻常的物质与精神生活，最本然的人性面目。《古炉》也就是在日常的生活与劳作中，人与人或温和或摩擦的关系中，来看革命运动的火种一点点在人性中点燃释放，有的人保守着人性的本分与良善，尽管不得不在自保中委曲求全，如善人、蚕婆、狗尿苔；有的人则在动乱中或

---

① 贾平凹：《后记》，《古炉》，人民文学出版社 2011 年，第 603—604 页。

② ［美］汉娜·阿伦特：《报应降临》，《反抗"平庸之恶"》，陈联营译，上海人民出版社 2014 年，第 253 页。

将生命本然的躁动发挥，或将对权力的欲望加以兑现，如霸槽、水皮；或者将内心郁积的怨恨——撕裂，比如守灯、灶火等等。写村子里一系列贯穿的引起喧闹与人心涣动的人事——分救济粮、丢钥匙；霸槽几次外出，带来外面革命的形势，他进而组织"破四旧"，斗支书，组建榔头队。随着县联指的人进驻古炉村，革命的形势愈演愈烈，终发展成为两派的武斗。与之相对照的是，夫妻吵架、生老病死的循环。与此同时，村子里的生产劳作日渐荒废，民风习俗一点点消散，人伦道德一次次失去其维系的效应。宏大的历史，在教科书里用数据与简单的文字所讲述的历史，在这里呈现的就是这样的细节，它没有人物性情的巨大跳腾，也没有情节的戏剧性转换，一切都像是村子里汩汩流淌的溪水，你能感觉到它的静水深流，也能察觉到从泥沙底下冒出来的强韧力量。《老生》不似《古炉》一样在繁冗的生活细节、庞杂的人物中展开细细琐琐的枝节，而是极简洁地勾勒出了历史的主要面目。贾平凹所选取的四个村庄亦代表着四个时代，从国民革命时期号召贫苦大众参加革命，少不了几重势力的恶斗；土改时期划分阶级分土地及家产，辛苦攒下家业的地主看着家产四散，贫农翻身做主，履行操控政治的话语及权力；建国之后社会主义建设实验时期的各次运动，农民有如木偶一般只能听凭运动的来与去；到改革开放后大力发展乡村经济，不惜一切拓宽致富门道，道德、良知已经不再是衡量的标准。这是一部村庄"进化史"，亦是从生活的常识、百姓最真实的欲求、日常的劳作中来看取这样一个现代化过程，其实也就是乡土性消失消亡的历史。

生活的肌理、日常的细节、小人物的悲欢，人性的善恶、欲念的引燃，是一个动态细腻的过程，还有物质与精神的贫病状态，这是贾平凹的历史书写所提供的，这也是以一个时代中个体所经历所见证的苦难做底子的。之前我们在探讨二十世纪八十年代的现代主义方向的文学实验所激发的现代性体验时，就有着这种对伤痕经验的触发：贾平凹、莫言、阎连科、刘震云等这一代人在经历物质极度贫乏的同时，也经历着"四清""文革"等一系列的社会主义革命和运动——对政治、权力的体悟，对城乡制度的认识——亲历置身其间所带来的精神震动，对其价值观与世界观的塑造不可小觑，这些经验与后来他们所经历的城市现代性幻象杂乱在一起，组成了对中国历史与当下的理解，也是他们不可替代的乡土经验、伤痕记忆。贾平凹所经的是历史对身体与精神的暴力伤害，在《我是农民》中所讲述到的在乡村的十九年经历，就包括政治运动中所直面的血淋淋的事实，父亲因历史问题受批判所感受到的世态炎凉，意识形态给人带来的思想的钳制与后怕——对政治、权力、人性的见识体察给几代人留下了一辈子也无法揩拭掉的心灵阴影，只要看暴力、血腥的场面，人性的肮脏丑陋如何在这一代作家中成为反复书写的内容，就可以感知到一个时代所留给人们的精神遗骸。这也就是弗洛伊德所说的"精神创伤"："如果在一个很短暂的时期内，使心灵受一种最高度的刺激，以致不能用正常的方法谋求适应，从而使心灵的有效能力的分配受到永久的扰乱，我们便称这种经验为创伤的。"[1]

刘小枫将这种苦难记忆看作是一种历史意识，因为记忆标识着人所在的群体、所经的岁月与事件，"作为历史意识，苦难记忆拒绝认可历史中的成功者和现存者的胜利必然是有意义的，拒绝认可自然的历史法则。苦难记忆相信历史的终极时间的意义，因此敢于透视历史的深渊，敢于记住毁灭和灾难，不认可所谓社会进步能解除无辜死者所蒙受的不幸和不义。苦难记忆指明历史永远是负疚的、有罪的……苦难记忆要求每一个体的存在把历史的苦难主体意识化，不把过去的苦难视为与自己的个体存在无关的历史，在个人的生存中不听任过去无辜者的苦难之无意义。苦难记忆因而向人性品质提出了更高的要求"[2]。也就是说，是个体所经的苦难赋予了一

---

[1] ［奥］弗洛伊德：《精神分析引论》，高觉敷译，商务印书馆1984年，第216页。

[2] 刘小枫：《苦难记忆》，《这一代人的怕和爱》，华夏出版社2007年，第34页。

种历史感，因而，之于贾平凹呈现历史的方式，我们看到，他所承继的其实是秉笔直书式的史传传统，写实与还原、理解与悲悯是他要做的，我常以为，他的小说有一种"见证文学"的色彩。"太多的变数呵，沧海桑田，沉浮无定，有许许多多的事一闭眼就想起，有许许多多的事总不愿去想，有许许多多的事常在讲，有许许多多的事总不愿去讲。能想的能讲的已差不多都写在了我以往的书里，而不愿想不愿讲的，到我年龄花甲了，却怎能不想不讲啊？！"[1]

这也就涉及记忆的伦理，有什么是我们需要记住的吗？是否存在记忆的伦理？玛格利特的回答是肯定的，在她看来，与记忆的道德所决定的人与人之间的浅淡关系不同，记忆的伦理走向的是人与人之间的浓厚关系。如果说伦理是"对生活意义的探索，或者是对使生活过得有价值的东西的探索"[2]，"是以某种价值观念为经脉的生命感觉，反过来说，一种生命感觉就是一种伦理；有多少种生命感觉，就有多少种伦理"[3]，那么，记忆的伦理则是探讨记忆的理由、价值与意义，记忆所决定的人与人之间的关系及处境，也决定了自我与历史之间的感情与状态，因为记忆伦理就是源于一种深厚的情感关系。要紧的是，我们"需要甄别的问题是人类应当记住什么，而不是记住什么是对人类有利的"，"记忆义务的资源一方面来自与破坏道德根基的绝对的恶的斗争，另一方面，除了其他必备的条件，则源于对过去的重新认识以及对集体记忆的管理"[4]。基于一种记忆的义务，对集体记忆做修正、补充或反拨。阿伦特在讲到"平庸的恶"时指的就是这样一种没有根基的恶，即没有记忆，也从不记忆：

---

① 贾平凹：《后记》，《老生》，人民文学出版社 2014 年，第 291 页。

② ［英］维特根斯坦：《关于伦理学的讲演》，《维特根斯坦论伦理学与哲学》，江怡译，浙江大学出版社 2011 年，第 2 页。

③ 刘小枫：《沉重的肉身——现代性伦理的叙事纬语》，华夏出版社 2004 年，第 7 页。

④ ［以］玛格利特：《记忆的伦理》，贺海仁译，清华大学出版社 2015 年，第 73 页。

最大的为恶者是那些人，他们因为从不思考所做的事情而从不记忆，而没有了记忆，就没有什么东西可以阻挡他们。对于人类来说，思考过去的事情就意味着在世界上深耕、扎根，并因此而安身于世，以防被发生的事情——时代精神、历史或简单的诱惑——卷走。最大的恶不是根本的，而是没有根基的，因为没有根基，它就没有界限，于是它能够到达无法思虑的极端并席卷整个世界。①

这样看来，写作也许是最好的记忆的方式："思考和记忆是我们在世界上扎根和安身立命的人性方式……我们通常称为人格或个性的东西，实际上就产生于这种思考活动的扎根过程。"②而记住、思考，并非走向的是对过往，对罪与恶的"报复"、无休止的展露，或者以反讽戏谑的方式来消解其意义，走向的其实是反思与宽恕，因为"伦理关系在特殊情况下也是一个人与自己的自反性关系。在某种程度上，宽恕是伦理的义务，这种义务在特殊情况下就是自我的义务"③。这一点是否可以理解为，最终我们在个体的生命里如何与历史的风雨达成和解，与那些切肤的罪与恶达成和解，如何在生命的光芒里照亮那些暴力与无知的荫翳。这是记忆伦理的难题，而放在写作中，却也是写作伦理的难题。

胡兰成在《论张爱玲》一文中谈到她的"因为懂得，所以慈悲"，是这样说的：

> 贵族气氛本来是排他的，然而她慈悲，爱悦自己本来是执着的，然而她有一种忘我的境界。她写人生的恐怖与

① ［美］汉娜·阿伦特：《论道德哲学的若干问题》，《反抗"平庸之恶"》，陈联营译，上海人民出版社 2014 年，第 110 页。

② ［美］汉娜·阿伦特：《论道德哲学的若干问题》，《反抗"平庸之恶"》，陈联营译，上海人民出版社 2014 年，第 115 页。

③ ［以］玛格利特：《记忆的伦理》，贺海仁译，清华大学出版社 2015 年，第 198 页。

罪恶，残酷与委曲，赞她的作品的时候，有一种悲哀，同时是欢喜的，因为你和作者一同饶恕了他们，并且抚爱那受委曲的。饶恕，是因为恐怖，罪恶与残酷者其实是悲惨的失败者……作者悲悯人世的强者的软弱，而给予人世的弱者以康健与喜悦。人世的恐怖与柔和，罪恶与善良，残酷与委曲，一被作者提高到顶点，就结合为一。他们无论是强者，是弱者，一齐来到了末日审判，而耶和华说："我的孩子，你是给欺侮了"，于是强者弱者同声一哭，彼此有了了解，都成为善良的，欢喜的了。[①]

如若说张爱玲的慈悲与懂得来自贵族气的精神领域，能够跌落于尘埃，而又能超脱于尘世，活着的艰难根源于人性的苦楚，是欲念将人带向不可知的方向，试图以现代文明的旨意来照亮那些受传统及人性桎梏的人，那么，贾平凹的饶恕与悲悯则是始终伏贴于大地，人性的光芒与灵魂的精神是可以飞升开来，也可以照亮黑暗的一隅——那几乎有着一个时代许多人的遭遇，但终归他受限于历史的情境与人性的疑难，神性的色彩是落地于那些即将或已经散落的伦理道德，这也是贾平凹更为传统的一面。但他们在看到强者的软弱时，没有报之以奚落与嘲讽，正如给予弱者以力量一样。关于叙事的伦理，贾平凹在《极花·后记》里也有过这样的省思："大转型期的社会有太多的矛盾、冲突、荒唐、焦虑，文学里当然就有太多的揭露、批判、怀疑、追问，生在这个年代就生成了作家的这样的品种，这样品种的作家必然就有了这样品种的作品。却又想，我们的作品里，尤其小说里，写恶的东西都能写到极端，而写善却从未写到极致？"[②]

贾平凹笔下的强者大概就是那些施暴者、当权者，在革命或

---

① 胡兰成：《论张爱玲》，《中国文学史话》，中国长安出版社 2013 年，第 217 页。

② 贾平凹：《后记》，《极花》，人民文学出版社 2016 年，第 210 页。

运动中"翻身"掌权的那些人,或者说,能够跟随时代风向而动的人,无论是《老生》里像老黑、匦三这样的革命者,还是马生这样翻身做主,后来当上队长的贫农,或者像《古炉》里的霸槽、水皮、磨子、灶火这样在"文革"中"出人头地"的造反者,他们只不过是政治历史中一颗棋子,更确切地说是芸芸众生中被躁动的性格或心绪所牵引的人,他们能够意识得到人之为人的处境,却无法在这样一种处境中维系人最本然的善与真。老黑在对王世贞的暴力策反后,所得到的不过是他人以更血腥的方式来报复,最后却亲眼看到妻子四凤受凌辱,不得不亲手杀掉她。马生无法满足情欲以至于在土改中以另一种方式来"补偿",他带头揭穿寺庙和尚与白菜等妇女的奸情,在批斗王财东的过程中,霸占玉镯,私欲的发泄一览无余。但即便是这些人物,也不曾赋予他们不堪的面目。霸槽是古炉村最不安分的人,但在狗尿苔的眼里他自有一种吸引人的气场,而且人长得还比较周正。他对不公正及贫穷的生存状况有着极强的不满与反抗性,他不愿好好种田,不满种田带来的收益,而去摆个摊修鞋。"革命"的风暴来临的时候,他是最积极响应的,以为就此寻找到了改变命运、出人头地的机会。他带头"破四旧",斗支书,贴大字报,与外面的"革命形势"保持互动,组成榔头队与红大刀队武斗,但他并不了解"革命"为何,究其底,仍然不过是满足对权力的欲望,还有蠢蠢欲动的生命力。

再像戏生这样改革性的人物,作者让他尝尽改革的果实,也让他最终葬身于发展的恶果。他对权力有不少谄媚之举,在他的身上可以看到更多乡下人的心理,即希望权贵能给自己带来利益。不错,在经济的发展中,他是一个有作为的致富能手,但却慢慢失去了自己的本心。在最后的那一场瘟疫中,他也尽自己所能来帮助乡村,仍是无济于事。个体终究无法抗衡时代的潮流,亦无法在不可知的乡村命运前胸有成竹,终成被摆布的木偶或牺牲品。

同样地,哪怕是对于那些在位的政治性人物,并没有一味将其涂抹上意识形态色彩。比如，《古炉》里的支书，他主持村里的各项工作，勤恳、负责、公道，在群众中享有的威望并不是来源于政治地位，而是其表现的德行；在霸槽开始为"革命"躁动不安，"文革"的苗头已然兴起的时候，仍然认定农业生产的重要性，安排大家干活。但是，在买公房给儿子结婚的事情上还是让大家觉察到了他的私心，后来霸槽在查古炉村账目的时候，亦发现了他的贪污行为。再说到《老生》里的刘仁学，他是一个驻村干部，紧跟时代风尚，上面有什么样的指示政策，他定会去各村各寨宣讲解读，他总能抓住一些典型，树立一些亮点，比如带领大家劳动时唱红歌，保护革命的标志性建筑—— 一棵杏树。讲到改革开放这段时期的基层干部老余，他思维活跃，能想到不少让当归村发家致富的点子，并且也能够切实地执行，但他做一切无非是在自己的仕途上添加好的业绩，获得更大的升迁，所以有的时候不免圆滑，急功近利，他让戏生贡献出秦参，以扶贫款的名义给了他五万元；又让戏生去拍子虚乌有的老虎的照片，只为换取更多的政府资金项目；在当归村快速发展富裕，而又迅速消亡的过程中，他或者他所代表的发展方式有着不可推脱的责任。

我们可以发现，贾平凹小说里的恶者、强者，他们的命运有其自身的逻辑，脱离不开历史情境、时代氛围与个人欲念，各人有各人的性情，以此背负不同的或大或小的历史责任，展现不同的命运，而这些大的背景与人内在的动力又是散落在日常生活中。一方面，作者并没有对他们进行人物典型化脸谱化的描写，也没有着意来刻画他们性格的成长与剧变，将他们视为不可饶恕的恶人，自始至终小说中也没有出现真正面目可憎的恶者，甚至他们的性格也是平庸的，也就是说他们身上的那些恶魔性的因子有可能也是生长在我们每个人内心，那些掩盖内心懦弱的粗暴在每个人的身上都可能一触即发；另一方面，也并没有对他们进行道德归罪与审判——"道德归罪是依教会的教条或国家意识形态或其他什么预先就有的真理对个人生活做出或善或恶的判断，而不是理解这个人的生活。"①理解一个人的生活，也就意味着对人性及人心有了一份重新的认知，对生命及生活状态多了一种理解。归罪的不可能，或者说不是以现代意义上的罪的理念来评判，而是以传统的纲常伦理来衡量，也就不再有审判，但是并不意味着没有省思与问诘。在贾平凹看来，呈现历史的面目，不是为了寻找造成历史恶的罪人，而是去看清泥沙底下涌动的暗流，这种流动是每个人都参与其中的。这种思想倾向，虽不是像鲁迅一样有强烈的抉心自食的色彩，批判他人时也批判自我，但是，散落在每个人身上的思与想、作与为却有着久远的回声。因而在读贾平凹的作品时，对于恶者，其实激起不了内心更大的悲愤，字里行间已没有了无法排遣的怨念与愤怒，这在与贾平凹同时代的作家中，比如张炜的《古船》、莫言的《檀香刑》《蛙》这些作品里是难以感受到的，在他们的书写中对道德的指控、对罪与恶的批判仍然是文本中不可或缺的张力。

　　小说中另外一些人物，也就是那些弱者，每一次读到，总会触碰到内心的柔软处。像蚕婆，丈夫去台湾，已是多年杳无音讯，本是不可知的历史问题让她在动乱中一次次成为批斗的对象。但不公正的待遇并没有让她内心扭曲，或者发疯，她仍然主持着村里的风俗活动，在两派武斗越来越激烈的时候，还是冒着危险把善人、磨子、水皮藏在家里，又帮他们转移到安全的地方躲藏。"文革"似乎接近尾声时，她的听力越来越差："婆全然地聋了，什么声音再也听不见，如果就是开批斗会，怎样地骂她，她不会理会，脸上没有表情。年三十的夜里很黑，她给狗尿苔糊了灯笼，灯笼上贴了一圈剪下的纸花儿，但狗尿苔提着灯笼在巷道里跑了一圈，里边的煤油灯歪了，烧着了灯笼，哭得汪汪的回来。婆没有打他，还在安慰，说：有灯笼了走夜路能照着路，没灯笼了也一样走路

① 刘小枫：《沉重的肉身——现代性伦理的叙事纬语》，华夏出版社 2004 年，第 151 页。

么。"① 她选择这样的方式来与世事隔绝的同时，亦是不曾放弃内心的信念与善。再如蚕婆的孙子狗尿苔，个低智弱，出身不明，再加上是"黑五类"的后代，在村子里并不受待见。他的心里也因此积攒了不少的怨念，也会将小小的怨气撒到别人的身上，但不会像守灯、牛铃一样故意地作恶，慢慢却成为村子里不可缺少的人物。他随身携带火种，给人点烟点火把；两派武斗时，穿梭于榔头队与红大刀队之间，有意无意间所得知的消息、传递的信息，却也避免了一些争斗。他与蚕婆一起，帮助水皮逃脱红大刀队的追杀，帮助受伤的磨子转移养身的地方，给关进学习组的支书送饭，不带任何偏见地给磨子家帮忙，只因感觉到他人生活的不易，照顾生病的善人……他并不能完全听懂善人所说的道与希望：

> 善人却对狗尿苔说：你要快长哩，狗尿苔，你婆要靠你哩。狗尿苔说：我能孝顺我婆的。善人说：村里好多人还得靠你哩。狗尿苔说：好多人还得靠我？善人说：是得靠你，支书得靠你，杏开得靠你，杏开的儿子也得靠你。说得狗尿苔都糊涂了，说：我还有用呀？②

而狗尿苔所希望的明年去上学，现代知识或许也必会一点点地点化那些愚钝与蒙昧。贾平凹在《古炉》里安排这样一位人物作为叙事者，让他受尽委屈，又让他给予了晦暗的古炉村一点光亮与希望。与之相应的，狗尿苔也是观察"文革"时期世道人心的一个视角，他周边的那些人，既有抽刀向更弱者的弱者，也有随波逐流的中间者，坚守着人性本分的人即使在动乱中不受大的冲击，但也有着人性的扭曲，成为被侮辱与被损害的对象。

还有《老生》中的白土与玉镯，白土本是王财东和玉镯家的

---

① 贾平凹：《古炉》，人民文学出版社 2011 年，第 594 页。

② 贾平凹：《古炉》，人民文学出版社 2011 年，第 565 页。

长工，土改后分到他们家的房子，却依然去他们家里干活。王财东死后，玉镯也疯了，与白土凑合着过日子，他们为了躲避马生的骚扰，还有各种斗争，离村远居，最后两人在山上过着与世隔绝的生活。白土为玉镯修了一条下山的石梯，在给玉镯做了一顿面条后两人相继离世。爱，还有世俗烟火里的安宁，在那样一个年代显得那么的不易，却还是让人觉着温暖，温暖的背后却也是作者对世事投下的温柔一瞥。这些小人物自有生存与保持良善的法则，他们内心的温爱与倔强也是令人心生敬意的。

葛兆光在《中国思想史导论》中谈到两种历史记忆的取向：其一是回溯本源，进行文化认同；其二是斩草除根，以发掘历史记忆的方式反省自身。而从思想史的角度看，"历史记忆不仅是回忆那些即将被遗忘的往事，或是遗忘那些总是会浮现的往事，而且是在诠释中悄悄地掌握着建构历史、改变现在以控制未来的资源，各种不同的文化、宗教、民族的共同体，都是在溯史寻根，也就是透过重组历史来界定传统，确定自我与周边的认同关系"[1]。当我们回到贾平凹的小说世界，他在铺陈那些记忆伤痕与历史暴力的时候，其实也是在寻求一种传统的印迹，日常里的起居生活、风俗人情与生产劳作，人与人、人与自我的关系秩序是依照什么来维系下去，那些未曾泯灭的善与爱、内心的安宁，又来自哪儿，从而反观那些暴力与恶的来源，反思造成民族灾难的缘由。他重组历史来界定传统的方式，便是在小说里来呈现那些无从"革命"掉的日子与生活，还有未被"革命"掉的德行与暖意，以此来葆有一份对传统的念想，对现存世界的质疑。

---

① 　葛兆光：《中国思想史导论：思想史的写法》，复旦大学出版社 2001 年，第 98 页。

第二节　暴力及其恶之审问

对历史的重写，难以回避对暴力的察看；对乡村社会整体性的考量，也不得不面对暴力所呈现的恶之问题。暴力究竟是伴随着革命政治而来的附属品，还是乡村存在状态的基本属性，它与传统的"以恶制恶""造反有理"的心理有什么关联？于此，暴力也就不仅仅是一个政治性的问题，也是关乎人性的疑难，难以摆脱国民劣根性的嫌疑。在我看来，九十年代以来贾平凹由"废都"到"废乡"的考察，与关注现代性情境中乡村式微情状及其尖锐现实问题，同样不遗余力的是对暴力及其恶之现象的追问。如若说，《古炉》与《老生》看到的是以革命或斗争的名义生发的暴力，那么，《带灯》与《极花》让我们感受到了当下它仍然挥之不去的恶魔性。因而，暴力也不单只是一个历史遗留的问题，它同样延展在当下的现实中。暴力的复杂性，亦如它的普遍性，构成乡村生活不可分割的一部分。我关注的是，关于暴力与人性之恶，贾平凹又提供了怎样的思考？

之于暴力的呈现，集中在"十七年"文学，还有莫言、余华、苏童等等这些受到现代主义先锋实验影响颇深的作家作品里，前者的暴力在革命政治的光环下被赋予了正当性与正义性：

> 母亲那块坠心的石头已被愤怒的火焰烧化。她抓起沙子石头，狠命地向王唯一打去……
>
> 人们不顾一切地冲向台子，打打打！后面的人打着了前面的人，谁也不叫苦，也不在意。德强挤进去，帽子也被打飞了，他也不去捡。他扯住王唯一的那只肥大的耳朵，一刀子割下来。[1]

---

[1]　冯德英：《苦菜花》，春风文艺出版社 2003 年，第 37 页。

人民群众对阶级敌人的施暴，被视为革命的胜利与人民政治身份的重新定位，暴力与意识形态政治是相互作用的催生剂。而在后者的书写中，多少走向的是一种暴力审美。这在莫言的作品中表现得最为充分，《丰乳肥臀》里母亲多次受难的场面通过丰盛驳杂的语词、奇崛的想象力，极富感官地得以呈现，无论是受虐的痛感，还是与磨折一同存在的污秽都是融合在一起的。在《檀香刑》中作者花了大量篇幅来描写刽子手行刑的场面，刽子手将酷刑作为一种无比高尚的职业，如同工匠对待自己的作品一样精工细雕，而看客也是在对这样一种艺术品的欣赏中完成群体的狂欢，还有如同作为施虐者一般的满足。

> 当赵甲用刀尖扎着钱肉转圈示众时，他感到自己是绝对的中心，而他的刀尖和刀尖上的钱肉是中心里的中心。上至气焰熏天的袁大人，下至操场上的大兵，目光都随着他的刀尖转，更准确地说是随着刀尖上的钱肉转。钱肉上天，众人的眼光上天；钱肉落地，众人的眼光落地……你想想吧，既要割得均匀，又要让他在最后一刀时停止呼吸，还要牢牢地记住切割的刀数，三千三百五十七刀啊，要割整整一天。[1]

而余华、苏童笔下的历史已然撤换掉具体的背景，有的时候我们还可以感受到那些藏匿于心中引燃血腥争斗的暴力因子及精神意绪，更多的时候其实对暴力的呈现只剩下语言与叙述的游戏。除此之外，我们看不到更深的有关暴力的追问，只是又一种伤痕的控诉与展现罢了。正如王德威对余华八十年代作品的评价："余华过去的作品夸张对身体的自残及伤害，并由此渲染生命荒凉虚无的本

---

[1] 莫言：《檀香刑》，作家出版社 2012 年，第 235 页。

质，以及任何人为建构意义的努力——从记忆到历史书写——的无偿。那不可名状的原初暴力啃啮你我的心灵及身体；现代历史中的种种运动只是有迹可循的症候，却无从解释一代中国人疗之不愈的创痕。从那创痕里，余华看到一场'华丽的'大出血，大虚耗。承受暴力演出的身体，只是最具体的观察站。"① 没错，我们要察看并追问的其实是一代甚至几代国人伤痕的表象及内里，暴力是如何以身体作为演练场，又如何成为无从消散的影像。

与余华、苏童一样，贾平凹的暴力书写几欲呈现的是自然主义的风格，但是并没有剔除掉历史的场景、事件的情态及人性的细微：

> 旁边的三个人，守灯认不得，一个拿了棍一下子打折了院墙里那棵丁香树的一个枝股，又戳下了檐簸上的一个筛子，筛子里晾着黄豆，黄豆稀里哗啦撒了一院。檐簸上还卧了一只猫，猫扑下来要抓那人的脸，另一个人把猫踢翻了，自己也被黄豆滑得坐在地上，在说：秃子金，有仇就报，我们给你压她腿，你把她日了！另一个人就扑过去把天布的媳妇压倒，已经把上衣撕开，手在抓奶。天布的媳妇就吱哇叫唤。秃子金看着天布的媳妇，却把踢翻了的猫抓起来，说：你以为我日你呀，日×日脸哩，你瞧你那烂眼子，我还看不上日的。突然就过去拉开了天布媳妇的裤腰，把猫塞了进去，说：让猫日你！天布媳妇立即在地上打滚，越打滚猫越在裆里胡撞乱抓，天布媳妇就声嘶力竭地号叫。②

冷峻的叙事及白描，像讲述村庄里的其他事情一样，比如夫

---

① 王德威：《伤痕即景 暴力奇观》，《读书》1998 年第 5 期，第 121 页。

② 贾平凹：《古炉》，人民文学出版社 2011 年，第 490 页

妻邻里间的争吵、鸡毛蒜皮的小事，对其的价值判断及意识态度是融解在村庄更多也更琐碎的事件当中，甚至暴力本身也消融在村庄的日常中，进而毫无顾忌地对待弱小的生命，对待弱者；暴力在亲人之间、邻里之间常有存在，实有发生，甚至无意追问，来不及辨析，为何如此？我想，首先需要认识的是暴力的普遍性，以至于需要将其看作是理解乡村整体性的一部分，它与那些摩擦、争吵，或者是欢愉、温馨一同构成人与人之间相处的方式。乡村整体性正如我们前面所探讨的，不光是物质的，也是精神的；不只是自然抒情、乡风习俗的慰安感，还有藏污纳垢、污秽与丑陋中的人性不堪，暴力及恶也就是这样，即使它不以大的武斗的场面来呈现，那些随处可见的恶之表现，不也充斥着暴力的邪恶吗？其次，我们需要来理解乡村及其内部表达感情的方式，很多时候并不是浓烈的、温馨的，相反是冷静的，甚至可以说是冷漠的。记得《古炉》中有一段写到村民的感情表达："村子里任何人死了，除了亲属，帮忙的人一般都不会太悲伤，一方面人都会死的么，一方面这个人死于病或死于老，似乎离自己还远，就干着活，吃着烟，说笑的还是说笑，只是发感慨：唉，可怜一辈子没过上好日子就死了。或许是：唉，咋这没福的，孩子都大了，有劳力了，往后日子要好呀他却死了。"[1]这并不是非常态的情境下才表现出来的情感态度，而是在乡村需要面对太多的生老病死，人、动物、花草树木，生命观、生死之念早已融入到日出而作、日落而息的循环中，归于日常，也就看似寻常。看似是一种漠然，其实也是一种坦然。

《老生》中的第一个故事是国民革命时期，中共游击队的初创阶段，老黑还是在镇公所时，与王世贞一起到各村寨去训导。讲到秦岭的民风：

番禺坪在莽山上，那里是一条骡马古道，常有驮队

---

[1]　贾平凹：《古炉》，人民文学出版社 2011 年，第 539 页。

和脚夫经过，也正如收获麦子也得收获麦草一样，莽山上的土匪也最多。这些土匪有的有枪，有的用红布包着个柴疙瘩假装是枪。还有一些本该是山里的农民，农忙时在地里刨土豆，脚夫问：老哥，问个话！回答是：你不是秦岭人？脚夫说：你咋知道我不是秦岭的？回答是：秦岭人四方脸，锣嗓子，你瘦筋筋的，还是蛮腔。脚夫说：嘿嘿，渴死了哪儿有水？回答是：我葫芦里有水，你来喝。脚夫看见地头果然有装水的葫芦，说了几声谢，从背篓里还摸出一个荷包作回报，弯腰取葫芦时，后脑勺挨了一镢头。挖土豆的取了财物，就势在地里挖了个坑把脚夫埋了，说：你那脑袋是鸡蛋壳子呀？继续刨土豆。[①]

之所以将暴力看作是乡村整体性的一部分，是因为它与民风习俗、生存环境、民族心理与历史情境息息相关，暴力是生存的手段，它是乡村生活中解决问题或者发泄情感的一种方式，不只是在革命运动中。在贾平凹更多的小说中暴力也是一个常见的乡村情节，《高老庄》中村民与王文龙和苏红开办的地板厂发生争执时，只留下苏红一人来面对大家，少不了一场纷争，村民对待苏红恰也是施暴者的行径："这么拖了十多米，苏红的裙子就拥了一堆，露出白生生的肚皮，人群就又哄哄起来，西夏才要近去拉平那裙子，她看见了那个长头发瘦脸的男人伸手在苏红的肚皮上摸了一把，说：'瞧这婊子的肉，她就靠这一身肉挣钱哩！'便有七只手过去在那肚子上摸，并有人拉住了苏红的裙裤，这一拉，无数的手都去拉，裙裤被拉扯了，苏红裸了下身还在地上被拖着，终于她手松下来，浑身蜷卧在院中。"[②]《秦腔》里也有一场暴力，也就是年终夏天义与村民一起的抗税之事。《带灯》里的暴力，一方面是政府

① 贾平凹：《老生》，人民文学出版社 2014 年，第 12 页。

② 贾平凹：《高老庄》，安徽文艺出版社 2010 年，第 291 页。

为了维稳，对上访村民进行"围追堵截"和身体施暴，比如对待王后生，另一方面是村民们之间的械斗，小说的结尾樱镇出现了一场大的事故，即元氏兄弟与换布、拉布两兄弟之间因无法解决的利益相争，只好大打出手，死伤惨重。《极花》里至少有三处涉及了暴力，一是，黑亮在村里人的"帮助"下，对胡蝶施暴，想让她完成传宗接代的生育任务，死心塌地地待在村子里；二是，黑亮与村长他们一起去买一个女孩，给园笼做媳妇，那个女孩跳窗逃脱了；三是，訾米那儿来了几个女孩，却被几个村民看上，想要抢人，把她们关起来做老婆。后两处虽然并没有正面地描写到暴力的现场，事情也并未按照村民事先想象的那样发生，但邪念已生，暴力的避免无法阻止恶之发生，而且这样一种手段并不会因为受到阻拦或者事情有所转机而停止。

这些都是来自身体的暴力，还有来自精神的暴力，土改中面对钱币的贬值，辛苦积累的家业要被当作公共财产分配给贫农，被划分为地主的人精神紊乱，还要担心政治身份所带来的一切坏事的嫌疑，"成分论""出生论"就这样成为几代人的阴影。"文革"中人人自危，生怕祸从口出；在生产劳作时唱红歌，现实的物质贫穷与意识形态里的光明形成鲜明对照，自我批判，也揭发他人，人在极"左"环境下不由自主地变得紧张时，同样构成了对人的摧残。

也就在这样频繁目睹暴力的过程中，人对生命的漠然与对暴力的冷静让人触目惊心，反之，似乎也可以说，正是因为对生命的漠不关心，才有如此多的暴力。同样是在讲老黑的这一段，老黑与王世贞夜宿在保长家，晚上老黑警戒时，误以为黑夜中的人是猫，将其一枪毙命，对这事，"王世贞问老黑：你有过噩梦没？老黑说：没。王世贞说：你还是去坟上烧些纸吧，烧些纸了好。老黑是去了，没有烧纸，尿了一泡，还在坟头钉了根桃木橛"[1]。不仅是暴力的日常，施暴者已无后怕与恐惧，还有那些民间信仰里所提供的巫

---

① 贾平凹：《老生》，人民文学出版社 2014 年，第 13 页。

鬼传说，来自阴阳两界的警醒全无效应。

然而，施暴者本身也有着复杂的面相。《老生》里的王世贞应该算是乡绅，对老黑父子有情有义，但在对待四凤的事上，他内心深处的阴冷让人琢磨不透而又害怕，先是对四凤一见倾心，并重金下聘礼，在欣赏完四凤沐浴之后，又将其送回娘家，将之休掉。霸槽对环境不满，对村里的事务常是觉之不平则鸣，但是在"文革"中，挑起事端，发动一场场武斗，以革命的名义对个体生命进行批判，甚至是侵害。《带灯》中带灯以同情悲悯之心来对待基层事务，还有村子里的人事，她并不愿像其他干部那样虚妄度日，功利地对待工作，然而在面对屡次上访的群众时，她也不得不以粗暴的方式暂时地解决问题，达到维稳的目的。《极花》里的黑亮爹在村民及儿子的眼里都是道德的模范，有不少仁义之举，对胡蝶以礼相待，疼爱有加，但是在黑亮及村民凌辱胡蝶，对其施暴的时候，他不也正是那个默许暴力并且同样施暴的看客吗？暴力的隐藏或显现并不像是危及自身利益时就出手那样简单，它像是一种难逃劫数的循环。

暴力的日常化，也就离不开它的看与被看，它同样是施暴者与看客一起完成的狂欢，受虐者的苦痛往往是被忽略的，《极花》里胡蝶受辱的场面，或许就能很好地体现这一场群氓的暴力：

> 我看见了那六个人脸是红的，脖子是红的，头上的光焰就像鸡冠，一齐嚎叫着在土炕上压倒了胡蝶。胡蝶的腿被压死了，胳膊被压死了，头还在动，还在骂，还在往出喷唾沫，头就被那个八斤抱住，先是抓住两个耳朵，抓住又挣脱了去，后来就扳下巴，头便固定住了。他们开始撕她的衣服，撕开了，再撕胸罩，奶子呼啦滚出来。又解缠在腿上的布带子，解不开，越解结越牢，到处寻剪子，没有寻到剪子。猴子在喊：叔，叔你拿刀来！黑亮爹在外边

说：不敢动刀，不敢动刀呀！一人便出去了，在黑亮爹的窑里拿来了刀，推开赶来的黑亮爹：不会伤她的，你不要在这儿。黑亮爹说：制服住了，你们就出来啊。自己回到他的窑里再没闪面。[1]

类似这样的场景在文学叙述中并不陌生，贾平凹笔下所示的精神处境与"五四"时所呈现的并无二致，群氓的暴力，看客与帮凶。鲁迅当年看到国人观看杀人的幻灯片，在小说《药》里亦写过革命者的血被用来做人血馒头，以为国人精神的麻木与不自知，是需要启蒙与变革的对象，这也是他最开始写小说，想要呐喊的缘由；沈从文出身于军人家庭，亲历过革命的血腥，在城头上看过杀头的场面，由此对历史的残酷与生命的样貌多了一份理解，他的小说呈现的是与现实截然相反的田园牧歌的画面，未尝不是一种对生命与人性面目的补偿。贾平凹没有伪饰与掩藏，亦没有从中提炼出抽象的观念，依旧是将其还原于生活流中，看取一种与生活相应的人性及人与人关系的存在状态，但是，这也何尝不是对一种精神状态的勾勒。

然而，它又催生出了什么？《老生》中讲述的第一个故事，其实就是讲的革命的起源。尽管老黑在王世贞家并没有受到不公正的待遇，相反还能得到关照，但对其权力还是有窥伺之心，再加之李得胜的煽动，他想要为自己背枪的想法愈来愈强烈。于是，老黑寻找着策反的机会，在杀了王世贞以后，保安队的人不断追击，最后被人钉在木板上以更惨烈的方式结束了生命。而游击队的人又给予报复，挖了镇党部书记的祖坟，用刀在王世贞姨太太的脸上写字。《古炉》里先是霸槽外出几次带来外界的信息，从他组建椰头队开始"破四旧"，查账目，村子里的"革命"氛围越来越浓厚，到红大刀队也成立起来，县联指的人入驻古炉村，"文革"最终发展成

---

① 贾平凹：《极花》，人民文学出版社 2016 年，第 67 页。

两派的武斗。布满血腥与暴力的历史，或许也正像王德威所说的：
"我们人类的每一代都见证、抗拒，也携手制造了自己时代的怪
兽"，"恶自我增生繁衍所建构出来的历史（或者应该说是反历史），
只能平添更多的暴力和荒谬"。[①]暴力消解了以革命为名义的宏大历
史的意义，让人不禁想起鲁迅所说的：

> 革命，反革命，不革命。
>
> 革命的被杀于反革命的。反革命的被杀于革命的。不
> 革命的或当作革命的而被杀于反革命的，或当作反革命的
> 而被杀于革命的，或并不当作什么而被杀于革命的或反革
> 命的。
>
> 革命，革革命，革革革命，革革……。[②]

嗜血的历史究竟何时能结束？

贾平凹也试图来寻找暴力与恶的源头。如若说我们在历史的革
命与动乱中看到的是一种由来已久的民族心理的作祟——刘再复在
《双典批判》中是这样来分析《水浒传》的社会性造反逻辑：社会
规则不合理，所以我使用什么手段对付社会均属合理，包括抢劫、
滥杀、开人肉包子黑店。这一逻辑用更简明的语言表达，是社会
恶，我可以比社会更恶；社会黑，我可以比它更黑。在此逻辑下，
造反有理变成抢劫有理，杀人有理，吃人有理[③]——与此同时，我
们也感受到在马生、霸槽这些人的造反心理中有着"暴力、生命与
创造力"的结合，阿伦特对此有过进一步的解释："在生命'创造
性'中看到社会的生产性，这至少可以追溯到马克思，相信暴力是

---

① 王德威：《历史与怪兽：历史，暴力，叙事》，麦田出版有限公司 2004 年，第 10、
304 页。

② 鲁迅：《小杂感》，《鲁迅全集》（第三卷），人民文学出版社 1981 年，第 532 页。

③ 刘再复：《双典批判》，生活·读书·新知三联书店 2010 年，第 48 页。

促发生命的力量，这至少可以追溯到尼采，而认为创造力是人的最高的善，这至少可以追溯到柏格森。"[1]贾平凹未必是要做出清晰回应，但是他所呈现的暴力的复杂性，并没有从暴力的狰狞面目中就此归罪，不也正是对生命及人性本身的一种解释与理解吗？

那么，在当下的乡村现实中呢？《带灯》里，带灯在向竹子讲解综治办的作用及由来时，也顺便道出了乡村暴力产生的一部分缘由："就拿樱镇来说，也是地处偏远，经济落后，人贫困了容易凶残，使强用狠，铤而走险，村寨干部又多作风霸道，中饱私囊；再加上民间积怨深厚，调解处理不当或者不及时，上访自然就越来越多。既然社会问题就像陈年的蜘蛛网，动哪儿都往下落灰尘，政府又极力强调社会稳定，这才有了综治办。综治办就是国家法制建设中的一个缓冲带，其实也就是给干涩的社会涂抹一点润滑剂吧。"[2]《极花》作者并没有写成千篇一律的拐卖妇女儿童的事件，而是借由村庄的境况，将暴力的来由直接指向了城市于乡村的恶，这是一种制度之间："拐卖是残暴的，必须打击，但在打击拐卖的一次一次行动中，重判着那些罪恶的人贩，表彰着那些英雄的公安，可还有谁理会城市夺去了农村的财富，夺去了农村的劳力，也夺去了农村的女人。谁理会窝在农村的那些男人在残山剩水中的瓜蔓上，成了一层开着的不结瓜的谎花。"[3]很多时候，我们将城市与乡村之间的二元对立看成是文化上"现代"与"传统"的较量，却少有人看到并试着去探究制度的桎梏及其之间的不平衡，这种不平衡所带来的不公正不只是留存于历史的视阈里，也在眼前的处境中。杨扬曾在《城乡冲突：是文化冲突，还是一种权力秩序》中指出："当代中国城乡之间的矛盾冲突不能仅仅停留在一种二元论的文化

① ［美］汉娜·阿伦特：《论暴力》，《共和的危机》，郑辟瑞译，上海人民出版社2013年，第127—128页。

② 贾平凹：《带灯》，人民文学出版社2013年，第39页。

③ 贾平凹：《后记》，《极花》，人民文学出版社2016年，第207页。

冲突模式上，而必须撇开这种人为制造的文化冲突模式，深入到具体的社会背景中去揭示城市对乡村的'恶'的具体内容，否则，无论称城市为'恶'或'善'都没有切实的内容。"[①]而对于当代城乡制度之恶的警醒，在乡土书写中并没有得到太多的反映，较之于二三十年代乡村小说中对旧制度及文化的批判，显得是那么微弱。

关于历史的暴力，当今天我们再次来面对时，我们需要的也正像是前面所提到的，我们如何来与这些伤痕达成和解，如何与内在的自我达成和解。《古炉》中安排有善人在说教，大到国家治理，小到人与人之间的相处，善人都能一一道来，不管村民们爱不爱听，能不能听懂，他总是不厌其烦，抓住一切的机会来讲道。小说里动乱还未开始时，有一段是善人给霸槽说病：

> 善人说，世人学道不成，病在好高恶下。哪知高处有险低处安然，就像掘井，不往高处去掘，越低才越有水。人做事也得这样，要在下边兜底补漏，别人不要的，你捡着，别人不做的，你去做，别人厌恶的，你别嫌，像水就下，一切东西全都托起来。不求人知，不恃己长，不言己功，众人敬服你，那才是道。
>
> 善人说：人想明道，先悟自己的道，再悟家人的道，后悟众人的道，最后再考察万物的道。有不知道的便自问自答，慢慢地也能明白，这叫问天。我从寺里出来时便自问：人为什么做活？自答：为过日子。为什么过日子？为养活人。养活人为什么？为行道。我仔细一想，道全没行，人都当错了！我也才醒开了做男人的道，做女人的道，父子道，夫妇道，亲戚邻里道，社员道，社员和干部道，这就叫悟道。[②]

---

① 杨扬：《城乡冲突：是文化冲突，还是一种权力秩序》，《月光下的追忆》，山东友谊出版社1997年，第9页。

② 贾平凹：《古炉》，人民文学出版社2011年，第126页。

他以中庸的哲学、儒家的纲常伦理来说病，希望已然处于纷乱世界的人们依然能够守道、悟道，甚至是内在地修行，显然在"革命"的嚣张气势及振振有词的"革命"宣言下，这些道德伦理理念已成悖反，与之相比显得那么的突兀与生硬。贾平凹坚持着这样一种絮叨，是对一种天地之间人与人、人与自我关系的良苦用心，是对人性善与美的期望，也是对那些面目可憎的人的宽容与最后的念想。然而，这何尝又不是一种记忆或者说忘却暴力及恶的一种方式，毕竟"走出历史灾难的阴影，实现社会和解，是'不计'前嫌，不是'不记'前嫌。记住过去的灾难和创伤不是要算账还债，更不是要以牙还牙，而是为了厘清历史的是非对错，实现和解与和谐，帮助建立正义的新社会关系。对历史的过错道歉，目的不是追溯施害者的罪行责任，而是以全社会的名义承诺，永远不再犯以前的过错"[1]。

可是对于乡村现状中并没有也无从消弭的暴力来说，又如何来应对？《带灯》与《极花》里无从提供任何的精神指引与慰安，无论是民间信仰，还是外来的宗教，或是制度的倾斜、现代文明，对于贫病的状况、暴力的揭竿而起，都无济于事，村民就这样在现实的泥泞里艰难地生存着。贾平凹提出的并非也不仅仅是一个伦理的难题，而是现实制度的难题。进一步思考，我们可以发现，乡村以恶抗恶、以暴抗暴，人性中的暴力因子及其环境的怂恿是否也是乡村无法自我生长，无从完成真正现代性的原因？它仍然残留着古老村落的遗俗，野蛮之风助长，而社会及制度又滋长了那些邪恶，无从给予发泄的出口。暴力也让乡村始终处于一种封闭的状态，《带灯》中基层政府设置综治办来处理村民的纠纷，试图让这些基层的声音就地消化在樱镇，与外界绝缘，暴力是权力赋予的工具。而那些上访者，或者找不到倾诉途径的人，生命的个体都是无足轻重

---

① 徐贲：《人以什么理由来记忆》，吉林出版集团有限责任公司2008年，第1页。

的。《极花》里村庄的人出走城市，但是并没有带来好消息，即使回来，也没有带来城市的新风进而感染改变乡村；暴力不仅是乡村与外界打交道的方式，他们以此与城市抢夺女人，维系自己的血脉，也是村民之间难以避免的相处方式，甚至村庄内部以暴力与权力联盟来巩固自己的经济与政治地位，比如村长。村民们对现状的不满，对未来的不可知，是否也是他们更加无所畏惧暴力的原因呢？

也正因为这样，对暴力复杂面相的呈现，你很难说，哪一种是正义，哪一种是邪恶，在人性、民族心理、制度等等相互作用的环境中，嗜血的历史仍在野蛮地继续着，贾平凹没有也无从再开具药方，提供一种记忆或忘却的伦理，正如对乡村现状的迷惘一样。进一步说，对乡村现状的不明朗，也正包括着村庄本身的暴力由来，它像阻止着村庄的自我生长一样，也阻止着现代文明之风。在贾平凹所写的这些村庄里可以看到，若从晚清开始，中国的现代性已有百余年的历史，但是，我们仍然看不到乡村的"现代"意味、现代文明及理性对乡村之风的洗礼。

将暴力融入日常的琐事中，或者说，将暴力的普遍性与复杂性融解于历史及现状的情境中，它源于环境的诱导，也有人性自身的宿命，它在每个人身上都有着痕迹与阴影，因而，悲剧的意味并不是浓烈的，这样一种呈现方式，或者说反思暴力、记忆或忘却暴力的方式与同代作家大不一样，之前我们也提到，在莫言、张炜的小说中恶之审问是小说不可或缺的张力，也正是在暴力的血腥场面、精神磨折、审问与赎罪中，大悲剧情感与大悲悯情怀颤动人心。莫言曾在《捍卫长篇小说的尊严》中提到："只有正视人类之恶，只有认识到自我之丑，只有描写了人类不可克服的弱点和病态人格导致的悲惨命运，才是真正的悲剧，才可能具有'拷问灵魂'的深度和力度，才是真正的大悲悯。"① 比如《蛙》，姑姑也是极"左"时代的受害者，于个人的人生及生活来说，她也是不幸的，她的婚姻、

① 莫言：《捍卫长篇小说的尊严》，《当代作家评论》2006 年第 1 期，第 26 页。

对生活的美好愿景在那样一个年代如履薄冰，终究还是不遂人愿。作为社会主义制度的服从者，在计划生育政策的执行中，她忘却了母性，不惜一切代价来完成政策指标，对生命的恻隐怜悯之心失落在僵硬的政治话语中。当她晚年，将自己亲手扼杀的那些生命供奉起来时，生命本能意识的苏醒，随同罪与恶的审问一样搅人心。张炜的《古船》至今来看或许仍然是对历史暴力及个体伤痕反思至深的力作，隋抱朴将历史与家庭的伤痕背负在一个人的身上，他是自我归罪的人，试图寻找罪与恶的来处，并将历史的肮脏作为自我惩罚的理由，最后他以自己投入乡村新一轮的建设来放弃对历史的归罪，走向自我的新生，由此也选择对恶人的宽恕。

而贾平凹的笔下，似乎有更多的留白——对暴力的展示要多于拷问，对源头的追问要多于精神的指引，对人性的勾勒要多于灵魂的引渡——寻常的人事，历史的情境，日子未曾舒展的当下，没有病态的恶者，却有着日常的悲剧，夹杂着人世之艰、人性之险，正如不知道生活会将这群人带向何方一样，也不知道日子会将人性打磨成怎样的光景。没有走向痛彻心扉的忏悔，也就没有罪与恶的救赎，只有感动人心的些许光亮，这是晦暗年代人生与生活的常态，也是一群人仍在行走的状态。我想，之于这一切的历史书写，是因为作者对人世及人性最深处的切肤理解与悲悯，悲剧的意味是像张爱玲小说中的胡琴声，它吱呀着、断续着，却始终存在着、诉说着。

第三节　大历史与小人物

冯友兰在解释"历史"这一概念时，指出其两层含义：一个是指过去发生的事情的总和，既包括人的历史也包括物的历史，这是本来的、客观的历史；一个是指文本化的历史，是本来的历史的摹本，一个影子，因为是人写的，所以有信史，即历史的真伪的问题。[①] 他所提到的第二层意思其实也就涉及历史由谁来书写，站在何种角度来书写的问题，更进一步说，历史的背后需要有"话语"的辨析。我们在乡土历史书写中大致可以发现这样三种话语：知识者话语、政治话语、民间话语。知识者话语说到底就是以启蒙意识、进步理性为主导的现代性话语，这在二三十年代鲁迅及文学研究会的作家身上体现得比较明显，与此同时，知识者话语也体现为以这一群体审美趣味为主的话语方式，沈从文、汪曾祺就是其代表；政治话语，即以文学创作的方式来图解政治意识，作为政治传声的辅佐工具，赵树理及"十七年"文学中的作家都难以避免这样的写作"任务"及思想方向，五六十年代出生的作家在最开始创作时也无法逃脱开意识形态的规训；民间话语，真正的民间话语应该是民间的自我言说，根植于乡民的日常生活与生存逻辑、民风习俗与精神信仰，基于民间本身的话语方式来书写在百年乡土文学中也是比较稀少的。当然，这三种话语并非完全独立，很多时候也是相互交织，只是以哪种话语在文本中表现得更强烈罢了。正如，沈从文的民间趣味与理想中，未尝就没有关于启蒙的意识；赵树理的政治话语中也有明显的知识者话语，民间话语中也有带着知识者趣味的想象。

不同的话语也意味着不同的历史观。知识者话语表达的是进步理性的历史观，政治话语充斥的则是唯物主义历史观，阶级斗争与人民史观是其核心；而当知识者以自身的审美趣味来叙述民间时，表现出来的则是与天地之间相谐相生的历史循环论；当然还有欲望的历史观，这在新历史主义小说中体现得特别明显，将权欲、恶之本能等等作为推动历史发展的能动力。正像是《老生》里也有着不同的历史讲述，唱师所见的历史，与其所能说出写出的历史，与革命成功后政府所要求编写的历史截然不同，不仅是民间与官方的差

---

① 参见冯友兰：《中国哲学史新编》（第一册），人民文学出版社 1982 年，第 1—2 页。

139

别，还有实录与虚构的迥然，不同的立场，相异的话语：

> 那一年的秦岭地委，那时还叫作地委，如今改名市委了，要编写秦岭革命斗争史，组织了秦岭游击队的后人撰写回忆录。但李得胜的侄子、老黑的堂弟，以及三海和雷布的亲戚族人都是只写他们各自前辈的英雄事迹而不提和少提别人，或许张冠李戴，将别人的事变成了他们前辈干的事，甚至篇幅极少地提及了匡三司令。匡三司令阅读了初稿非常生气，将编写组的负责人叫来大发雷霆，竟然当场摔了桌子上的烟灰缸，要求徐副县长带人重新写。但是徐副县长就在这年秋天脑溢血，半个身子都瘫痪了，匡三司令便说：那个唱师现在干什么？他是了解历史的，把他找出来让他组织编写啊！这我就脱离了县文工团，一时身价倍增，成了编写组的组长。[①]

当然，贾平凹的历史书写也是一种带着自我话语的"重写"，还要说出唱师所见，但不能写不能说的历史，是试图以民间话语来对中国这百余年的现代性进程进行重述，不乏知识者的趣味与想象。具体来说，以一种民间野史传说来替代国家宏大的历史叙事，以日常生活来替代战争与革命的大场面，以小人物的群像来替代英雄及主要人物。这是与"十七年"文学历史叙述的最大不同，而与那些受现代主义及新历史影响明显的新潮历史小说相比，则在于贾平凹一心一意地回归于历史的情境、村庄的生态、地方的风情、百姓的日常、人性的常与变。"《老生》就得老老实实地去呈现过去的国情、世情、民情……要写出真实得需要真诚，如今却多戏谑调侃和伪饰，能做到真诚已经很难了。能真正地面对真实，我们就会真

---

① 贾平凹：《老生》，人民文学出版社 2014 年，第 142—143 页。

诚，我们真诚了，我们就在真实之中。"[1]

在这里，历史并没有那么多宏大理念及必然发生的因果关系，它有太多的偶然与不确定。《老生》里讲到闹革命的起源，与受过红色教育的李得胜的革命理念相反，老黑是源于对王世贞权力的窥伺，匡三是因为肚饥总吃不饱。土改时期对各阶级的定性也不过自私之举与人为的偶然：

> 这样一算，李长夏超过了年收入的百分之二十五，李长夏就是富农了。地主有两个，富农一个有点少，就给刘三川再算，便算到了百分之二十五，刘三川也成了富农。贫农好定，张德明家四亩，白河家三亩，刘巴子三亩，巩运山一亩五，龚仁有八分，邢辘轳没地，马生没地，白土是长工，没地，那就以五亩地以下的人家为贫农。其余的全是中农吧。马生给拴劳说：中农是五亩至二十亩的人家，你家是二十一亩五分，这一定要给你家定中农。拴劳愣了一下，黑了脸说：你这啥意思？马生说：我这是维护主任哩，如果别人敢说三道四，我出来说话！拴劳说：谁要谋算我这主任，那鱼就晾沙滩上去！他把中农的条件从五亩至二十亩改成了五亩至二十二亩。[2]

《古炉》里讲到"革命"，无论是榔头队的霸槽、水皮，还是红大刀队的天布、磨子，都讲不明白"革命"的要义，两队的火拼无非是紧跟形势制造一些事端，还有人内心郁积的对权力、对贫穷的怨气，邻里之间产生的私怨、摩擦。毛主席语录及头像不过是用来保护自己的象征工具，如榔头队贴的大字报总被红大刀队撕掉，于是霸槽让贴上毛主席语录，对方也就不敢再撕掉；蚕婆让狗尿苔护

---

① 贾平凹：《后记》，《老生》，人民文学出版社 2014 年，第 293 页。

② 贾平凹：《老生》，人民文学出版社 2014 年，第 89 页。

送善人回家，又怕狗尿苔遭到他人的攻击，于是给他拿上毛主席像以护身。再说到乡村八九十年代开启的"改革"，也不过是乡民对权力与财富的渴望，与干部对政绩与权力的需求的相互作用。

如若说这些历史的事件、时间的节点，是大历史，足以影响中国的现代性进程，导致传统的裂变与现代的新生，那么，贾平凹对此的呈现只不过是作为一个经脉给以勾勒，而真正要厘清的则是那些大历史的细节，日常生活是怎样的，人们的所思所想。总之，想要提供的是带着生命温度的细节，这是贾平凹历史叙事的常识与逻辑。

因而，在贾平凹的小说中我们能够发现以其自身审美趣味与理想来想象民间的方式，即知识者话语与民间话语的合谋，但是很难说，呈现出的是怎样一种明晰的历史观。他在作品中更多表达出来的是混沌与迷惘，尤其是站在当下乡土裂变的转捩点，这让我想起三十年代的沈从文在时隔十多年后第一次回乡时，坐在船上面对边地湘西的历史与现状所生发的感慨：

> 看到日夜不断千古长流的河水里石头和砂子，以及水面腐烂的草木，破碎的船板，使我触着了一个使人感觉惆怅的名词，我想起"历史"。一套用文字写成的历史，除了告给我们一些另一时代另一群人在这地面上相斫相杀的故事以外，我们决不会再多知道一些要知道的事情。但这条河流，却告给了我若干年来若干人类的哀乐！小小灰色的渔船，船舷船顶站满了黑色沉默的鹭鸶，向下游缓缓划去了，石滩上走着脊梁略弯的拉船人。这些东西于历史似乎毫无关系，百年前或百年后皆仿佛同目前一样。他们那么忠实、庄严的生活，担负了自己那份命运，为自己，为儿女，继续在这世界中活下去，不问所过的是如何贫贱艰难的日子，却从不逃避为了求生而应有的一切努力。在他

们生活爱憎得失里，也依然摊派了哭、笑、吃、喝。对于寒暑的来临。他们便更比其他世界上人感到四时交替的严肃。历史对于他们俨然毫无意义，然而提到他们这点千年不变无可记载的历史，却使人引起无言的哀戚。[①]

同样是在历史的转折期，战争灾害、地方动乱，沈从文不由自主所透露出来的忧患意识与悲悯情感，恰恰又在贾平凹更多作品的后记里有着惺惺相惜的回应：

> 体制对治理发生了松弛，旧的东西稀里哗啦地没了，像泼出去的水，新的东西迟迟没再来，来了也抓不住，四面八方的风方向不定地吹，农民是一群鸡，羽毛翻皱，脚步趔趄，无所适从，他们无法守住土地，他们一步一步从土地上出走，虽然他们是土命，把树和草拔起来又抖净了根须上的土栽在哪儿都是难活。[②]

没有历史意识及方向的指示，是因为作者本身也怀着忧虑与惘然，看到的是一种生活及情感的无限持续及循环，或者说也无意于去关注历史的走向，只是看这岁月中的世道人心，还有真正低于尘埃的人们是怎样的生活与精神境遇。之于生活中有易察觉的表象的嘈杂的一面，也有不易见的隐喻的层面，刘小枫在谈到基斯洛夫斯基的电影时，曾提出有这样三类叙事家：

> 只能感受生活的表征层面中浮动的嘈杂，大众化地运用语言的，是流俗的叙事作家，他们绝不缺乏讲故事的才

---

① 沈从文：《一九三四年一月十八》，《沈从文全集》（第十一卷），北岳文艺出版社 2002年，第 252—253 页。

② 贾平凹：《秦腔》，作家出版社 2005年，第 515 页。

能；能够在生活的隐喻层面感受生活，运用个体化的语言把感受编辑成故事叙述出来的，是叙事艺术家；不仅在生活的隐喻层面感受生活，并在其中思想，用寓意的语言把感觉的思想表达出来的人，是叙事思想家——基斯洛夫斯基就是这样的叙事思想家，他用感觉思想，或者说用身体思想，而不是用理论或学说思想。基斯洛夫斯基对时代生活带着艰苦思索的感受力，像一线恻隐的阳光，穿透潮湿迷蒙的迷雾，极富感性的语言带有只属于他自己的紫色的在体裂伤。[①]

　　诚然，百年的乡土叙事，并不缺乏会讲故事的作家，也并不缺乏建构或解构隐喻的能力，但是，我以为真正欠缺的其实是还原生活的能力。什么是还原生活的能力？也就是将那些最细微处的情感及物质面貌展露出来，能够察觉到最寻常生活的疼痛与悲欢、坚忍与良善、龌龊与不堪；重要的是，还原民间的思维逻辑与意识、人际关系间的险恶与温暖、精神生态里的思与想，或者无意识。这其中最重要的也就是对小人物生存境遇的描摹，从他们身上大可看到一个时代最真实的情境，也就是从这些人的历经中来察看历史的有情与残酷。小人物是相对于以往历史书写中以权位、阶级概念来定位的英雄，也不是内在欲求被无限放大的寓言性人物，是指历史情境下，日常生活中被权威，被革命、战争、灾难、疾病所戕害的弱者，他们承担自己所摊派的命运，也肩负着各种责任，对自己，对儿女，对这艰难的生活，拥有着一份活下去的尊严与希望，当然也免不了苟且偷生。夏志清在谈沈从文的短篇时就有说过："对土地和对小人物的忠诚，是一切更大更难达致的美德。"[②]或许也可以说，

---

① 刘小枫：《爱的碎片的惊鸿一瞥》，《沉重的肉身——现代性伦理的叙事纬语》，华夏出版社 2004 年，第 206 页。

② 夏志清：《沈从文的短篇小说》，《文学的前途》，生活·读书·新知三联书店 2002 年，第 101 页。

写出这一群人的生活气象，也就意味着有怎样的文学精神地图。

对小人物及其生存处境的关注，以此来反观一个时代，是贾平凹历史书写的重点。他首先提供的是大时代下小人物的群像，在勾描这些人物时，其实隐含的就是一种民间视角，莫言曾在讲述为什么要打破阶级观念来塑造人物时说到对乡村内部观念的理解：

> 小说家笔下的历史首先是一部感情的历史。在一个村庄里面，老百姓心目中的阶级观念还是相对模糊的，其中存在着好/坏、善/恶、美/丑的划分，却没有进步阶级/反动阶级的绝对划分，否则很难解释一家弟兄几个参加了对立阶级的军队。这种斗争很难用经济和政治方法来分析，只能用情感的方式。所以，我还是从民间的视角出发，从情感方面出发，然后由情感带出政治和经济，由民间来补充官方或者来否定官方，或者用民间的视角来填补官方历史留下的空白，后来的许许多多历史小说也在走同一条道路：尽最大可能地淡化阶级观念，力争使自己站到一个相对超脱的高度，然后在这样的高度居高临下地对双方进行人性化表述。[①]

这样一种观念在八十年代后重写历史的这一批作家身上体现得比较明显，贾平凹也是如此。《老生》里讲到土改时期这一段，他写到了三个地主，抛开革命阶级的理念，也并不将他们归为地主恶霸剥削长工的形象，而是写他们在勤俭与劳作中积累财富。王财东面对金圆券的贬值，几天之内精神就不正常了；玉镯对待长工白土，关心他的生活，给他做耳套，也想要给他找个媳妇。张高桂的家产都是慢慢累积的，家里的后院就是一个杂货铺，他从外面回来，从不空手，木棍子、旧门闩、没底的破铁盆等等，在他眼里，

---

① 莫言：《我的文学经验：历史与语言》，《名作欣赏》2011 年第 10 期，第 101 页。

没有一样东西是没有用的。李长夏由富农又定为地主以后，村里开始分他的家产，他的精神也日益崩溃，拉走家里的牛时，他把牛全身摸了个遍。

《古炉》中的人物群像更为丰富，我们大致可以分为这么几类：一类是造反派，他们是"革命"的积极响应者，日渐占领着权利中心与生活事件中心，组成两队，榔头队的霸槽、水皮，红大刀队的磨子、灶火；一类是"文革"中被批斗的受害者，蚕婆、善人，与他们一起成为权力边缘的还有曾经的当权者支书、队长满盆，还有像麻子黑这样的活跃分子；一类是游离于两派之间的活动者，既带有看热闹的性质，也有传递消息之嫌，狗尿苔、牛铃就是这样；最后一类也就是那些看似无关时局，但多少也在受着影响的普通百姓，半香、来回、老顺等等。

但是，不以阶级观念来塑造人、理解人，并不代表阶级观念没有影响到村民们的生活。在写到小人物的生存境遇时，贾平凹不是将之作为一种形而上的存在思考，逼问人之为人的存在镜像，做一种寓言式的表达，而是将政治经济理念下生活及人性本然的面目与变动呈现出来。古炉村分牛肉的这一段或许就能够表现被"阶级身份"所压制的一些人的境况：

> 轮到牛铃，牛铃是分到了一个牛鼻子，牛铃说：这不是肉么。天布说：这不是肉是啥？磨子说：娃一个人，多给些。天布把牛舌头取过来又切了三分之一，也不过秤，放在了牛铃的盆子里，磨子高声说：咱明事明干，谁只要是孤寡老人，是孤儿，咱都多照顾一点。狗尿苔就挤上来说：这好！他的话好像谁也没听懂，筐子里的正肉已经不多了，天布拨拉过来拨拉过去，最后抓起来的是些牛百叶。狗尿苔说：就这些？！他身后站着水皮，水皮说：后边没分的还都是贫下中农哩。天布说：牛百叶好吃哩。狗

尿苔说：我要吃那一块肉。排在水皮后边的是守灯，守灯说：给狗尿苔切块好肉，我要牛百叶。磨子说：你先不要分。守灯说：我不是社员？磨子说：让你最后了再说，你还噘嘴呀？狗尿苔看了看守灯，他也不再说什么，天布就把牛百叶放在了秤盘上。称过了，狗尿苔不走。长宽说：你咋还不走？狗尿苔说：我婆是孤寡老人。长宽瞅磨子，磨子没吭气。狗尿苔说：我也是孤儿。磨子还是没吭气。水皮说：你想让照顾呀，你家明明是婆孙两个，咋能分开说。狗尿苔说：我婆没儿没女，我没妈没大。水皮说：照顾四类分子呀？把狗尿苔拨到了旁边。

狗尿苔那个气呀，抿着嘴咬牙子。他突然想到了霸槽，霸槽再不是人，霸槽还能护他，如果霸槽还在，水皮也不至于这么嚣张，嚣张了也不至于没有一个人不给他帮腔！①

运动中大多数人只能跟随大流一起，听任时势的摆布，当"文革"中阶级斗争的观念已经在发酵，人人自危的心理使人与人之间已经发生了变化：

往日里男人们闹革命哩，话说不到一块，而婆娘们还是相互问候着，家长里短，唆是弄非，虽时不时就噘嘴变脸，却也狗皮袜子没反正，一会儿恼了，过会儿又好。但是，现在却突然地拙了口，谁见谁都不说话，各挖各的稻根茬，吭哧，吭哧，挣得放出个响屁，也没人笑。狗尿苔挖出的稻根茬在地头积了一堆，装进篓要背回家，却背不起来，让得称的媳妇帮他揪一揪，得称的媳妇帮着把篓揪上背，他说：我得称哥咋没来？得称的媳妇不说话。他说：你咋不说话呢？得称媳妇说：我憋得很了，可我不敢

①　贾平凹：《古炉》，人民文学出版社2011年，第254页。

说么，我一句话说错了就有人报告哩。[1]

还有《老生》里"文革"时期各村寨学唱革命歌曲，政治旨意对精神意识的生硬嫁接可见一斑：

> 又是几个月，差不多的人都会唱《大海航行靠舵手》《社会主义好》和《唱支山歌给党听》。后来又学了一首《打靶归来》，觉得这首歌适合村民去田间上工或收了工后的路上唱，他就先到镇西街村去教，教了十多遍，要求大家一起唱，自己起了个头：日落西山红霞飞——起！人人嘴都大张着，能塞进一个红薯。唱完一遍，再唱一遍，还唱一遍，唱得肚子都饥了，腰就直不起。……刘学仁注视着每一个人的口型，但一个叫张水鱼的人嘴没有动。刘学仁让大家停下来，问张水鱼：你为啥不唱？张水鱼说：我肚子在唱。大家果然能听见张水鱼的肚子在唱，而唱的是咕咕音。一听见张水鱼的肚子咕咕响，所有人都觉得自己的肚子也响了。刘学仁有些生气了，说：肚子饥了是不是？在地里劳动你肚子饥了天不黑是不能收工的，何况咱在这儿唱歌就半途而废了？唱，唱起来就忘掉饥。[2]

> 人们后来发现，只要一穿上那劳动服，人就变了，身子发木，脑袋发木，你得紧张地劳动，不能迟来，不得早走，屙屎撒尿也得小跑，似乎鸡狗甚至蚊子都变了，早晨天刚放亮，鸡就拉长嗓子喊，以前的鸡最多喊两声，如今喊叫不停，接着喇叭在响，刘学仁又在讲话，所有人就得赶紧起来。[3]

---

① 贾平凹：《古炉》，人民文学出版社 2011 年，第 409 页。
② 贾平凹：《老生》，人民文学出版社 2014 年，第 154 页。
③ 贾平凹：《老生》，人民文学出版社 2014 年，第 164 页。

虽仍是生产劳作，但是人与天地、人与人、人与自我的感觉已然变异。至于那些在动乱中寻求不到任何庇护，只是被一种观念或者莫须有的罪名所笼罩的弱者，他们或是心存怨气，如守灯；或是一味地委屈着、忍让着，蚕婆给狗尿苔说的生存哲学也就是这样：

> 婆说的和梦里说的一样，狗尿苔说：我恨我爷哩！婆睁大了眼睛看着他，他只说婆要打骂他了，正后悔着，婆搂住了他，说：恨你爷干啥？你爷也不想让你受苦，谁也不愿意活着受苦，但人活着咋能没苦，各人有各人的苦，苦来了咱就要忍哩。听婆的话，出门在外，别人打你右脸，你把左脸给他，别人打你左脸，你把右脸给他，左右脸让他打了，他就不打了。①

过往的乡土文学中并不缺乏对小人物生存境遇的刻画，如鲁迅对闰土、祥林嫂、孔乙己，台静农对二嫂，蒋光慈对为奴隶的母亲，萧红对金枝、小媳妇这些受虐的妇女，描写他们身上所背负的枷锁、自身精神的困境，这些都是新文学史上令人印象深刻的人物，但是大多都是以启蒙的目光来俯视，以主体对客体的方式进行陈述，而不是让这些人自己说出自己的苦难与疼痛，这其中的隔阂不只是话语书写方式的迥异，还有体己的切肤之痛的差别。王光东曾对民间立场的写作有过辨析，以为存在着想象民间与民间想象的不同，前者"是知识分子从自身角度对民间的想象，包含着知识分子自身对民间的认识、感悟和理解"，后者则"更多地体现出依据民间自身的文化特点、心理逻辑对于生活的想象"。② 这两者的差别也就意味着民间能否诉说自己的苦难，而不是被想象，抑或过滤

---

① 贾平凹：《古炉》，人民文学出版社 2011 年，第 341 页。
② 王光东等：《20 世纪中国文学与民间文化》，复旦大学出版社 2007 年，第 89 页。

悲欢。

关注这些普通人的境遇，是因为他们是农业社会的主体，身上承载着乡风民俗、传统伦理道德，他们既是践行者，也是传播者。如若说，农业社会乡村生活就是以村民的日常琐碎、邻里交往、生产劳作为主，它是平静的；那么，革命、改革恰恰带来的是日常生活的变异，以斗争、工业生产方式来替代农业劳动，以革命阶级概念、市场经济下的价值观来替代传统的伦理风尚，它是喧哗的。

当古炉村两派的斗争日趋激烈，成为乡村生活的主要内容时，生产劳作慢慢荒废。当从学习班回来的支书再次安排生产劳作时，响应的也不过是那些妇女、老人，青壮年的劳动力已经加入到"革命"的行列。

> 支书就开始安排了农活。对于支书安排农活，最积极拥护的就算老顺和来回，来回对别人疯疯癫癫，一到支书面前就正常了，支书每天早上一开门，来回就在门外站着，问了今日都干啥，然后她就不让支书去张罗，自己敲着一个破铁皮盆吆喝，那只狗一直跟着她，该沤肥的去沤肥，该灌田的去灌田。没有了青壮劳力，干活的都是妇女和老人，每每在破脸盆的响声中，姓朱的妇女、老人们往地里走了，而没有上山的姓夜的人家的妇女、老人也就跟着走。[①]

《老生》里的四个故事看似只是简单的勾勒，却线性勾勒出了村庄的变异。或许更能说明乡村在革命、改革下的裂变。与革命一起进驻乡村的，还有阶级斗争的理念，"成分论""血统论"，在一次次革命与动乱中改变着乡村内部的风貌，情感、关系与生产。《老生》写到后面，特别是第四个故事，已经不再常出现乡村的劳

---

① 贾平凹：《古炉》，人民文学出版社 2011 年，第 472 页。

作与事务，风俗信仰的活动也不常有，改革话语，还有相关的一系列的经济活动已然在慢慢变更着乡村的日常属性。

透过这些乡村日常的变化，贾平凹笔下的历史其实就是一部农业社会的变迁史，也是一部传统伦理道德的消亡史。什么是大的历史？对于贾平凹来说，相比于革命战争的血雨腥风、英雄人物的丰功伟绩、国家民族建构的宏大历史，这才是真正的大历史。或者说，这才是他真正想要写出的历史。

因而，在我看来，书写历史的方式，同是理解历史的方式：

> 书中的每一个故事里，人物中总有一个名字里有老字，总有一个名字里有生字，它就在提醒着，人过的日子，必是一日遇佛一日遇魔，风刮很累，花开花也疼，我们既然是这些年代的人，我们也就是这些年代的品种，说那些岁月是如何的风风雨雨，道路泥泞，更说的是在风风雨雨的泥泞路上，人是走着，走过来了。[1]

与其说，历史是革命、战争或是改革、业绩的组成，不如说历史就是生活的洪流，"老生"，就是生活之流的生生不息。而乡村生活本就是日出而作，日落而息，按照二十四节气生活劳作，乡村的时间不是社会历史进程线性时间上的概念，而是生活、生产、风俗、宗教活动的时间节点，当贾平凹试图在日常生活中寻找着乡村风物的常与变，他所提供的历史感也就在这里。与此同时，在他的书写中所彰显的一种混沌未开的历史意识也就不足为怪。不管革命、战争如何的风云变幻，改变人与人之间的关系，甚至改变乡村的社会结构与生产方式，但是它无从改变生活最本质的内容，也就是维系生命本能的一系列生产活动。因而，与喧腾的革命、运动形成对比的，仍是那些最寻常的生活面影，人们的穷与病，越来越稀

---

[1] 贾平凹：《后记》，《老生》，人民文学出版社 2014 年，第 294 页。

的饭，好不容易才能吃上一顿肉，亲人邻里之间的无端争吵，硌人的疼痛……这些细节指证着历史的意义，或者罪与罚。

最后，我们再来反观贾平凹的历史书写。相较于传统史传书写中以英雄人物、以贵族士大夫阶层为主的人物及事件记载，"十七年"文学所提供的一种历史书写的方式，即线性的历史进程、英雄人物与英勇情节的特写，表现人民创造的历史，或者先锋实验中，被放大的或戏谑的欲望的历史，被本能所异化的人物。贾平凹的历史是乡村生活与普通百姓的历史，人物没有成长性的跳跃，情节有发展却不是剧变，是地地道道的生活史。从另外一个方面来看，我们常把人物置身于非日常非生活的状态下，即革命战争、自然灾难、戏剧化的事件，这些即使不是极致环境，但也是非常态的境遇中来拷问人性，考察人心，却往往忽略人最日常的欲求与状态。日常生活及其本身的常与变，日常生活中人性与人心的常与变，才是对人真正的体察。

相较其他方式的历史书写，生活流，日常化的历史，或许也可以看作是乡土历史的碎片化书写吧。我以为这种写作方式与《秦腔》有一脉相承的地方，这部作品在不少的研究者看来，是对乡土现状的碎片化书写，而转型期的乡土社会无从再提供整合性的图景，只剩下碎片，也只能是碎片式的摹写。但我以为，乡村生活本是有无序也多散淡的一面，无论是生活流式的历史书写，还是碎片化的当下勾描，其实都是在还原乡村内部生活的本然状态，只是在以往的创作中，少有这样的尝试，生活的细节只是作为事件发生发展的点缀，而不是像贾平凹这样当作是小说的全部，如此细密厚实地呈现，事件只不过是用来作为穿引这些细节的线索。

林德布莱德曾提出"记忆诗学"的概念，它针对的就是文学性的记忆。与历史性的记忆大为不同，这种带有诗学品质的文学记忆是个人性的、情感性的，不是来自头脑而是来自心灵；也是片断的、非逻辑的，无从推理。这意味着文学记忆需要不同的认知路径，也标识着迥然的记忆伦理。倘若说，历史记忆伦理在意的是客观真实，是一种僵固的集体记忆，是需要镶嵌在社会历史进程中的"齿轮"，有着不容揩去的寓言及象征意义。文学记忆伦理最终指向的则是个体在世的生命意义，经由个体的生命感知，还有人于历史中受难或欢愉的生命幽微，丰富历史的内部肌理，从而也对历史记忆的严肃面孔及成规进行反刍。可以说，文学就是记忆，是伏贴于人性人心的体己感知，通过小人物的生命感知与人生遭遇，贾平凹要呈现的就是这样一种记忆伦理。

第四章 "说话"、抒情与乡土文学精神

　　将贾平凹置身于百年乡土文学的流脉中，亦是拓展至百年新文学的视野，他的写作可以视为"感时忧国"脉络的接续，他与鲁迅、沈从文、孙犁、汪曾祺等作家在文学精神与形式上的感应，既能看到中国作家对民族历史、乡土社会及文化等问题相近却终不同质地的思想辨析，也可以感知到传统文脉的精神相惜相契。在这样一个历史视阈中，文化自觉、实录与反思精神、传统叙事形式的借鉴与创新是贾平凹乡土文学精神的具体表征，进一步说，"说话"与"日常生活"是他长篇小说的文体美学特征，而抒情的意味，在体现贾平凹承继抒情传统的同时，也是他文学世界里的一抹亮色，是在庸俗丑陋的历史与现实中开出的清新之花，其意象是一个不那么高远却能够企及的精神之所。

第一节　乡土文学史上的贾平凹

　　乡土文学是与新文学一起成长起来的书写主题，历时百年。我还是想在这百年的乡土文学史中大致划分出现代与当代的段落，不过不是以文学史或者社会史上的 1942 年、1949 年或者 1978 年作为时间的分割线，而是将 1985 年视为一个转捩点，作为当代乡土文学重塑自身精神与传统的起点。这之前的乡土书写大多是依循现

代文学的精神传统与书写范式，乡土文学是知识者的乡愁，深藏着家国之痛与个体之伤，是一份现代性的想象，同是想象中国的一种方式。正如鲁迅在最初给乡土文学进行定义时，称之为"侨寓者的文学"："蹇先艾叙述过贵州，裴文中关心着榆关，凡在北京用笔写出他的胸臆来的人们，无论他自称为用主观或客观，其实往往是乡土文学。"①一方面，乡土文学是客居异域的知识者的回忆与想象，再加之知识者本身所具备的现代眼光及知识谱系，也就脱离不开建构的色彩，它是作为民族文化的承载体，进而成为批判启蒙的对象，还是作为普存的异乡人的精神乌托邦，一份执念与念想的存在？另一方面，在现代语境里，乡土本身的多重内涵，她所表征的文化、民族的符号意义，与农民、革命，进而扩展至整个中国现代性进程都有着息息相关的紧密联系，现代与传统的、城市与乡村的审视视角在一开始就已经建立起来。因而，"乡土"的出场本身就有着象征的意味，还有现实政治的需求。也就是在这样一个基础之上，形成了三种乡土书写的模式：其一，是鲁迅式的，即将乡村作为传统文化批判的载体；其二，是沈从文式的，将乡土视为精神家园，并与现代文明及城市相对照，以至上升到人性重塑、民族重造的高度；其三，是赵树理式的农村题材小说，是在政治革命的号召下，对农村新气象、现实问题的反映，也是对政策时局的一份文学解读。这三种乡土建构是建立在现代思想的驳杂与博弈之上，正可显现乡土文化的多重面相、现代性的艰难进程，若要论这些乡土书写所留下的精神遗产，我想，就在于知识者在浸润着乡愁的生命体验中所表达的对传统文化的认知与理解，对国民精神状态的勾勒与期望，再加之地域色彩所设置的背景，"乡土中国"就此成为了理解历史与现实的一种方法论；那无法排遣的乡愁再次告诉我们的正是精神性缺失的当下：

---

① 鲁迅：《〈中国新文学大系〉小说二集序》，《鲁迅全集》（第六卷），人民文学出版社1981年，第247页。

其一，有一种历史衰落和失落感，它远离故土家园的"黄金时代"；其二，一种个人整体性和伦理确定性丧失或匮乏的感觉，那种曾赋予人们关系、认识和个人经验以统一性的价值观如今无可挽回地衰落了；其三，随着本真话语社会关系的消失，出现了一种失去个人自由和自主性的感觉；其四，某种有天失去单纯性、个人本真性和情绪自发性的感怀。[①]

之所以将 1985 年视为乡土文学的一个转折点，是看到 1985 年前后的文学场域已经开始了裂变与新生。至少有这么三股势力在昭示着一种新迹象，既是乡土文学内部的变革，也是其所置身的外在环境的变迁：其一，西方现代派及新历史主义的影响开始显形，莫言以《红高粱》为代表的历史叙事，意味着乡土现代派创作的开始，彰显着对乡土情感的变异、对以往历史叙事的改写，同是重新构造"村庄"意象。九十年代以后，刘震云、阎连科的现代主义的色彩也愈加浓厚。其二，贾平凹《浮躁》的创作，意味着作家开始面对改革变动中的乡村社会，乡村现实的因素正一步步影响着当代乡土文学的书写内容与精神面貌，乡村社会更深层的变动在九十年代开始显现，再加之城市及其文化作为生活的背景出现在乡土文学当中，随之而来的是审美风尚的流变、"乡土性"风情的异质性。其三，路遥的《人生》《平凡的世界》意味着传统现实主义创作方法的乡土书写，而小说中所彰显的乡村道德的守恒、对劳动及劳动者所寄予的希望，反映了一个时代的精神特征，但很快这种表达方式及其所昭示的美德都经受着社会的考验，现实主义的笔法也几经势弱。这三股势力影响着日后当代乡土小说的发展模式及价值观的建立，从这之后乡土叙事也开始变革。陈晓明在《中国当代文学主

---

① 转引自周宪《文学与认同：跨学科的反思》，中华书局 2008 年，第 208 页。

潮》中这样来看待新世纪以来的乡土文学："其一，传统的乡土文学的经典性叙事的终结，例如，把乡土作为是精神归宿式的那种叙事已经不再具有代表性意义，或者说已经完全式微了。其二，乡土文学也完全脱离了社会主义农村文学的概念，它已经不具有意识形态性质。其三，乡土文学叙事已经不具有历史整全性，只是怀着对乡土的特殊感情去书写乡土中国历史的终结。其四，新世纪的乡土文学也叙述与之相关的乡土文化的终结。其五，乡土叙事在美学上发生了变异，已经具有解构乡土美学的意向，也就是说，它成为一种内含变革的先锋性叙事或后现代叙事。"[1]我以为，传统乡土叙事的终结在 1985 年前后的文学场域就已经显现端倪。

那么，当代乡土文学又形成了怎样的精神传统？我想，至少可以从这三个方面来看：其一，思辨性，对于现代性进程，特别是建国之后社会主义建设的一系列运动、实验，还有改革开放后的城镇化进程、市场经济所带来的社会转型，当代乡土作家都是亲历者，历史留给个人的精神伤痕是有的，对于现状与未来的迷惘也是有的，他们能够站在比现代乡土作家更宽广的视阈里，来察看中国社会现代性经验的得与失，并给予反思。现代与传统的对照，不再只是留在文化的领域，更多的还是对社会制度本身做出剖析与质询。而这一点也是常常站在文化立场给予乡土解读的现代作家所不及的。其二，实录精神，于中国现代性历史进程的经验、当下乡村社会的式微、农村人的城市历经，乡土作家都有真实而深刻的记录。他们调适与乡村之间的复杂情感，转换叙事的立场，从而让民间说出自己的苦痛悲欢，是一份难得的历史与社会学意义上的记录。以民间及其个体的经验来补充大历史的空白，加之以生命的温度、世情的细微。其三，创造性，之于乡土书写本身的表现力问题，也即怎样写的问题，莫言、贾平凹、刘震云、阎连科等等作家的乡土叙事既激发了传统资源的活力，又能够与现代资源对接，他们是极富

---

[1]　陈晓明：《中国当代文学主潮》，北京大学出版社 2009 年，第 583 页。

创造力的一代。他们早已经不再拘泥于传统的现实主义创作手法，现代派所带来的启示让传统叙事资源焕发新的活力，从而建立个体的乡村世界，莫言的"高密东北乡"、刘震云的"延津"、阎连科的"耙耧山脉"、韩少功的"马桥"都是传统与现代、国家与地方、民族与个体的一种融合，既不乏浓郁的寓言性，又有着强烈的现实感。

将贾平凹置身于这样一个百年乡土文学历史的脉络中，亦是百年新文学的视野，他又呈现了怎样一种精神表征？

我想将贾平凹的文学创作纳入"感时忧国"的书写传统中，"感时忧国"是夏志清在《中国现代小说史》中所提出的，意在指现代作家大多倾向于民族国家旨意及批判立场，而忽略了文学本身的文学性与人文活动。我想这个传统，不只是现代作家所独有，它也是中国传统文人的群体特征。后来王德威对"感时忧国"也做出了新的解释：

> "感时忧国"似乎不必完全政治化；除了流行的帝国、国家、主权等问题之外，可以顾及一个更广层次的伦理问题。所谓文学伦理，意味将文学——不论生产的情境或是内部情节、结构——真正当作一个不同社会价值、关系、声音（话语）交错碰撞的界面，从人与人、人与物的互动里，分梳人间境况的种种条件，碰撞图腾与禁忌，投射集体或个人欲望。如此古老的问题仍然带给我们新意，诸如什么是抵抗与宽容、真诚与背叛、自由与妥协、意图与责任、介入与超越、暴虐与慈悲？我们如何从文学过程介入实在的公民领域，或者我们借由文学这个媒介抽离出来，采取有距离的方式看待现实人生？[1]

---

[1] 王德威：《文学伦理与公民意识：冯至、沈从文的启示》，《现当代文学新论：义理·伦理·地理》，生活·读书·新知三联书店 2014 年，第 186 页。

贾平凹虽意不在建构宏大的民族国家叙事，但是从他对故乡人事之忧心、对乡土现状之关切、对历史暴力之审问，恰恰具备的就是这样一种特质。无论大的国家社会问题，还是细微温暖处的乡土写意，我以为贾平凹都出示了自己的见解。他省思、批判，却不归罪，而是饶恕一切，慈悲释怀，也是对王德威所提的"感时忧国"式的文学伦理的最好诠释。

更细致地来看，贾平凹早期写农村题材的作品自然可见孙犁的影像，清丽、浅淡、抒情，冲淡了时局所带给人的抑压和紧张感，也给文坛由"伤痕""反思"所弥漫的沉郁之气带来了清新之风。他的审美世界里是有着唯美的倾向，他对山川风物所流露的自然之情、对水一样柔情的传统年轻女性的塑造，都可感知那些细腻的情思。但是，八十年代中期以后，他已经偏离了这一方向，越往后，"审丑"的色彩越明显。孙郁曾对贾平凹与孙犁两人有过这样的比较："觉得他们都对天命有种无奈感，而人力之微，只能在苦运里漂泊着，心里有不安的躁动。只不过孙犁在压抑着什么，内心有种禁忌，而贾氏却直面颓废，有时用猥亵的言辞刺痛着读者，或许可寻到片刻的快意吧。贾平凹用审丑的方式嘲笑别人时，也有意地嘲笑着自己。"[1]八十年代初期的"商州"系列小说看得出继承的是沈从文所留下的精神遗产，他对边地民风习俗、世情世貌的打探、渲染，对人性的审视、考量，还有在这之中所张扬的文化热情与迷恋，完全可以回溯沈从文的"边地"。但是，贾平凹不曾赋予文学的乡土以高纯度的理想，在他看来，现实的琐屑、污秽与沉重难以承担任何的寄寓，乡土对他来说是一种文化，却也是一种社会制度与普通民众生存的景象，其实他更关照的可能还不是理想的飞升，而是现实层面的贫与病，或者尖锐摩擦。再说到在小说中对日常生活行云流水似的叙述与铺陈、对小人物的尊重与温爱，我们也可以找到汪曾祺的风向，但是贾平凹却没有走向他那样的日常生活的审

---

① 孙郁：《贾平凹的道行》，《当代作家评论》2006 年第 3 期，第 40 页。

美化、精致化，贾平凹更多呈现的是日常生活的本真状态，一地鸡毛、烦杂、喧嚣。贾平凹的意识里的确有着士大夫的精神面影，但他可能更倾向于乡村士绅，高处可居于庙堂，回退则居于乡间。他为农民的底层经历，可能终让他无法做到像明清士人那样耽于美丽的表象，也许还是喜欢那些粗粝的东西。

当然，还要提到鲁迅，七十年代末至八十年代初贾平凹有一部分小说是集中于揭示社会问题、批判人性弱点的，这里尚有鲁迅遗风，但只是得其精神的形似。他与鲁迅之间，我以为还是有着精神相通的地方，也就是性情里都有那份敏感与犹疑，只不过贾平凹不会走向那么激烈。新世纪以后，他小说中常出现的对历史的追问、对暴力的省思面孔中，鲁迅意绪更为浓厚，也暗藏着一股阴郁之气，真正批判之时，同有着不忍而怒其不争的态度。他不会像鲁迅一样以启蒙的姿态来俯视乡土，但是，当以旁观者的角度、自然主义的笔法将丑陋的人性、暴戾的性情一一剥示时，又笼罩着一种透不过气的暗黑，可以肯定的是，对生命的这些不堪仍然是他内心挥之不去的疑团。此外，贾平凹的作品中也指向知识者的自省，同样能看到在鲁迅的小说里出现过的对乡村现状无力进而惶惑的知识者形象。而这何尝不是贾平凹自身的精神映射，一面是无力地前行，一面又是生命沿着精神三角形的斜面向上，从那些暴力中的抒情即可以感知到他内心对善与温暖的企盼，我以为贾平凹的那些郁积情绪，很大程度上也是通过鲁迅式的书写得以释放，直面颓废，直面彷徨，那些虚幻与实有也一同在内。也还要说到张爱玲，常觉着贾平凹对乡土人事人情的描摹，与张爱玲对市井生活、人性裂变与情爱关系的刻画，有一种同构的精彩，悲凉也是同有的。

只是，毕竟艺术世界正如个体的生活一样不容复制，经由贾平凹自身的乡村历经、个体所承担的历史伤痕，在这之上决定了他叙述民间的视角，他对生活、对历史、对人性的理解与认识；再加之文化的自觉、骨子里的文人气、对传统生活及德行的某种向往，还有天生的忧郁气质，都使得贾平凹建立了自己书写乡土的方式，从而彰显出他自身的精神价值。

首先来看，尽管贾平凹一直是以一种民间立场来写作，但他始终没有放弃一份知识分子的立场及关怀。一方面他坚持着知识者的言说、对传统的伦理道德的倚重、对精神理想的追寻，即便生活再过粗糙与庸俗，小说中总会有那么一两个人带着精神的光芒与自我的力量而让人欣慰暖心，比如小水、善人、蚕婆、带灯、老老爷等等，他始终没有放弃在小说中营构一个普通人够得着的精神世界。与其说这是文学带给人的力量，不如说他坚持着一份写作的伦理，善与爱、温暖与慈悲，以参差对照的视角来观照世相及人情。另一面也写出了现代性境遇下包括己身在内的知识分子无处归家的现实与荒凉感，这种感受来自于对古已有之的一种文化传统颓败的感念，在他看来那些文化里面自有千百年来怡养人心的力量，他的小说里大量的对民风习俗的描写、对伦理道德的宣扬，即可看出这点。实际上，1985年以后的乡土书写，坚持着知识者的文化立场，或者说像贾平凹一样有着文化念想的作家已然很少，更不必说像他一样深入到日常的细节、历史的场景中来诉说这种文化的温润之心。再者，他对城市文明及其生活的批判是明显的，对现代性入侵乡村的进程所持的也是否定态度，诚然，他规避了现代性所带来的进步与可喜之变，究其根源，也就在于城市无从给予精神的栖身之所。贾平凹的乡愁确有一部分是这种文化的乡愁，他带着泥土的根底，无从揩去。正因为如此，乡土文学仍不过是知识者对现代性的想象，对中国问题的观察与看法。

其次，实录与反思精神。从七十年代中后期到当下的村庄变迁，每一个时段的记录都有贾平凹的参与，从我们第二章的分析来看，他其实从三个意象来解析了乡村的现实与精神层面："乡村"意味着制度与现实生活的层面，"乡土"是文化的层面，"荒园"则预示着作为制度与文化层面的"村庄"形态同在一齐势弱与消亡。

对这些过程的叙写，贾平凹没有走向莫言、刘震云、阎连科、张炜那样整体的寓言化、象征化，去其乡村的自然化景象，只留其精神色彩，而是依然保留了现代乡土文学的书写传统，即"三画四彩"的特征，并且是在大量的生活日常细节中完成对乡村变迁的指证，这是现实的聚焦，也是一种难得的文化自觉，这与其他作家写下一个时代的器物、记录一个时代的物质生活是一样的，只不过贾平凹呈现的是民俗文化。这种书写方式不只表现在贾平凹对现实当下的村庄叙述，也呈现于他对历史的回忆中。日常生活、小人物群像，是构建小说的两个重要方面，也就是从最普通的人及其生活中来辨析历史的暴力、人性的常与变。他对历史的思辨，也不同于莫言、刘震云这些作家，不曾无端地放大个体的欲求，从而戏谑玩笑，在他的真诚与真实里，或可清晰见到传统史传的精神与笔法。

再次，正是基于一种精神结构，贾平凹也在寻找着与其相匹配的文体样式，这也就是八十年代就已经意识到的问题：以怎样的形式来表达中国的国情及民族味道，如何来呈现乡土社会的变迁，如何从文化中寻得乡土的本真，却又不是仅仅站在文化立场上来批判？正如他自己所言："过日子的方式，处理问题的方式，就叫文化。"[1]贾平凹最终在日常生活中既为乡土寻得了社会学意义上的存在价值，为一群人的生活寻得了正当性的理由，也为小说的文体赋予了厚实的内容。因而，也成就了乡土书写的另一种方式，不仅是回到乡土本真的，也是在挣脱文化、政治的符号，是对以往乡土书写的反叛与补充。文体结构的背后，是面向传统，面向我们所在的世情、国情、民情的回归。此外，他的语言同在意味着汉语写作的新可能，他小说里的明清之意与汉唐之风，是一种民族的味道，亦是个体精神深处的清澈与通透。这是贾平凹的乡土书写所昭示的传统与现代之间的创新性，他始终没有走向乡土现代派的风向，若说

---

① 贾平凹、韩鲁华：《穿过云层都是阳光：贾平凹文学对话录》，北京联合出版公司2016年，第138页。

"传统"是指向结构与内容，"现代"则是一种反思与批判的意识。对于现代性的追问，对乡村制度性的省思，他与走向西化的同代作家虽殊途同归，却是在尝试一条更古朴而又艰难的路径。

之前，有提到孙郁对贾平凹的评价，由他的《废都》所看到的对年青一辈的影响以为在趣味上，而不是精神思想处。我们借由这点来谈开去，放置在乡土文学当中，他对年青一辈的影响倘若说要表现在趣味上，更多的是乡野之气、巫神鬼魅之影，但他内心的哀凉与暮气、黑暗的底色仍是难以体会得到的，它也势必在影响着乡土世界的书写与重构，思想上的复杂性也未必能为年青一代所体察。这让我想到所谓的乡土文学消亡论，在贾平凹看来，是不存在的，因为无论社会结构怎样转型，传统生活、古老意识与思维仍然不会那么快地消逝，况且"当中国改革进入深水区，社会问题将更加复杂，它将为文学又一次提供着更大的想象空间和丰富的素材"①，乡土文学也是一样。在我看来，把乡土文学消亡论看作是一代有一代人的文学或许更为合适，也就是说，贾平凹这代人无从像鲁迅、沈从文一样来写乡土故事，那么年青一代作家也无从再像贾平凹这些人一样来讲乡村往事，每代人自有所处时代的经验、阅历与思想，时局已是大不一样。因而，我们所能看到的有着贾平凹一样思想、趣味的乡土作家已是寥寥无几。

贾平凹所能出示的只是"50后"这代人对乡土的想象，或者说，他自身精神世界的独异与表现乡土方式的独到已决定了后来者的无从效仿，他们这代人对乡土的书写，除了韩少功等少数作家在一些作品中呈现的亮色，大多数人的乡土书写皆是带着苦难与悲情之意，即使不是现实的嘈杂污秽，也有精神世界的疯狂。除了跟这代人完整的乡村经验、所经的历史伤痛相关以外，或许还与这代人本身的思想局限相关。

---

① 贾平凹：《命运决定了我们是这样的文学品种》，《贾平凹文论集·关于小说》，生活·读书·新知三联书店2015年，第242页。

王富仁曾这样评价沈从文，我以为，他其中讲到的问题或许也适用于一些乡土作家，贾平凹也是其中之一：

　　　　不容否认，沈从文是一个有才能的作家，甚至可以认为，就其自身生活经历的丰富，就其接触下层群众生活的广度，就其艺术尝试的多样性，就其创作产量的丰盛，他是较之鲁迅更有条件成为伟大作家的人。但是，沈从文虽然对中国现代文学做出了他的不容置疑的贡献，在某种程度上也有民主主义的思想倾向，但他却远未达到堪称伟大作家的一例。为什么呢？因为他缺少一个现代伟大作家所不能不具有的深刻的思想，但远未脱出市俗现实生活和封建意识形态的无形束缚。我们不能要求当时的每一个作家都成为一个无产阶级革命作家，但在现代中国，却有理由要求他们成为一个更为深刻的民主主义者。俄国现实主义作家契诃夫也没有达到无产阶级世界观的高度，但他一生都在追求着一个合理的中心思想，他明确意识到他周围生活的庸俗性，他说他是一点一点地把自己身上的庸俗性挤掉的。但沈从文却较少注意挤掉自己身上的平庸的一面，他反映着生活的平庸，但又常常欣赏着平庸的生活；他描绘着狭隘的人生，但又常常满足于人性的狭隘；他描绘着闭塞的原始性生活的崩溃，但又常常惋惜着崩溃了的闭塞落后的封建生活方式。他常常停留在封建关系的浅层空间，而无力向下做深层的挖掘；他常常滑行在现实生活的层面，而难以撞击到它的致命的要害处。他也表现着对现实生活的不满，但他不愿也没有把这种不满发展为抗争和鞭挞，而常常与不合理的现实达成某种妥协和默契。①

---

①　王富仁：《在广泛的世界性联系中开辟民族文学发展的新道路》，《灵魂的挣扎——文化的变迁与文学的变迁》，时代文艺出版社1993年，第28—30页。

我以为，沈从文文学世界的伟大在于对文化生命的信仰，在他的审美世界里将这种文化生命供奉于神庙，而忘记更真实也更残酷的依托文化的现实人生，对文化生命的过分耽溺其实也在阻止着他向更高远的地方进发。三十年代写作的《边城》已是挽歌，无以为继，四十年代转向抽象的抒情，五十年代以后在历史的器物中寻找有情生命。他所留下的文学或思想，或许是超前的，有着不易体察的良苦用心，又或者是返照传统的，与盛唐或明清的某一个时代有着惺惺相惜的感应。

　　而在贾平凹的文学世界里，恰恰缺乏的是一种对文化生命的信仰。想起牟宗三所说："一个人当然有其信仰自由，但是一个有文化生命的民族，不顾其文化生命，而只从信仰自由上信耶教，其信亦只是情识地信。一个民族，如无其最原初的最根源的文化生命则已，如其有之，便应当直下就此而立其自己之大信。"[①]贾平凹有文化的自觉及其审视，但还无从上升至文化生命信仰的高度。诚然，他以文学的方式来理解人事与世相、民族与历史，但理解这些，并非是在感知的基础之上做形象的勾描就可以了，它还需要思想与学问的穿透。更多的时候，他满足于做社会的记录、现象的描摹，触及思想理念的问题也只是停留于道德伦理或者慈悲的层面，像王富仁所说的，在庸俗狭隘的人生面前达成了某种妥协。他的文学世界，还无从做抽象的概括，进而达致对整个世界与社会、生命与人生的整体把握。除此之外，传统文人的志趣及审美，其实也从某种程度上阻止着他向一个更开阔的文学境界延伸。这也不能不说是贾平凹文学世界的遗憾。正如沈从文的有情生命与人生只是在后来者的写作中隐隐浮现，贾平凹的"遗憾"或许也是无人可以去弥补。毕竟，历史的经历、整全的乡村经验，已经不复存在。他所完成的

---

① 牟宗三:《略论道统、学统、政统》,《生命的学问》,广西师范大学出版社 2005年，第58页。

只是这样一个时代的使命，正如他的局限也脱离不开时代的烙印。

第二节　"说话"与日常生活

既然我们来谈论乡土文学时，更多的是看到在这之上所建立的一个语义丰富的世界，那么，就不禁想问，她与现实的乡土究竟有多远的距离？反过来说，乡土作家究竟要经过几重的跨越才能够抵达相对真实的乡土本身？这其实是乡土文学一直所回避与遮蔽的问题。

同样不能否认的是，乡土文学同样享有着一种文学现代性的焦虑。而这种焦虑随着文学身上所肩负的对现实与历史的民族国家叙事的祛魅变得越来越明显，文学的现代性大约也是西方的现代性，更多考虑的是以怎样的现代意识，以怎样的形式来讲一个好的故事。中国作家从来就不缺乏向西方学习及讲故事的能力，恰恰缺乏的是以何种形式及感情来抵达中国经验及意识的能力。乡土文学也不例外。1985 年前后的文学思潮及实验，我将之看作是作家在脱离政治革命意识形态后，回到文学本身，重启中国经验，来接应文学现代性的开端。实验得如何，我们在九十年代的文学现场就已辨析出来，而日后真正在践行一种先锋形式及其精神的作家已然很少。但是，真正具有先锋精神的作家依然在探讨着以何种形势来书写中国的历史与当下，比如莫言、贾平凹、韩少功等等，他们的文学书写代表不同的姿态，但都同在传统与现代的资源中寻求一种恰当的方式，来更好表现一种中国味，抵达乡土之本源。

贾平凹其实并不是一个理论性非常强的作家，却具有极强的文体意识及探索精神，关于小说的写作他少有成系统性的文章，更多的是散落在那些序跋文里。但是，当我们试着对 1984 年的《商州》到 2015 年的《极花》这近三十年的十多部长篇小说的文体形式进行整体观察，并对序跋进行阅读与对照时，可以发现一个作家的成长与蜕变，具体而言仍就是贯穿着八十年代他的想法："以中国传统的美的表现方法，真实地表达现代中国人的生活和情绪，这是我创作追求的东西。"[1]

大致可以把贾平凹对长篇小说形式与内容的探索分成三个阶段来看待：第一个阶段也就是七十年代末和整个八十年代，集中体现在《商州》和《浮躁》，这一时期作者所拘囿的是传统的现实主义，与"寻根""改革"思潮的发生密切相关，但写完《浮躁》他已经明显感觉到了这一创作手法的束缚："我再也不可能还要以这种框架来构写我的作品了。换句话说，这种流行的似乎严格的写实方法对我来讲将有些不那么适宜，甚至大有了那么一种束缚。"[2]现实主义的创作方法也就要求对社会风貌的真实记录，有主要人物，有故事情节的线性发展。《商州》以珍子与刘成的悲剧爱情故事为主线，将人事的关系置身传统文化心理、地方风俗的境遇，也置其在时代的变迁中，察看其对人的牵掣。《浮躁》对社会面相反映更为深刻全面，不仅有对乡村变动的投射，对长期以来在乡村占据资源与权势的地方政治势力的批判，也有对整个社会经济转型中各种乱象的揭示。"中西的文化深层结构都在发生着各自的裂变，怎样写这个令人振奋又令人痛苦的裂变过程，我觉得这其中极有魅力，尤其作为中国的作家怎样把握自己民族文化的裂变，又如何在形式上不以西方人的那种焦点透视法而运用中国画的散点透视法来进行，那将是多有趣的试验！"[3]所谓的"散点透视法"大概指的就是不再以事件人物作为中心，像传统的现实主义规约那样，有着明显的故事开端、发展、高潮与结局，事件是小说主体，戏剧性情节、大场面、

① 贾平凹：《"卧虎"说》，《贾平凹文论集·关于散文》，生活·读书·新知三联书店2015年，第15页。

② 贾平凹：《〈浮躁〉序言二》，《浮躁》，人民文学出版社2009年，第3页。

③ 贾平凹：《〈浮躁〉序言二》，《浮躁》，人民文学出版社2009年，第4页。

人物仍是需要着力刻画的对象。此时，贾平凹所希望达致的一方面是通过个体的经历际遇，来体现时代精神和民族心理，除此之外，还希望能表达一种形而上的气象，不仅仅是停留在现象本身，如他自己在八十年代初谈到的"卧虎"说："重精神，重情感，重整体，重气韵，具体而单一，抽象而丰富，正是我求之而苦不能的啊！"①

那么，如何达致一种中国画的散点透视法？达致意与象的融合，现象本身接通一种大的气象？这是贾平凹探寻的第二个阶段。如若说《废都》是"心灵的真实"，意象、象征的大量显现是表征心灵真实的符号，以此来体现转型期知识分子的精神症候，那么密实的现实日常生活即是牵引至心灵的实有，贾平凹尝试着实与虚的融合。这在《土门》《高老庄》也有着集中的体现："我的初衷是要求我尽量原生态地写出生活的流动，行文越实越好，但整体上却极力去张扬我的意象。"②《土门》中的仁厚村本就是一个象征主体，寓言化、象征化色彩无处不在，成义的手、云林爷的病、梅梅的尾骨……都构成在现代性逼仄情境下村庄的隐喻状态。《高老庄》一面将子路回乡的见闻、乡间祭祀的场面——展现，一面则将神秘的色彩贯穿在文本中，高老庄不知年月详情的刻碑、石头的画及其各种古怪的意象、神秘的白云湫等等。而对日常生活描摹的加大也势必在影响着小说结构的转换、对事件叙述的处理——"废都里的生活无序、混沌、茫然，故不要让章节清晰，写日常生活，生活是自然的流动，产生一种实感，无序，涌动。"③读《废都》，牵引我们的恰恰也不是庄之蝶与景雪荫之间的官司，感知更深的还是庄之蝶的精神心理，这些又往往是通过他与几个女人之间的情感纠葛、日常生活的状态得以呈现。相应地，以生活及其细节场面为小

---

① 贾平凹：《"卧虎"说》，《贾平凹文论集·关于散文》，生活·读书·新知三联书店 2015 年，第 14 页。

② 贾平凹：《后记》，《高老庄》，安徽文艺出版社 2010 年，第 318 页。

③ 贾平凹：《与田珍颖的通信（一）》，《贾平凹文论集·关于小说》，生活·读书·新知三联书店 2015 年，第 69 页。

说主体，对事件的叙述减弱，事件是潜伏于琐细的生活当中，故事也不再是有着戏剧性情节的大事件，而是生活之事，寻常之事，人情之事。"当写作以整体来作为意象而处理时，则需要用具体的物事，也就是生活的流程来完成。生活有它自我流动的规律，日子一日复一日地过下去，顺利或困难都要过去，这就是生活的本身，所以它混沌又鲜活。如此越写得实，越生活化，越是虚，越具有意象。"[1]贾平凹似乎不仅是在寻找着实与虚的融合，也在寻找着小说写作的方式，更具体地说，是讲什么样的故事，是在怎样的一种经验与场景中来表达心中之象。

也就是从写作《废都》开始，贾平凹对小说有了关键性的认识，或者说实践："小说是什么？小说是一种说话，说一段故事。"[2]当意识到小说是一种说话时，不仅指向的是贾平凹在向着传统文体寻求资源，白话小说的成熟本也是脱胎于话本，但新文学发展近百年的当下，写作资源日益丰富，对传统的借鉴，或者回归，也意味着一种有着现代意识的辨析，即传统与现代如何对接与融合。说到底，我们要有传统的味、中国的经验，但也要有现代意识。在李遇春看来，"贾平凹本能地选择了兰陵笑笑生和曹雪芹的那种闲聊式的'说话'艺术，而没有选择施耐庵和罗贯中的那种说书式的'说话'艺术，这是因为贾平凹的艺术个性偏于阴柔和沉郁，而明显有别于施、罗雄健豪放的艺术禀赋"[3]，这种闲聊式恰恰也是一种平民的姿态，不是一种告知，而是一种诉说闲谈。这也就意味着，小说不是讲历史演义、传奇故事，更多的是归于平常、归于生活，絮叨的是日常之事。"小说的成功并不决定于题材，也不是得力于所谓的结构。读者不喜欢章回体或评书型的小说原因在此；而那些企图

---

[1] 贾平凹：《后记》，《怀念狼》，安徽文艺出版社 2010 年，第 198 页。

[2] 贾平凹：《后记》，《白夜》，安徽文艺出版社 2010 年，第 351 页。

[3] 李遇春：《"说话"与贾平凹的长篇小说文体美学》，《小说评论》2013 年第 4 期，第 30 页。

要视角转移呀，隔离呀，甚至直接将自己参入行文等等的做法，之所以并未获得预期效果，原因也在此。《白夜》的说话，就是在基于这种说话的基础上来说的。它可能是一个口舌很笨的人的说话，但它是从台子上或人圈中间的位置下来，蹲着，真诚而平常地说话，它靠的不是诱导和卖弄，结结巴巴的话里，说的是大家都明白的话，某些地方只说一句二句，听者就领会了。"①

　　"说话"是对叙事方式的认知，我以为贾平凹同时还意识到了两个问题：其一，我们以什么姿态来叙述乡土？是像说书人一样，介绍评说式，还是如现代知识者一样，客观陈述式？再或者是作为乡村本身的自说自话？很明显，前两者与故事本身的发生仍是隔膜的，而如何真正让乡村自说自话，又如何选择叙事主体？贾平凹既有选择第一人称的限知叙事，像《高兴》，虽不能像全知叙事那样抵达全面，但充斥着实感经验；也有像《废都》《白夜》《高老庄》《极花》一样的第三人称的全知叙事，还有些小说则是多种视角的结合，或者说选择的叙事主体本身具有调试视角的能力，像《秦腔》《古炉》《老生》选择的是引生、狗尿苔、唱师这样非正常精神世界里的人作为叙事主体，虽是限知叙事，但他们的想象、意识流心理往往补充了限知叙事的不足；再如《带灯》以第三人称来叙事，再加之信件的自述功能，显现出来的也是第一人称叙事的现场感，同样达到了一种全知的效果。其二，也就是叙事语言本身的问题，语言及其间夹杂的精神意识又是不能完全分开的，这就是我们前面所涉及的话语及其意识表征问题。乡土叙述中，我们所见的语言大多是知识分子的语言，是白话文与欧化语的融合，对乡村的叙述也是基于一种知识分子对客体的叙述，像鲁迅、茅盾那样，或者是如沈从文、汪曾祺一样有着知识分子的审美趣味在里面，再者如诠释时局时代的政治语言，统一的思维意识后面是空洞的语词，而这些语言与真正民间话语相差甚远。贾平凹的语言既不是知识者带

---

① 贾平凹：《后记》，《白夜》，安徽文艺出版社 2010 年，第 352 页。

着现代性理念的批判话语，也不是精致的过滤化了的审美语言，更不是带着意识形态的政治话语，他惯用的是口语化的民间语言，具体来讲，是民间口语、方言、古语的融合，这也就使得贾平凹的"说话"既能够传达民间社会的活泼生气、嘈杂人事、人物的情绪，从语言本身来讲，又能将雅致与粗野结合起来，符合说书人的表达意味。他在不少文章中都谈到过对"语言"的看法：

> 我是大量吸收了一些方言，改造了一些方言，我语言的节奏主要得助于家乡山势的起伏变化，而语言中那些古语，并不是故意去学古文，是直接运用了方言。在家乡，在陕西，民间的许多方言土语，若写出来，恰都是上古雅语。这些上古雅语经过历史变迁，遗落在民间，变成了方言土语，这是以前的写作人不以为然而已。我是十分熟悉这些方言土语的，把它写出来发觉不但不生僻，而且十分之雅，于是以后极注意收集运用，这种情况，恐怕只有商州和陕西具有，真是得天独厚！[①]

贾平凹语言的特色大致从这一段对天气的描写就可体味：

> 天雨果然在黄昏时下起，铜钱大的雨珠子砸在房上，坐在屋里听得像马蹄声一样的脆。迷胡叔在太阳坡看护林子，咿咿呀呀拉动了一天的胡琴，见天落雨就往回跑，他胳膊短小，却有兔子般的长腿，在雨点里寻着空儿跑，身上竟没有淋湿。跑到村口，他觉得他的影子挂住了一块石头，一个前跄跌倒，磕掉了一颗门牙，回头看天上的雨都向他下来，是横着下，像倒一笸篮的铜钱和核桃，水就把

---

① 贾平凹：《与穆涛七日谈》，《贾平凹文论集·访谈》，生活·读书·新知三联书店2015年，第374页。

他漂起来，一只鞋跑到涝池里去了。雨一直下到天黑，半夜里稍稍晴住，屋里更闷，空气稠得人呼吸也困难，蚊子在头上赶都赶不走，到天亮雨就又下起来了。从此雨不紧不慢，绵绵不断下了两天，村里人差不多都在睡觉，睡得眼屎糊了眼窝，头也睡扁了，雨还是屋檐吊线。[①]

这是以民间的思维方式来叙述，这让我想起莫言的语言，他喜欢在感官化的文词中来达致一种通感的效果，传达一种通透形象之感，但语言本身更多来源于民间话语，贴近于巴赫金所说的大地的狂欢色彩。贾平凹则喜用短句叙述，好用比喻，注重声效，从而形象有趣而且直观，整体而言，却是以知识者的臆想来传达民间的趣味。倘若要说到贾平凹小说世界里的日常生活审美，我想仅仅在于是以文人的审美观念及话语来传达民间的俗世气息，却不是走向汪曾祺一样的情致，毕竟他的思维与趣味与真正的民间还是有着隔膜，正如他自己所感觉到的：

> 从我生活里边来看，你比如说，书画、收藏这方面它完全走的是中国传统文化人有的那种习气，他那种习气，他看问题，他的写作趣味，他肯定就带到他的作品里边去了，他那种趣味性、那种审美，他必然带进去。民间有些东西是精彩的，世间文化它没有这些东西，它有它的新鲜感，或者它的简单化，或者它的就事论事性的一些东西，它不玩那个味，不玩那个味道。[②]

当贾平凹真正以日常生活的说话作为小说的一种模式，也渐趋

---

① 贾平凹：《高老庄》，安徽文艺出版社 2010 年，第 101 页。

② 贾平凹、韩鲁华：《穿过云层都是阳光：贾平凹文学对话录》，北京联合出版公司 2016 年，第 131 页。

成为他的小说的标识时，对意象的彰显不再是刻意地追求，也不再以事件推动故事的发展，而是以日常生活、人物群像来布局故事脉络。《秦腔》《古炉》这两部作品代表了一个成熟的高度，也是他文体实验的第三个阶段，这种小说文体也从另外一个方面成就了贾平凹乡土书写的方式："只有在闲聊式而不是评书式的说话体小说中，只有在说话人称和视角不断变化的日常生活细节流的密实叙写中，才便于实现这种小说叙事的空间化艺术战略。摒弃情节流也就是排斥小说的时间化，转向生活流和细节流也就是走向小说的空间化。毋宁说，贾平凹的闲聊式说话体小说及其日常生活细节流写作，是一种反时间的空间化写作。"[①]

日常生活，说到底，就是实感经验，即"实际生活中的经验与感受"，"思想可以越来越深入，艺术也可以用手段进行虚构和发挥，然而各种宏大的构造，追溯到基础，仍然是实际的经验、体会和洞见，核心的悟解，追溯到源头，也经常只有少数的几点"[②]。实感经验，这是贾平凹与很多作者构造乡土世界的本质差别。于此，从《商州》《浮躁》到《秦腔》《古炉》，我们可以看到贾平凹对乡土的书写有了质的转变，即由概念化的"商州"转化到了日常生活化的"清风街""棣花街""古炉村"，如若说八十年代作者写《商州》《浮躁》时脱离不了一个记录者的时代烙印，摆脱不了外来者对乡村文化的好奇与欣赏，仍然是用某种理念建构乡土世界，那么，当他开始意识到日常生活建构小说本身、讲述故事本身的重要，并且是大巧若拙般将形而上的想法藏匿于琐细之事寻常之物时，乡村生活更丰富的内在肌理与外在事件的关联，还有在这之上所要构建的"象"，就已经勾勒出来了。这种方式与鲁迅的"未庄"、沈从文的"边城"的建构是截然相反的方向，前者是从生活

---

① 李遇春：《"说话"与贾平凹的长篇小说文体美学》，《小说评论》2013 年第 4 期，第 35 页。

② 刘志荣：《从"实感经验"出发》，广东人民出版社 2014 年，第 2 页。

经验、人事变动的表象来提炼村庄的意象及象征意味，从繁密的细节中来感知清风街所预示的乡土的颓败，是当下村庄的一种写照，从古炉村窥看普遍的人性人情，将古炉村视为"中国"的一个隐喻；后者的村庄寓言是在早已预设的理念下进行的，鲁迅的启蒙思想、沈从文用文字来重造生命的文学理想，都无形之中给了村庄不堪重负的形象寓言。

与此相应地，当日常生活成为小说的主体，那么故事及其情节就已经不再是重点想要突出的内容，这时我们又如何回到小说就是说话，就是讲故事这个主题之上，如何确证日常生活就是故事的主体？

记得《秦腔·后记》里用这样一段话来表明对小说所叙之事及其写法的疑问：

> 我的故乡是棣花街，我的故事是清风街，棣花街是月，清风街是水中月，棣花街是花，清风街是镜里花。但水中的月镜里的花依然是那些生老病死、吃喝拉撒睡，这种密实的流年式的叙写，农村人或在农村生活过的人能进入，城里人能进入吗？陕西人能进入，外省人能进入吗？我不是不懂得也不是没写过戏剧性的情节，也不是陌生和拒绝那一种"有意味的形式"，只因我写的是一堆鸡零狗碎的泼烦日子，它只能是这一种写法。[①]

这也就是说，贾平凹是贴着乡村生活来写的，而这种社会结构的本质就是以日常生活的运转为中心。这并不是说在乡村就没有戏剧性的故事，也不会发生大的历史事件，没有可歌可泣的英雄人物，但这些都不是乡村所能长久维系的日常。正如在第三章分析贾平凹的历史叙事时，我们看到《古炉》与《老生》皆涉及历史政治的问题，是在一个大的背景中进行，作者也意在写出与大历史碰撞

---

① 贾平凹：《后记》，《秦腔》，作家出版社 2005 年，第 518 页。

下的人性人心，但是真正在主导着小说叙事的则是那些日常的生活细节、场面，那些平民人物，对历史事件的反映恰恰是表现在它们对乡村日常生活的影响，甚至是破坏。《秦腔》里反映现代性进程对乡村的改变，也是在那些细节上，比如两代人对乡村治理的意见正好相反，老一辈的是安土守土意识、强烈的道德理想主义，年青一代则是市场经济化、功利化，还有抬棺材的人少了，听秦腔的人少了，外出打工的人多了等等。《极花》写的是一个跟拐卖有关的故事，但是真正随着女主人公胡蝶的视线进入小说里面，会发现呈现更多的仍是乡村的日常生活，它的吃食、劳作、风俗等等。乡村的失序，很大程度上是日常生活的失序；乡村社会的式微消亡，很大程度上也是日常生活的消隐。与其说，乡村的日常生活就是那些生老病死、吃喝拉撒，它决定了贾平凹的书写方式，不如说，贾平凹对乡村生活的理解与认识，决定了这样一种书写的方式。也许在他看来，褪去那些意识及观念，乡土书写也是时候去亲近于最本质的乡村面目了。

并非以往的小说家就没有对日常生活的描写，沈从文、萧红、汪曾祺都惯用诗性的语言来写这些日常之事，也是小说中着重表现的内容，使得小说显现一种散文化的特质；更多的小说家以日常生活来点缀人事之间的空隙，赋予其象征色彩。但是少有人像贾平凹这样以日常生活作为小说的主体来呈现，以至成为穿引这些事件的点与面，从而不再寻求将故事讲得戏剧性、跌宕起伏的转捩点，密实的生活流并没有走向小说的诗化，对生活散文式的描写仍然保留着叙事的色彩；从日常生活中寻得人世面相，也是从这里来察看乡土变迁。我把这一点看作是乡土书写的关键性革新，这或许也可以看作是贾平凹试图以民族的形式来表现中国人的生活及情感的关键所在。

一方面，贾平凹呈现了乡土日常生活极为琐屑庸常的一面：

清早又是焚纸祭奠，中午时分，孝子孝孙们在两拨响器班的吹奏下去爹的坟，再是一番焚纸祭奠，又放了鞭炮，回来就招呼所有来客吃饭。凡是昨晚送过礼的人家今日都是到齐的，席面摆了几十桌，乱哄哄的十分热闹。贴在堂屋门和院门口的白纸对联换上了红纸对联，孝子孝孙们脱下了孝服，这些白纸联和孝服将在晚上连同新的旧的纸扎祭物于坟上焚烧。西夏吃惊的是这么多人一起开席，全村所有人家的桌椅板凳都搬来了，仍有一半的席或以柜盖、簸箕、门扇、翻过儿的笸篮随地一放就是桌子，或以粉笔在地上画一个圈，捡几个石头周围一放也就是一个席，席位竟摆了堂屋、厦屋、院子、院外的巷道，人们欢天喜地，争菜抢汤，最后在竹扫帚上掐一节细竹棒儿，一边打嗝，一边剔牙，个个都说吃好了喝好了，吃喝得好！[①]

还能将其具情致趣味的气息勾勒呈现，也就是说他能够将一个场面极有韵味地描述出来：

> 牛铃他妈还在的时候，凡是做了好吃的，总要给左邻的老人端上一碗，又给右舍的孩子端上一碗。左邻右舍的人家没他们富裕，但吃饭也从不做贼似的关了门吃。即便和他家有过节的天布，吃捞面的时候就端着老碗坐在照壁前，筷子把面挑得很高，辣子红红的，大声喊媳妇：戳一疙瘩腥油来呀！腥油就是猪油，炼了装在瓷罐里，捞面拌了腥油特别香。他娘要说：天布，好日子么！天布说：日子好，好得没法说了！他娘说：你家腥油还没吃完呀？天布说：我割了二斤肉才炼的。但天布的媳妇到底没给天布戳一疙瘩腥油来，筷子夹来的只是一撮酸菜。[②]

---

① 贾平凹：《高老庄》，安徽文艺出版社 2010 年，第 73 页。
② 贾平凹：《古炉》，人民文学出版社 2011 年，第 53 页。

这种情致，理解为普通人的苦中作乐、生活向往更为合适。肯定这样一种日常生活的正当性与意义性，是基于人最本质的需要，也是理解一定的环境所能决定的生活状态与精神意识，他们的物质生活有捉襟见肘觉得艰难的时候，也有嘻哈苦乐有盼头的时候。

但是，基于日常生活的物质层面，贾平凹是无从像沈从文、汪曾祺一样走向日常生活的审美化——这与之前贾平凹所说的难免带着一种文人气息来叙述来观照并不一样，后者是以知识者、士大夫的趣味来寻觅乡土的诗意与美，进而寻求一种生活的意义及生命的肯定，表现的仍是自我的价值观与人生观。沈从文的审美世界里有对自然、健康而又不悖乎人性的人生形式的追求，翠翠、天天、虎雏、水手、妓女这些人物往往就寄予了他对人性的理想；与此同时，在他的意识里有着"生活"与"生命"两个层面，生活意味着基本的物质层面，生命才通向高远之境："生命具神性，生活在人间，两相对峙，纠纷往来。"[1] 而在汪曾祺的审美化日常生活中，他观照的是人事物相融的状态："我所追求的不是深刻，而是和谐。"[2] 在他的笔下，那些小人物确有着一种力量平衡生活的得与失、生命的卑微与阔大，他们安于生活，也安于人生的种种安排，没有过多的欲求，也从不奢望眷顾，本分地安居乐业。

因而，另一方面，在贾平凹试图恢复并还原乡村日常生活时，也是将其视为察看中国人精神面貌与人事关系的承载体。

　　清风街人都知道了秦安得的不治之症，惟独秦安还
以为是大脑供血不足，当老婆说提前过生日或许能冲冲病

① 沈从文：《潜渊》，《沈从文全集》（第十二卷），北岳文艺出版社 2002 年，第 34 页。
② 汪曾祺：《〈汪曾祺自选集〉自序》，《汪曾祺全集》（第四卷），北京师范大学出版社 2004 年，第 95 页。

的，秦安也勉强同意了。过了三天，秦安家摆了酒席，一共五席，夏天义主持，清风街的人一溜带串都赶了来。秦安原是不愿见人，这回见村人差不多都来了，便硬了头皮出来招呼大家，然后就又上了炕歇下。来人都不拿烟酒和挂面蒸馍，一律是现钱，君亭在旁边收钱，上善一一落账，然后将一万三千四百二十元交给了秦安，秦安说："上善，你是不是搞错了，咋能收这么多钱？"上善说："你当了多年村干部，谁家你没关心过？你病了，人家也是补个心思，这有啥的，前几日雷庆过生日也是收了上万元的礼。"秦安说："我比不得雷庆，收这么多钱，我心里不安！"夏天义说："有啥不安的？要不安，就好好养病，养好了多给村民办些事就是了。"秦安满脸泪水，又从炕上下来，一一拱拳还礼，说没什么好招待的，饭菜吃饱。但来人都是一家之主坐下来吃喝，别的人借故就走了，秦安老婆把要走的人一一送到巷口。①

乡间维系人事关系的伦理及良善，岁月的艰难，间或也有温暖，而这些日常生活的背后也或隐或现有着世情、国情的面影。如若说明清时期的世情小说，是以家庭人事为中心来辐射社会，由此来察看一个时代的社会风貌，那么，贾平凹以"村庄"为中心，在其日常生活中来展现人事伦理、风俗习惯、社会变革，以村庄的变迁来反映一个时代的面相，同样是一种世情小说。从这个意义上来看，其实贾平凹赋予了乡土文学新的意味，这也是百年乡土文学一直所遮蔽或者说回避的一个事实，也就是我们之前所谈到的，如何回到一个本然状态的乡土社会。进一步说，贾平凹开创了一种乡土书写的方式：其一，不再用某种理念来烛照乡土，追求寓言性或象征性的书写，乡土社会及其文化不作为国民性批判或重塑的来源，

① 贾平凹：《秦腔》，作家出版社 2005 年，第 160 页。

但是并不意味着对乡村生活没有批判与希望，只是不再是某种观念的建构，而是生活的还原；其二，不再建构宏大的乡土史诗，乡土的历史是生活史、百姓史，不再预示历史进程的方向；其三，将人物置身于日常生活的常态中，看生活的本质、人性的飞升与沉落、生命的沉静与高扬。这种乡土书写的方式既是对二三十年代现代乡土文学的反叛，是对"十七年"文学所留下的农村题材小说叙事方式的改写，同时也是贾平凹对自己乡土文学创作的变革。看似贾平凹也是在传统与现代的比照中来察看乡土社会，但是，我以为他并非以异质的眼光看待，更多的是把乡土社会本身放在一条历史长河中来考察，也就是说，察看的是乡土社会本身的传统底色与现代变迁。诚然，城市是他无形中要相比照的一个对象，是乡村无法拒绝的现代魅影，但是，贾平凹并没有去刻意地营造一种城市与乡村、传统与现代两相对照的视阈，如果说，对现代文明及城市有所批判，那么，也是基于一种社会制度及其所带来影响的批判。

我们今天来谈乡土文学，具体来讲，我们站在百年乡土文学的历史视阈，即使不是像鲁迅那样是异乡者的乡愁，是作为传统文化的批判所指，那么，或许也是刚好相反，作为一种文化审美的存在，是现代性的焦虑表征，如丁帆所言：

> 现代意义上的乡土小说，应有价值上的乡土意识的凸显，以及审美上的自觉、独立意识。在现代文明的氛围中，乡土小说的存在本身就应是一种文化象征，即使它不作任何文化批判、文化比较或文化超越，只以静态的姿态在场，亦是一种无声而意味深长的现代文化的折射。[①]

但是，贾平凹更在意的是作为社会学意义上"村庄"的存在。

---

① 丁帆：《中国大陆与台湾乡土小说的比较史论》，南京大学出版社 2001 年，第200—201 页。

日常生活，我们也可以称之为俗世生活，"这是一个在经验中，并通过经验对我们来说才有意义和才存在的世界；这是一个对我们来说永久有效的，具有无疑的确定性的，简单地摆在我们面前的世界"①。这个经验，更通俗地讲，就是费孝通所说的，乡间不需要文字，是靠祖祖辈辈日积月累的习惯经验来维系日常。因而，在赫勒看来，"日常生活总是在个人的直接环境中发生并与之相关联"②，而"个人只有通过再生产作为个人的自身，才能再生产社会"③。在他看来，这种日常有一部分是可变的，消失存在并不影响人类的正常秩序，而有的则是非可变的部分，一旦消亡便会导致混沌的状态。贾平凹将人事置身于细密繁冗的日常生活，一方面是肯定其价值与意义，哪怕它是庸俗繁琐的，也是一群人生活的本真状态，当他像社会学家一样记录与陈列时，总会让人想起当年费孝通写作的《乡土中国》，这何尝不是带着一种理解与敬仰来叙写？另一方面，日常生活的常与变，也正可看到村庄混乱失序的状态，之前我们在探讨贾平凹的历史叙事中就做过详尽分析，政治意识与日常生活的生硬嫁接，或者无端的侵袭，导致的是维系乡间日常生活物质基础的缺失，斗争开始了，生产停止了，贫病的生活仍在继续，而在愈来愈强烈的社会转型中，随之而起的是乡村伦理风尚的消隐。

至此，我们可以看到，其实并没有纯粹的形式及文体问题，小说文体的呈现与其说是架构的过程，毋宁说这与一个作家的精神结构，与其对世界人事物的认识是密不可分的。"说话"与"日常生活"赋予了贾平凹长篇小说的文体美学，反之，贾平凹以这样一种文体实践呈现出了乡土的物质与精神、整体与细节、外貌与内在，

---

① ［德］埃德蒙德·胡塞尔：《欧洲科学危机和超验现象学》，张庆熊译，上海译文出版社1988年，第90页。

② ［匈牙利］阿格妮丝·赫勒：《日常生活》，衣俊卿译，黑龙江大学出版社2010年，第6页。

③ ［匈牙利］阿格妮丝·赫勒：《日常生活》，衣俊卿译，黑龙江大学出版社2010年，第4页。

这同样是贾平凹乡土文学精神的一种呈现。

第三节　抒情的意味

以短篇小说集《山地笔记》为例，抒情其实是贾平凹早期的风格，情感及心思外露的抒情主体，美的情思，常借助自然山水来表情达意，意象与意境的营造初现雏形。虽然这个时期的抒情主体仍留有过去时代的意识情操，表达的也无非是社会主义劳动者的美好品德、对新生活所燃起的喜悦之感，还有青春之恋、爱情之美，作为叙事者本身的情感反而是被压抑的，或者说被大时代的写作所牵引。抒情所能抵达的大致也是面对事物的直抒胸臆，是一个写作者还未成熟的初始阶段，但是，这一风格却也是当时的贾平凹得以摆脱"伤痕"与"反思"的写作模式，以清新亮丽之风来叙写乡村故事的不二法门。《满月儿》能够在全国范围内引起反响，并获得1978年全国的短篇小说奖，我想跟抒情的风向是难以分开的。

抒情基调及明朗气息我以为一直持续到《废都》《白夜》之时——看似这两部小说脱离了贾平凹早期的审美风格，但从本质上来讲也是带着抒情底色的，有强烈的主体感情及个体生命体验，只不过是一种沉郁之情，犹如古城墙上的埙音，有苍凉茫远之感，却不失为另一种抒情，或说言志。"我说过，《废都》是'安妥我灵魂的一本书'，也说过《废都》是我'止心慌之作'。搞写作的人说顺了生命体验之类的话，对我而言，《废都》不仅是生命体验，几近于是生命的另一种形式，过去的我似乎已经死亡了，或者说，生命之链在 40 岁时的那一节是断脱了。"①八十年代中期贾平凹写作反映乡村改革动向的小说《小月前本》《鸡窝洼人家》《腊月·正月》

① 贾平凹：《〈废都〉就是〈废都〉》，《贾平凹文论集·关于小说》，生活·读书·新知三联书店 2015 年，第 64 页。

《九叶树》《火纸》《浮躁》等等，九十年代初写作《美穴地》《白朗》《晚雨》这些有着意识流实验色彩的小说，都能明显地感觉到抒情之风，优美、柔和、浪漫，而又令人感伤，但却是明丽清澈的。总的来说，对乡村人事及情感的叙述，虽不是田园牧歌式的，或是沉静恬淡的，但是从小说中人物情思的勾勒与抒发、内心的剖白、自然景物所营造的清新或忧伤氛围、散文式诗性语言的运用，足以显现贾平凹小说中的抒情品质——这与他七十年代末八十年代初大部分的散文享有共同的情调。而从另外一个方面来看，其实也可以感知到这一时期的贾平凹还未触及更深刻的问题，对乡村历史与现状的思索还在后面，更加深入的现实主义及抒情章法的调整远在九十年代后期。

还是以《废都》为例，来察看贾平凹小说抒情风格的变异，前面我们也曾提到，自《废都》始，开启的是"废都——废乡"的观察模式。这时起，乡村处在更大的变动中，城市及城市文明的崛起已经不再像一个意象或意识一样停留在乡村的前方，而是活生生地进驻并影响乡村的日常生活与现实变迁，这是直接影响贾平凹美学风向变动的原因。乡村的现实，其实给予了众多包括贾平凹在内的乡土小说家一个难题：面对现实的异样与历史的狰狞，我们还能怎样抒情？这里是作为一种修辞的抒情，而不是像陈世骧由古代抒情诗的发达转而对中国文学进行整体的回顾时所提出的，将"抒情"作为近乎文学本体的属性来看待："如果说中国文学传统从整体而言就是一个抒情传统，大抵不算夸张。"[①]近而如高友工所说，将这样一种抒情传统扩大到书法、绘画等其他艺术门类。抒情传统的发现，我想在"五四"时期的作家当中就已有了比较深的领会，周作人在新文学伊始为文学寻其源流，以为还有"言志"的部分，"言志"与"抒情"大可看作事物的两面，三十年代周作人执意要留下

---

① 陈世骧：《论中国抒情传统》，《抒情之现代性——"抒情传统"论述与中国文学研究》，陈国球、王德威编，生活·读书·新知三联书店 2014 年，第 48 页。

"自己的园地"，我想，不过是想回到文学最本真也是最原初的动力及属性，抒情，言自己的志与道。

当代乡土作家面对的抒情问题，在沈从文那里早已面对，并且是一个愈来愈严峻的问题。他不单要面对现实所带来的文学本身的修辞策略，还要面对越来越僵化的文学周遭环境给予文学本体性抒情的制约，所以他才会说："事实上如把知识分子见于文字、形于语言的一部分表现，当作一种'抒情'看待，问题就简单多了。因为其实本质不过是一种抒情。"[1] 也才会有后来呓语式的"抽象的抒情"。王德威以"批判的抒情"来看待沈从文的边地叙事："对他而言，如果一个乌托邦确实存在，那它也早已是满目疮痍；如果现代社会为他所批判，那也是在与传统社会参差对照下进行。沈从文的世界充满辩证式的张力。在这个世界里，他赋予阴鸷或伧俗的现象以抒情的悲悯，并试图从人间的暴虐或愚行中重觅生命的肯定。"[2] 王德威所做的解释，或许可以让我们更加清楚地明白，为什么沈从文一意要为人性建造一座希腊神庙，要唱最后一曲牧歌，或许也能大抵理解他说"我认为人生至少还容许用文字来重新安排一次"[3]。之所以说，他在乡土世界中所建构的是一个大于乡土本身的世界，也正在于此。

沈从文的抒情，是作为修辞的抒情，与其说他所面对的是一个书写的问题，不如说是社会及文学制度的现实问题，它其实也延伸到了当下，或者说，是在侨寓者想象的乡愁之下所掩藏的实质：

在文化发展的过程里，对于传统的反省与评估，同时

---

[1] 沈从文：《抽象的抒情》，《沈从文全集》（第十六卷），北岳文艺出版社 2002 年，第 535 页。

[2] 王德威：《批判的抒情》，《写实主义小说的虚构：茅盾，老舍，沈从文》，复旦大学出版社 2011 年，第 225 页。

[3] 沈从文：《水云》，《沈从文全集》（第十六卷），北岳文艺出版社 2002 年，第 104 页。

也就是对于当下情境的思量与调整；本文所以在一开头就再三强调文学创作活动本身是一种形式的觉知、一种秩序的创造活动，为的是希望能够重新反省文学创作的根源意义，进而拓展传统创作活动在观物方式与表现形式上的局限。毕竟，不管传统的诗人、艺术家是如何相信有一种和谐的、美的人生理想与艺术极境存在，这种理想总是寄托在田园的自足里，这种极境总是表现在山水的空灵里。有着大地山川的怀抱可以依附，人才能如此单纯地坚持一种和谐、一种美的存在，才能如此素朴地相信创作活动可以安顿生命，可以经理人事，可以感动神灵。……或许，田园的自足、山水的空灵依然会是我们所憧憬想望的精神指标，只是吟风弄月、感时伤春式的单纯抒情风格似乎不再属于我们所有；如果没有一种更深刻的批判与抗衡来支撑对于田园理想的追求，那么，"田园模式"的作品充其量只是白璧德所指摘的"逃避式的原始（复古）主义"，或者张汉良所描述的"世故的、徒然的，但令人谅解的田园情绪表现"。我们必须重新调整我们创作的视观，重新界定艺术创作活动的意义，否则我们又如何能够坚持地走下去？[①]

当年的沈从文面对的是现代性的植入、战争内患带给乡土社会的破坏，而当下随着乡土社会的转型，传统社会结构土崩瓦解，自然山水及俚俗风情变异，传统的乡土书写及其情感都在经受着质疑与考验，如何坚持地走下去？如若说传统文学的特质有一部分原因应当归功于山水自然、农耕文化，使得文人寄情山水，抒写性灵，从而成就了这一抒情风范，那么，时代及性灵早已失序紊乱的

---

① 蔡英俊：《抒情精神与抒情传统》，《抒情之现代性——"抒情传统"论述与中国文学研究》，陈国球、王德威编，生活·读书·新知三联书店 2014 年，第 406—407 页。

我们，又当如何？进一步而言，其实也就是这种将乡土视为精神与地理家园的传统书写方式遭遇了挑战，其中就包括如何将一种修辞的抒情进行下去——这也是《废都》后，贾平凹所遭遇的问题。它是照样循着田园牧歌的方式走，在想象的乡土中寻得慰安，抒情就此消解、弱化或屏蔽掉了那些矛盾、摩擦，甚至是肮脏，赋予爱与美、温暖与祥和，如沈从文、废名、汪曾祺、迟子建那样；当然，沈从文所构筑的文学世界远远要深刻复杂得多，温情与批判并存，隐忧与惶恐同在，他是试图在现实与理想的张力中寻求解决之路，"对于沈从文小说中抒情与反讽相互对立的矛盾因素，我们应有更复杂的理解：这些因素不仅仅是修辞上的装饰，而且表明一种批判态度"①。在貌似安静的边地，在自然与美的氛围里，总是掩藏不了人事之间的罅隙，正如无从躲避外界的纷扰与侵袭。

很明显，贾平凹走的是完全不同的路线，他既无法纯然以抒情来抵消残暴与纷乱，也无从建立一个比现实更高远的文学世界来表达自己对生命人生的价值观。一方面，他必须正视他内在的感情，我们读一读他每一部长篇小说所附的后记便可知晓，我将之看作是小说里未完成或掩藏的抒情，它们大概表达了这样几重情结：其一，对故乡的眷恋之情，既有着游子式的家园之情，也有着现代人无处归乡的荒凉感；其二，对乡土式微、人事变迁的感伤之情，因而流露出对未来的迷惘之思；其三，对生命及记忆流逝的悲秋伤春式的悲悯之情，因而生出的不得不写的使命感。毋庸置疑，这些郁积的情愫、天生的忧郁敏感气质，再加之文人气息使然，使得他比一般的作家在创作时要更多地注入自己的主体情感，表达主体的好恶观点，费秉勋曾用"生命审美化"指其早期的创作特征，简单地说，也就是抒情的气质：

① 王德威：《批判的抒情》，《写实主义小说的虚构：茅盾，老舍，沈从文》，复旦大学出版社 2011 年，第 231 页。

一方面指主体对生命历程的回味，并将这种回味沉积于审美意识中，参与审美活动；另一方面指生命体验贯穿于主体的大部分意识活动，它的主要特征是主体脱离于理性判断和功利目的对世界作沉静的体味和审美观照。所谓大部分意识活动，即不限于创作过程，而是渗透到主体的差不多全部生活中。这种对世界的沉静体味和审美观照成了主体重要的、惯常的生命需要。[①]

因而，另一方面，我们也必须正视这些情感的复杂性，它所夹杂的不仅仅是一个地之子的乡恋，乡土已然破败，而且有着个体的历史伤痕在里面，也就是说，贾平凹无法再去单纯地唱一首田园牧歌，维持一种传统的书写方式，或者再像他八十年代的创作那样，要么以"外来者"的身份寻根，要么以时代欣喜之变的发现者那样歌唱，一旦他发现自己有能力来触及历史与现实中更尖锐更深厚的问题，现实主义的忠诚感绝不会放弃。在调试书写的策略时，同是对过往生命的检省与梳理。"抒情"之"抒"，在古汉语里有着梳理发泄之意，抒情也正是整合梳理那些记忆中的残暴与温暖，再次寻求并确证生命与生活的意义、历史与当下的意义。基于这个角度，我又将贾平凹的这种创作称之为"内省的文学"：

内省，作为一个事实，不是人的心灵对其灵魂或身体状况的反思，而是意识对它自身内容的纯粹认识性关注——这就是笛卡尔的"思"的本质，在他那里"思"总是意味着"我思"。内省必然产生确定性，因为在这里除了思想生产它自身之外不涉及任何东西；除了生产者自己，没有任何人的介入，人除了面对他自己以外，不面对

① 费秉勋：《贾平凹论》，西北大学出版社 1990 年，第 196—197 页。

任何人和任何事。①

也正如卡西尔在《人论》中写过的话："从人类意识最初萌发之时起，我们就发现一种对生活的内向观察伴随着并补充着那种外向观察。"②写作说到底也就是抒情，我想大可看作是这样一种向内观察的省悟之举。也正因为驳杂的感情与现实，之于抒情的方向，贾平凹只能去走自己的路，从而来与现实与历史对话。《废都》之后，他小说里常常是两副笔墨，一面是历史与现实的芜杂，人性恶、暴力纷争，杂乱破坏，一面则是传统文化的内蕴柔情，日常生活的琐细清欢，还有向上向善的人性人情美，这两副笔墨共同构成对中国世相、乡土情状、人性人心的体察。后者在我看来就是抒情，我称之为历史与现实裂隙中的写意，更为具体地说，抒情不再是以浓烈的感情及饱满的抒情主体的形象出现，而是在细节中悄然唱着，散逸着美好的气息、动人的情愫、生命的温暖，如一朵朵小花兀自开放，无论风雨。《古炉》《老生》《带灯》《极花》或许可以看作是他这一种抒情修辞的代表之作。

《古炉》里贯穿在琐琐细细的日常事务中的，是愈来愈紧张的乡村"革命"形势，穿梭在日益变异的人事关系中的，是狗尿苔的自我世界与蚕婆的剪纸工艺。狗尿苔的孩童世界，也是童话世界，他能嗅出怪异的气味，以至觉得村子里必有不祥的事情发生；他能与猫狗猪鸟鼠这些小动物对话，仿佛这些都是他的朋友；他虽不能阻止恶行发生扩大，但在他的思忖间对于美善有着天然的分辨力。狗尿苔因为身份及身体的原因，在村里不受人待见，他的自我世界与他格格不入的古炉村形成对照，也与那些在纷争中迷失自我的人形成对照，对他心理思想的抒情化描写像是一种乡村生活的呓语或

---

① ［美］汉娜·阿伦特：《人的境况》，王寅丽译，上海人民出版社2009年，第222—223页。

② ［德］恩斯特·卡西尔：《人论》，甘阳译，上海译文出版社1985年，第5页。

者点缀，也是那些被压抑或者不易察觉的思与想：

> 已经是好些日子了，狗尿苔总是闻到一种气味。这是从来没有闻到过的气味，怪怪的，突然地飘来，有些像樟脑的，桃子腐败了的，鞋的，醋的，还有些像六六六药粉的，呃，就那么混合着，说不清的味。这些气味是从哪儿来的，他到处寻找，但一直寻不着。[①]

动乱年代的色彩也是灰暗的，统一的指示规范着一切审美的标准，再加上贫与病，美已是一个遥远的符号，更不用说在美好的事物中怡情养性。不仅如此，那些斑斓的色彩也是被视为资产阶级的，是需要被批斗的，传统的审美事物也在激烈的破坏中，霸槽所领导的"破四旧"连屋檐、庙宇上做装饰的东西都不放过，只有在蚕婆那儿，还留有传统的工艺，在她各样的剪纸中，仿佛回到的是生气盎然的乡村生活，人与万物，与自我相谐的、温馨自足的生活与精神状态。

> 村里人以为婆是手巧，看着什么了就能逮住样子，他们压根没注意到，平日婆在村里，那些馋嘴的猫，卷着尾巴的或拖着尾巴的狗，生产队那些牛，开合家那只爱干净的奶羊，甚至河里的红花鱼、昂嗤鱼，湿地上的蜗牛和蚯蚓，蝴蝶、蜻蜓以及瓢虫，就上下飞翻着前后簇拥着她。这些动物草木之所以亲近着婆，全是要让婆逮它们的样子，再把它们剪下来的。狗尿苔见婆这个晚上剪了这么多的动物，是让这些动物撵走他夜里的噩梦吗，还是她不停地剪着就减缓了耳朵的疼痛？狗尿苔也就陪着婆，说：剪个猪。婆拿过一张树叶，剪刀一晃，一个猪头就先在树叶

---

① 贾平凹：《古炉》，人民文学出版社 2011 年，第 3 页。

的左边出现了，那是送给了铁栓家的那头猪嘛。狗尿苔一看到是送给铁栓家的那头猪，心里就难受了，说：我要鸟，要窑神庙树上的那种鸟！婆就剪了个钩嘴长尾巴鸟。一片一片剪成的树叶铺在了炕上，像是她把红薯切成片儿晒在了麦苗地里。[①]

如若说面对历史的暴力与无序，《古炉》选择的是在孩童的世界寻找天真的呓语，以此来隔离世事及大人的纷争，在民间工艺的审美世界里来觅得暂时的安稳与宁静，那么，在《老生》里，与激进革命的乡村现代化进程，与偏离常道的乡村日常生活与世道人心相对照的是，小说里有意添入了《山海经》文本及对之的解读，如何理解？"《山海经》是写了所经过的山和水，《老生》的往事也都是我所见所闻所经历的。《山海经》是一个山一条水地写，《老生》是一个村一个时代地写。《山海经》只写山水，《老生》只写人事。"[②]山水与人事，一静一动，恰也是抒情与叙事，山水是"有情"，人事则是"事功"，在这两者之间贾平凹自寻得一种平衡或较量，或者以山水来抚慰那些来自历史暴力的创伤，山水的宁静与祥和正也是经过经久的沉淀与历练，默默不语，却留得真正的精神栖息之所，终归得其生活的启示、行走天地间的力量。

而当乡村的日常生活也日益被革命气息所掩盖，对白土和玉镯的日子的抒情性描写也就成了暖意的回眸：

白土和玉镯的日子又囫囵了，他们没有再回老城村，老城村的人也没有去首阳山看望过他们。白土几年都没吃豆腐了，他想吃豆腐，从集市上去买豆腐磨子，先背回来上扇，再背回来下扇，上扇下扇合到一起磨得豆浆白花花

① 贾平凹：《古炉》，人民文学出版社 2011 年，第 37 页。

② 贾平凹：《后记》，《老生》，人民文学出版社 2014 年，第 292—293 页。

地流，两个人美美地吃了一顿，结果都吃撑了，肚子疼了三天。他们在山上种了棉花，想着棉花收了要做厚厚的两条被子。又种了一畦芝麻，天天去看芝麻拔节长高了没有。还要栽桃树，玉镯说不要栽桃树，桃毛痒人哩，要栽樱桃树，白土就栽了樱桃树，他说：满树给咱结连把儿樱桃！[1]

这其实也就再次回到了我们之前讲到的贾平凹对历史的理解，历史就是生活，是那些实实在在的日常劳作，是那些足以带来满足与慰安的风俗与信仰，也只有在这样的生活细流中才可见生命的卑微与阔大、人性的坚忍与温暖、人生的恒常与真实。与那些斗争革命，与激昂的口号证词相比，也只有生活才是靠得住的实有。但是，这些维系生活细节的不易、俗世气息的稀薄，不也正反衬出历史的功心与无情吗？这或许也同样可以说到一种记忆的伦理，在纷争的历史现场寻找有情之细节、颜色，甚至是梦呓，也就是要记住那些微小但有生命力的历经及个体。"中国历史一部分，属于情绪一部分的发展史，如从历史人物作较深入分析，我们会明白，它的成长大多就是和寂寞分不开的。东方思想的唯心倾向和有情也分割不开！这种'有情'和'事功'有时合而为一，居多却相对存在，形成一种矛盾的对峙。对人生'有情'，就常和在社会中'事功'相背斥，易顾此失彼。"[2] 不妨可以这样说，历史学家往往需要记录的是"事功"，而文学写作所需要记取的则是"有情"，是有个体知、情、意的历史及其忆念。

现代文学史上以这种抒情的笔调来写革命战争中的细节，在孙犁、茹志鹃的小说里并不陌生，但他们的基调本身是温和柔软的，不像贾平凹这样，是在丑陋不堪的历史河床上开出生活及人性的美

---

[1] 贾平凹：《老生》，人民文学出版社 2014 年，第 135 页。

[2] 沈从文：《致张兆和、沈龙朱、沈虎雏》，《沈从文全集》（第十九卷），北岳文艺出版社 2002 年，第 317—318 页。

丽鲜亮之花。也与沈从文、废名、汪曾祺、迟子建这些作家重新建构一个世界来对抗现实的不堪不一样，倘若说他们所营构的这样一个世界对现实有极大对照与反讽，那么，在贾平凹的抒情中我们感受到的仍是生命的庄严与静穆、精神的向善与向上，他在本然的这个世界里就不曾回避乡土中国狰狞的一面，反讽并不是他所有意为之的，批判之意也并非那么强烈。因而，在他这里其实更看重的是一种寻常生活的辩证法，即那些丑陋杂乱的地方，也必有清新美善的存在；再无序的年代，也必有人心的常道及伦理来维系。这一方面是关系到他本身对乡土的理解及经历，温暖与悲欣交集，怀念与悔恨同在；另一方面或许还是得回归到他对乡村叙写的方式，即回到本真的乡土、生活流的现实，整体的乡土世界也就意味着如何来面对及处理她的藏污纳垢，应对她嘈杂混乱甚至是堕落毁坏的一面。很多时候，她也许是伏贴于尘埃的，飞扬的时候并不多。这不禁令人想起沈从文谈到"有情"与"事功"时说到的有关《史记》的写作：

> 《史记》作者掌握材料多，六国以来杂传记又特别重性格表现，西汉人行文习惯又不甚受文体文法拘束。特别重要，还是作者对于人，对于事，对于问题，对于社会，所抱有态度，对于史所具态度，都是既有一个传统史家抱负，又有时代作家见解的。这种态度的形成，却本于这个人一生从各方面得来的教育总量有关。换言之，作者生命是有分量的，是成熟的，这分量或成熟，又都是和痛苦忧患相关，不仅仅是积学而来的！年表诸书说是事功，可因掌握材料而完成。列传却需要作者生命中一些特别东西。我们说得粗些，即必由痛苦方能成熟积聚的情——这个情即深入的体会，深至的爱，以及透过事功以上的理解与认识。[1]

---

[1] 沈从文：《致张兆和、沈龙朱、沈虎雏》，《沈从文全集》（第十九卷），北岳文艺出版社 2002 年，第 318—319 页。

沈从文所说的"教育"其实更多的是一种生命、人生的经验，这也就是说没有体己的苦痛及历经，没有对"事功"面相的知晓触摸、刻骨铭心的体验，也就不会对"情"有更深入的理解。"抒情"在这里又可以解读为"发愤以抒情"。我们从贾平凹作品中那些黑暗沉郁的气息，或许可以感知得到。

这样一种对历史及乡村生活的认知同样反映在小说《带灯》里，与烦杂的乡村事务，接二连三的上访事件，政治性的话语、文件、条约形成审美对照的，是带灯写给元天亮的信及其所表征的精神世界。带灯在信里很少谈及工作的情况，并非完全是来自工作的压力烦闷让她有了这样一种倾诉之感。信中更多地谈到对人生的自我体悟、对来自内在力量的追问求索、对乡村生活有别于工作情况的一种体验，既有向知心人倾诉的话语，也有恋人撒娇式的甜言蜜语：

> 记得初到樱镇的那个冬天，随着书记去药铺山村、锦布峪村和豹峪寨检查工作，返回时天就黑了，黑得一塌糊涂，看不见天也看不见山，车灯前只是白花花的路，像布带子在拉着我们和车，心里就恐怖起来。走着走着看见了红点，先还是一点两点，再就是四点五点，末了又是一点两点。以为是星星，星星没有这红颜色呀，在一个山脚处才看到山户的屋舍门上挂着灯笼，才明白那红点全是灯笼，一个灯笼一户人家，人家分散在或高或低的山上。
>
> 从此，对灯笼就有了奇妙的感觉，以为总有一盏灯笼在召唤。
>
> 哦，快到端午了，心又像葡萄藤萝在静默的夜悠悠伸向你的触觉。用艳美的花线绑了你的手脚，再用雄黄酒把耳鼻滴抹，抗拒蛀虫危害和邪气肆虐，再把五谷香囊挂在

胸前第三颗纽扣，再把艾枝插在窗棂，再把金银花、车前子晾晒在院落，最珍贵的是清晨里那一颗颗露珠，百草在露水中有了灵性，平凡的草儿成了珍惜的良药。

你是我在城里的神，我是你在山里的庙。①

在当下的村庄，不会再有善人诲人不倦地说病，像蚕婆一样懂得民风习俗，在民间工艺里葆有自己的精神天地的人也越来越少，而带灯的精神世界，既有来自于现代文明于自我启蒙的观照——这从她精神自洁的行为、依旧保持的读书习惯、对自我形象的思辨、对力量之源的希求就可以感受得到，她与那些同样受过教育的基层干部，甚至与身边的竹子也有着大不一样的思想维度——还有着来自内心源源不断的善意与温暖，也是这些不忍的慈悲及恻隐之心让她难以对病弱的村民不闻不问，难以对手头的工作完成任务式的敷衍，而是用内在的光亮来照看那些依然在泥泞中行走无所依的人们。但是，于她自身而言，综治办的事务是让她心生焦虑，不断产生困惑的；可有可无的婚姻，也让她别无其他的慰藉，也只有在与元天亮的对话中，才能回归到一个比较真实自在的"我"，她的情思、理想、哀怨才有所依，有所悟。她的抒情，正是一个精神自洁的过程，既是倾诉发泄，也是梳理思辨。人终归是要有这样一种与自我、与他者的对话才能完成精神的飞升，这或许与善人的说教一样，与先贤前辈探讨纲常伦理的教义来指示当下，与蚕婆在和天地万物的交流中完成对话一样。带灯的抒情，即是精神的沉沦与飞升的思量自辨，相对于周遭乡村政治的局面、贫弱的村民、不作恶但也谈不上有功的乡镇干部来说，不能不说是乡村中国的一个亮点，或许也是希望，正如小说末尾出现的萤火虫，积聚到一定时候也是可以照亮黑暗的。

带灯是一个感情充沛、形象饱满的人物，在贾平凹众多的小说

---

① 贾平凹：《带灯》，人民文学出版社 2013 年，第 170—171 页。

中，其实到后期不再以写人物、塑造人物而见长，相反，是写日常生活场面，是这里头的那些琐细之事，他能够把这些小事、寻常之事说得有韵味和情致、明快，有一种隐约细微的抒情之意——事实上，一旦触及日常生活，贾平凹的叙述都是活泼而富有生气的。以《极花》为例，小说里有一段是对村里收土豆时节的叙述：

> 地里开始挖土豆。
>
> 土豆是这里的主要粮食，村里人便认为，它是土疙瘩在地里变成的豆子，成熟了就得及时去挖。如果不及时挖，就像埋下的金子常常会跑掉一样，土豆也会跑掉的。所以挖土豆是一年里最忙碌又最聚人气的日子，在外打工的得回来，出去还侥幸着挖极花的得回来，甚至那些走村串乡赌博的偷鸡摸狗的都得回来，村子如瘪了很久的气球忽地又吹圆了。黑亮锁了杂货店门，贴上纸条：挖土豆呀，买货了喊我。黑家的地在南沟和后沟有五块，挖出的土豆就堆地头，瞎子用麻袋装了，拉着毛驴往回驮。毛驴来回地跑，受伤的腿又累得有些瘸，瞎子让它驮两麻袋了，自己还掮一麻袋。[1]

尽管对于黑亮的村庄来说，物质还是贫瘠的，一日三餐的主食仍是土豆，只不过是换着花样吃。但是，丰收所带来的喜悦与满足，正是乡村最朴素的感情，用形象而具有泥土味的语词来表达感喟体现的也是民间的思维方式。小说里还写到黑亮与胡蝶的一段对话：

> 你知道我为啥种何首乌吗？黑亮的神色很得意，他问我。

---

[1] 贾平凹：《极花》，人民文学出版社 2016 年，第 140 页。

我不清楚他要说什么，我说：你为啥就叫黑亮？

他说：它像不像一家人，孩子是根茎，蔓藤就是我和你吧。

我一下子愣起来，看着他，他在笑着。

真没敢设想，他说，它就长活了，活得还这么旺盛！

我不知道我那时的脸上是什么表情，扭头看见西边坡梁上有了一片火红的山丹花。这里只有蒿子梅和山丹花，山丹花开了？细看时那不是山丹花，是一小树变红的叶子，再看又一树。我抱着兔子回到了窑去。①

黑亮作为村子里还比较有想法的年轻人，却极少提到他对城市对外界的向往，相反，更多的是他对城市的不满甚至是批判。他的人生理想更多的是来自传统的想法，比如盖新房子、娶媳妇、生娃。他与胡蝶的这段对话，或许也就能明白他的心思，但是作者并没有去鄙薄，相反，诗意地表达他于生活最素朴的想法，尽管这些想法的背后是需要用暴力及金钱才能换取日后延续的生活，才能实现他看似寻常的愿望。也正如此，我们得以感知在现实面前乡村的无力与愿望的卑微，却似那些山野的极花，有着极强的生命力。

于此，我们可以看到当贾平凹在贴着这些大地尘埃来叙写乡土中国的人事时，回到生活流的现实，哪怕它是一地鸡毛的纷纷争争，或是显现人性不堪的人世面目，但是却并没有完全止于这样一个乡村物质世界，相对应地，我们仍然能够感受得到一个充沛的或者说可以抵达的精神空间，这个领地也就是抒情性的精神空间，或者说，是由那些抒情性的生活细节、情感片断、自言自语所架构起来的领空。说到底，文学真正具备感染力的，不仅仅是那些故事和人物，也是人与事背后的精神张力。

当我们这样说的时候，并不是在说，贾平凹在乡土之上建立

① 贾平凹：《极花》，人民文学出版社 2016 年，第 154 页。

了一个多么理想的世界，关乎人性与人生，关乎爱与美，他从未有过像沈从文那样的想法，诸如，建立一个希腊神庙，唱最后一曲牧歌，甚至是有着重造经典与民族人性的想法，沈从文的这样一个世界远远要大于乡土本身所能赋予与支撑的。贾平凹也不像鲁迅，尽管他对人性暴力与恶的揭露与诘问有着如鲁迅一样的尖锐，进而对愚弱的百姓有着启蒙的想法。鲁迅在乡土之上所建构的如"未庄"一样的村庄其实也是意识结构里的，它也是远远大于乡村本身的。贾平凹缠绕在作品及意识里的，常常是已然发生的人事，或待解的人事困惑，所谓对未来的迷惘，也是基于乡村的现状。因而，给人的感觉始终是，他有精神飞升的地方，他也试图在给予希望，然而他的虚构中没有虚幻，寄托中没有宏远，那些类似神性的东西不是像上帝一样高高在上不可企及，而是民间来自灯火不远处的巫鬼，也就是说那些飞升与希望是踮起脚尖能够触摸得到的。换一句话说，他写的是人生的常态、生活的恒常，哪怕是人性的蜕变也没有难以逾越的沟壑。他的抒情难以说是多么鲜亮的颜色，只是像那暗夜里的一盏昏黄的灯。倘若要说贾平凹的乡土文学精神，我想其中之一就是在这些抒情的意味及其周遭的对照中，忠实于大地泥土般的对乡土中国的还原，关于世相、人情，与人心。

第五章　小说家的散文之道

在怎样一个视阈里来讨论贾平凹的散文呢？一方面，从散文创作的本身来说，我们应当重视贾平凹散文创作的独特价值，它与小说一样构成了贾平凹的艺术世界，而且是一个不可分割与或缺的部分。与此同时，贾平凹也提出过自己的散文理论，并参与创办《美文》杂志，他的理论与践行有着怎样的意义，他与新时期文学开始后三十多年的散文创作有着怎样相生相长的关系，他又做了哪些突破与改革？这也是应当给予思考的。另一方面，基于散文这一文体本身的属性最贴近于一个作家的精神本质与人生，对于一个小说家而言，我们能够从这样一个"真实"的场域里来读取虚构世界里的精神影像，他的审美源头、文学观、创作论，他笔下人物与故事所依托的广阔天地，之于他心心念念的乡土，有着怎样的情感及文化观照？如果散文的"散"，让我们觉察到贾平凹小说创作的"精巧"，那么，小说写作的精神旨意与技巧是否也在反哺散文的创作，这之间有着怎样的精神互动与创作关联？同样需要一一解答。

第一节　文人情　散文心

之于散文这一文体，古已有之，在晚清的"文界革命"和"五四"前后的"新文学革命"运动中是变革最少,而又发展成熟、成就最高的,历代文章的积淀及晚明小品文的成熟体式都为现代散文的成形与发展提供了充分的养料。那么,较之于古代散文,什么是现代散文的品格呢?"自我",是研究者常常拿出来衡量这一文体精神品格的标准之一,郁达夫在《中国新文学大系·散文二集》的导言中这样说过:"五四运动的最大成功,第一要算是'个人'的发现。"[①]更具体地说:

> 现代的散文之最大特征,是每一个作家的每一篇散文里所表现的个性,比从前的任何散文都来得强。古人说,小说都带些自叙传的色彩的,因为从小说的作风里人物里可以见到作者自己的写照;但现代的散文,却更是带有自叙传的色彩了,我们只消把现代作家的散文集一翻,则这作家的世系,性格,嗜好,思想,信仰,以及生活习惯等等,无不活泼地显现在我们眼前。这一自叙传的色彩是什么呢?就是文学里所最可宝贵的个性的表现。[②]

这个"个人"应是脱离传统窠臼,具备现代意识的精神成人,与"五四"时期对"人"的发现与期望等同,"个人"的发现,其实也就是"自我个性"的张扬。但是,"自我"并非就能脱离"载道"与"言志"的二元局面。周作人在《中国新文学源流》中将中国文学的起源归结为这两条主线,事实上,二十世纪中国的散文书写格局亦是在"载道"与"言志"之间做各样的纠结调和,周氏兄弟开创的两套话语,我们亦能在今天的散文中寻得踪影。从某种程度上说,"自我"的命运也就是散文的命运,所以才会有这样的感言:

---

① 郁达夫:《中国新文学大系·散文二集》,上海良友图书印刷公司1935年,第 5页。

② 郁达夫:《中国新文学大系·散文二集》,上海良友图书印刷公司1935年,第 6页。

"小品文是文学发达的极致，他的兴盛必须在王纲解纽的时代。"①

　　但是，可以发现，散文发展到现代，虽在"五四"时期确立了其独立地位与文学价值，其实是一种愈来愈走向狭窄与单一的文体。古代散文与"韵文"相对，兼容并包，传、记、文、辞、赋、说、序、跋、题词、碑文、哀诔等等都隶属于此，重要的是，文人墨客并非专事一种文体来"载道"或"言志"，也不会用抒情、叙述、议论这样的现代文体观念来厘清划分，相反，往往是在一些我们今天看来是"公文"的体例中就能读取历史与社会的面貌、广阔自然与生活细节，亦能见其个人的精神志趣、性情哀怨，言他人的道不足为奇，载自己的志亦很常见。现代散文狭窄与单一的走向不仅体现在整体的散文创作中，亦体现在个体的书写里，"自我"虽是现代的精神成人，却不似古代文人有着完整的"文化人格"。这也就难以避免两个现象：其一，某一种散文写作范式的流行。二十世纪的中国文学离不开时代与社会政治氛围的熏染与钳制，意识形态往往决定着文学样式的去与留，五六十年代的杂文我们大可溯源至三十年代适应革命文学的需求，散文隐藏自我言志所做的变革，无不充满着战斗的戾气；杨朔模式的流行，于虚情中所见的情思，亦与一个浮夸的时代难以挣脱关系。再看九十年代流行的"文化大散文"，当作者不断地在历史与山水间反顾时，"自我"已经被宏大历史与知识典故所捆绑。某一种写作样式的流行，恰恰也在证实着匮乏的创作力。其二，散文写作愈趋走向专业化、题材的单一取向。就以九十年代直至新世纪的散文创作来说，当我们不断地给予散文创作现象以命名——"学者散文""思想艺术散文""哲理散文""小女人散文""文化大散文""西部散文""新潮散文""在场主义散文"等等，应接不暇的景象出示的其实是一张张雕琢齐整的面孔，被放大的人生侧面，被修饰过滤的精致语言。这个时候，散

---

① 　周作人：《中国新文学大系·散文一集》，上海良友图书印刷公司 1935 年，第 6 页。

文其实失去了一颗平常心，更失去了一颗好玩的心，它不再像张爱玲所说的，像是隔壁邻居的谈话，也难以做成像鲁迅说的，散文是大可随意写的，有些错误也无妨。虽表现的也是"自我"，也试图将笔触伸向更多的书写对象及领域，却并非一个在天地古今中肆意穿行的个体，"我"大多时候是在逼仄的空间里运思。也正因为散文创作范式与专业化走向的存在，散文文体的突破与革命似乎也就越来越成为了难题。

站在这样一个角度，或者说，我们于今天再来回看二十世纪九十年代的散文创作现场，贾平凹在当时提出"大散文"的理念，我以为并非完全出自于对抒情散文泛滥的考虑，而重在打破散文文体的局限，恢复一些古代文章的传统与文人精气。《走向大散文》一文中他这样提出自己的想法：

（1）张扬散文的清正之气，写大的境界，追求雄沉，追求博大的感情。

（2）拓宽写作范围，让社会生活进来，让历史进来。继承古典散文的大而化之的传统，吸收域外散文的哲理和思辨。

（3）发动和扩大写作队伍，视散文是一切文章，以不专写散文的人和不从事写作的人来写，以野莽生动力，来冲击散文的篱笆，影响其日渐靡弱之风。①

而散文真正要恢复一种大的境界，冲击散文的文体界限，拆卸掉专业与非专业的屏障，我想重要的是散文背后的这个人，也就是一个朝向更宽广的人事、贯通天地的人，照我们前面的说法，是具备一种完整的文化人格的人。因为，散文写到最后，"是天文、地

---

① 贾平凹：《走向大散文》，《贾平凹文论集·关于散文》，生活·读书·新知三联书店 2015 年，第 138 页。

理、人间、地狱、神界融合贯通的东西，随心所欲，没了章法，完全是从天地自然、现实生活以及生命里体验出的东西"①。细细察之，二十世纪的中国散文真正能读出这样一种感知的，能散溢更多余味的，能够从文章中走出这样一个文化人格的人的，真的很少，这与我们所谈到的现代散文张扬的个性与自我并非在同一个层面上。

提出"大散文"的概念，我以为是贾平凹基于对散文这一文体本身的认知，包括它的本真属性、篇章神态与语言。他的散文理念大致也可以从这三个方面来看：

一是对散文本体的认知，贾平凹将"真情"看作是这一文体的本质属性。"散文不同于别的文学形式，首先是不要求有完整的人物形象的，也不需要一定用一个完整的人物形象贯穿始终。它所描写的形象是人、物、景的某些局部或片断。它也写人，必须三笔五笔，极快地勾勒出形象来就罢了；它也说理，但又须缘情说理；它也写景、写物，但须以景、以物抒写情怀抱负，即抒胸中之情。"②因为这个"情"里面是一个人的真情实感，更重要的是个性与性情，这正是要在散文中袒露的。与此同时，倡导它的独立地位："有人将散文当作写小说前的训练，或应景之作，敷衍成篇糟蹋散文的面目。散文的身价在于它的严肃和高尚，要扫除一切陈言，潜心探索它的结构、形式、文字，反复试验和实践，追求它应有的时空。"③

二是关于散文的篇章神态，也就是文章的意韵，更具体地说，也就是如何处理散文的实与虚的关系。贾平凹认为散文的虚写是建立在生活之实上的"虚"，对这一点的体悟，可以看作贾平凹从绘画等别的艺术门类中汲取了灵感，具体而言，景不能写得太实，叙

① 贾平凹、谢有顺：《贾平凹谢有顺对话录》，苏州大学出版社 2003 年，第 249 页。
② 贾平凹：《浅谈儿童文学中散文的写法》，《贾平凹文论集·关于散文》，生活·读书·新知三联书店 2015 年，第 91 页。
③ 贾平凹：《对当前散文的看法》，《贾平凹文论集·关于散文》，生活·读书·新知三联书店 2015 年，第 59 页。

事也不能太实，要抒情，激情却不可到顶点，相反要懂得含蓄，化景为情思，"用句用字，妙在不言言之，不是不言，是寄言，要寄深于浅，寄厚于轻，寄劲于婉，寄直于曲，寄实于虚，寄整于余，实是散文之要法"①，整体地追求一种沉静感，"超越激情，从容大度，文章既写现实生活，在金木水火土五行中，又有形而上的味道，跳出金木水火土五行之外，新生的作家实在是蹈了文学的大方处"②。

三是关于散文的语言，这也是贾平凹谈论得比较多的问题。他以为"能准确表达出人与物的情绪的就是好的文学语言"③，写作中不仅要注意语言的搭配，要有质感，要有节奏："文学语言的节奏也同样是由所述写的人与事的情绪来左右。"④使用最节省的话，向古典与民间的语言学习，而且要善于使用闲话，也就是"把要说的人和事已经交待了，还再说一两句的那部分就是闲话"⑤。这样的散文才会有趣有意味，因为语言本身与文章的气韵是息息相通的。

很难说，贾平凹的散文创作就是与其理论一一对应的践行，对于贾平凹来说，散文真正意味着什么呢？他自己说过，是在烦闷的时候就写散文。记得韩少功也有提到，想得清楚的写散文，想不明白的写小说。而对于一个小说与散文创作同样丰富的作家来说，我想散文则是一种不需要精心雕琢与掩饰的"说话"，或者说"消遣"，随性随心。钱穆说过这样一段话：

---

① 贾平凹：《浅谈儿童文学中散文的写法》，《贾平凹文论集·关于散文》，生活·读书·新知三联书店 2015 年，第 100 页。
② 贾平凹：《在洛阳读稿》，《贾平凹文论集·关于散文》，生活·读书·新知三联书店 2015 年，第 115 页。
③ 贾平凹：《好的文学语言》，《贾平凹文论集·关于散文》，生活·读书·新知三联书店 2015 年，第 147 页。
④ 贾平凹：《语言的"筋"》，《贾平凹文论集·关于散文》，生活·读书·新知三联书店 2015 年，第 103 页。
⑤ 贾平凹：《好的文学语言》，《贾平凹文论集·关于散文》，生活·读书·新知三联书店 2015 年，第 150 页。

因于没有文学，遂不见了性情。因为没有性情，遂不感到做人和作文要修养。这事有关人生世运极大，影响极深极重。我们若真要恢复文学，发扬文学，主要不必定在学西方，也不须定要写小说、写戏剧，也不必定要把历史、哲学等带进来。单看重文章的实质方面，且望能轻轻松松地写些小品，随便的，不成体的，抒写性灵，却反使你走上文学道路。[①]

见其人，见其个性与性情，这是散文写作的关键，亦是判断文章是否有魂灵的标准之一。我们试着把贾平凹体量庞杂的散文作品分成这样三类：一是风情游记类，这类作品又可以分成两种来看待，一种是像商州系列那样，带着强烈的寻根及赋魅意识，并借鉴笔记体小说写法的作品，还有就是《老西安》这样也有明确的寻根意识与文化意味的作品，另一种并不像寻找商州并彰显文化象征意义那样，而是由走访各地村村寨寨留下的实录，当然更多的还是他对自己熟悉的北方农村的写照，这一种散文可以说一直贯穿在贾平凹的写作历程中，比如早期的有《静虚村记》《五味巷》《走三边》《十字街菜市》《河南巷小识》《秦腔》等等，新千年后有《通渭人家》《定西笔记》《走了几个城镇》《二郎镇》等等。此外像《西路上》这样的长篇散文亦属风情游记类。二是世情经历类，这类题材又包括三方面，其一是早期的抒情言志类，用童心来打量并构造诗意世界，或者从"一花一世界"里，体悟哲思，表明志趣，纾解内心的烦闷，《丑石》《爱的踪迹》《一棵小桃树》《观沙砾记》《文竹》《空谷箫人》《月迹》《月鉴》等等即是这样；其二是写人记事类，贾平凹写父母、回忆自己的农村经历，也都留下了不少感人的

① 钱穆：《中国文学中的散文小品》，《中国文学论丛》，生活·读书·新知三联书店2002年，第95页。

篇章，而这些人事面影的背后又无不透露着历史的忧伤，如《我是农民》《祭父》《我不是个好儿子》《自传——在乡间的十九年》，不过贾平凹写朋友，则是另一副轻松幽默的笔调，三言两语间就能刻画出这些人物的性格特征与精神样态，像《朋友谭宗林》《朋友曹振慨》《乡党王盛华》；其三是说话体系列，《说话》《说女人》《说孩子》《谈病》《闲人》《弈人》《名人》等等，着眼于各种世相世情，从中探察具备中国人思维的精神现象学，亦有对人生与生命的体悟。三是艺术评论类，包括为他人和自己所作的序跋、创作谈、文学观、演讲、书画艺术作品的品评鉴赏，由此谈论艺术创作的一般规律。

　　体量如此庞杂，散文的写作其实一直跟随着贾平凹的创作始终，在我看来，他的散文就是自我的现实生活与他者的俗世人生的写照：写自己的经历，所遭遇到的坎坷与愤懑；写亲人朋友，写看过的风景，吃过的美食好酒，读过的好文好书，见过的倾心字画；当然也寄托着自己的情思志趣。而不管他是以外来者的眼光来写"商州三录"，后来又不断地踏访乡野城镇，还是观察周遭现世的生活与人生，可以看到他的兴趣点始终在于民风习俗，在于从日常烟火里升起的俗世气息，尽管有时是丑陋的、卑微的，甚至是不堪的——这一点看似寻常，散文不正是这些人生世相的映照吗？而要在现世人生与日常书写中读出历史的语境，塑造个体以外的丰富的精神群像，翻译内在的心声，袒露真性情，则并非易事。

　　费秉勋曾用"生命审美化"来概括贾平凹的创作特征，它彰显在贾平凹的整个文学创作活动中，而散文尤其是，从这些被焕发出来的精神印象里，我们感知着未曾流逝的岁月、风情与人心。

第二节 另一种文化散文

倘若从创作的题材来看，贾平凹有大量的散文仍是对乡土的书写，比如，八十年代的"商州三录"，我们也极容易为这一种书写找到他所承袭的文脉，即对沈从文边地湘西思想与艺术世界的回响，由天地自然间所得的文学启示，于异域风情与自然人性间写出对人的追问，追求精神世界的阔大，贾平凹在沈从文的文学世界中所领悟到的，多少也真切地体现在了自己的创作当中。

在沈从文对湘西的整体叙述中，显而易见的是，有两副笔墨、两种笔调，这不仅是像王德威所说的，他的小说《边城》与《长河》有不请自来的对话的声音——偏处一隅天地人的谐和宁静与惶恐未知的现实和人生命运之间的裂隙，他的小说与散文本身同时也构成了一种对话，是虚构与现实之间的对照，甚至在两部散文集《湘行散记》与《湘西》之间，我以为也有一种不请自来的对话的声音。不比写小说，是城市的侨寓者对边地的想象，有着乡愁的滋味，散文的写作有着更为具体实在的现实冲动及忧心贯穿其间，特别是现实越来越迫近的时候。沈从文这两部散文集是抗战前后，1934 年和 1938 年两次回到家乡后所作，前者大多是在讲"传奇"故事，仍然可以读到对湘西民风民情的激赏之情，但睽隔十余年后再次返乡，回乡者的异域眼光已使得情感大为不同，他对两种历史观的体察，即统治阶级的历史与弱小者的历史，偶有寂寞悲悯的情绪流露；后者则是对边地历史与现状的层层剖析，包括自然地理、经济、教育、苗民的生存状况等等，想要寻求变革的念头是强烈的，这之中文风是冷峻的：

> 读书人的同情，专家的调查，对这种人有什么用？若不能在调查与同情以外有一个"办法"，这种人总永远用

血和泪在同样情形中打发日子。地狱俨然就是为他们而设的。他们的生活，正说明"生命"在无知与穷困包围中必然的种种。读书人面对这种人生时，不配说"同情"，实应当"自愧"。正因为这些人生命的庄严，读书人是毫不明白的。[1]

生命与生活的天壤之别，生命庄严与卑微的矛盾冲撞，时局的动乱，未卜的明天，这些烦扰都毫无隐藏地显现在沈从文的散文中，或者说，这才是他内心最真实的感受与感知，也许正因为现实湘西的满目疮痍，他才想要建一座希腊神庙供奉人性，唱最后一曲田园牧歌，以至于四十年代再也无力为继湘西的浪漫书写。

这两副笔墨、两种笔调，我想也同样贯穿于贾平凹的乡土散文中。"商州三录"，在我看来，是时代的产物，有着精巧的笔致，却也是刻意的寻找。一方面是来自西方现代派的启示，有着"寻根文学"的触动，返回乡野及传统，寻找镀亮民族文学的光芒；同时，也是为自己寻找文学地理，这之于莫言的高密东北乡、韩少功的湘西和马桥、阎连科的耙耧山脉等等，都有着同样的意义，很多作家也是在这一次的寻根思潮中建立了自己的文学地理学，由此开始了有精神朝向的写作——写什么与怎样写在贾平凹的商州都得到了有积极效应的启发。另一方面，创作"商州三录"时，贾平凹的文学世界尚处于建构与摸索的阶段，文化的自觉、技艺的成熟是一步步领会的，更进一步说，对民族的历史与现状，对人性人心，还没有像后来创作《古炉》《老生》那样有着更深入全面的考察与解读，读一读商州系列的导言，可以清晰地找到与沈从文一样的心思：

至于我这册小书，在本书第一章上即说得明明白白：

---

[1] 沈从文：《辰溪的煤》，《沈从文全集》（第十一卷），北岳文艺出版社2002年，第381页。

只能说是一点"土仪"，一个湘西人对于来到湘西或关心湘西的朋友们所作的一种芹献。我的目的只在减少旅行者不必有的忧虑，补充他一些不可免的好奇心，以及给他一点来到湘西为安全和快乐应当需要的常识，并希望这本小书的读者，在掩卷时，能对这边鄙之地给予少许值得给予的同情，就算是达到写作的目的了。①

商州到底过去是什么样子，这么多年来又是什么样子，而现在又是什么样子，这已经成了极需要向外面世界披露的问题，所以，这也就是我写这本小书的目的。②

这两录重在山光水色、人情风俗上，往后的就更要写到建国以来各个时期的政治、经济诸方面的变迁在这里的折光。否则，我真于故乡"不肖"，大有"无颜见江东父老"之愧了。③

除此之外，"商州三录"笔法上的借鉴也是明显的。"用屠格涅夫写《猎人日记》的方法，糅游记、散文和小说故事而为一，使人事凸浮于西南特有明朗天时地理背景中。一切还带点'原料'意味，值得特别注意。十三年前我写《湘行散记》时，即具有这种企图，以为这种方法处理有地方性问题，必容易见功。"④同样，贾平

---

① 沈从文：《湘西·题记》，《沈从文全集》（第十一卷），北岳文艺出版社 2002 年，第 329 页。

② 贾平凹：《商州初录·引子》，《贾平凹散文大系》（第二卷），漓江出版社 1993 年，第 230 页。

③ 贾平凹：《商州又录·小序》，《贾平凹散文大系》（第二卷），漓江出版社 1993 年，第 349 页。

④ 沈从文：《新废邮存底·一首诗的讨论》，《沈从文全集》（第十七卷），北岳文艺出版社 2002 年，第 461—462 页。

凹在打破文体的局限时，将笔记体小说发挥到极致，只是氛围比沈从文要更为明朗一些，毕竟此时的"商州"不似当年的"湘西"有着明天的忧扰。

其实，与商州系列一同存在的乡土散文，贾平凹还有另一种笔调，并不刻意打听传奇，也非巧思构造，而是在日常的生活或者下乡的体验中，发现并展现乡风民俗，天然的乡土性，情节无波澜，语言不事雕琢，浅近平实，文章呈现出散漫自然的风格。前期的有《陈炉》《静虚村记》《五味巷》《在米脂》《清涧的石板》《走三边》《十字街菜市》《河南巷小识》《秦腔》等等，新千年后有《通渭人家》《六棵树》《定西笔记》《说棣花》《走了几个城镇》《二郎镇》等等，这些作品都是集中于对北方农村乡镇的书写，更具体地说，有着几十年来对乡村的跟踪走访。

但是，无论是刻意寻找的"传奇"，如早期的商州系列，还是与此同时进行的风情类的乡土叙述、后来的村镇游记类的作品，贾平凹都无意于创造一个与城市两相对照的世界，尽显城市与乡间的差异，以示"城里人"与"乡下人"之别，即便是在《老西安》里有那么一小节是对城市"恶"、城市兴起与人类退化的思考，也没有走向极致——这一点与他的乡土小说是同样的立场。尽管他仍旧留恋乡村的好山好水好空气、食物、土特产、人性人情美，也会感叹乡村的变化、淳朴的不再，山水风光依旧，人事却变了——他的审美理念里，自然浸染着传统文人的底蕴，"静虚村"的存在确实是一个人文意象，是贾平凹审美理想的表征，于乡村田园，他是有一种深沉的依恋。但是，在他的文学理想里，并不迷恋也不沉醉于此，也未曾需要且意不在构建一个纯净之地或者乡野边地来供奉真善美、对人性的期许，他始终是直面人生与生活的现实主义。

写作商州系列时，现实中的乡村社会尚处于变动的初期，意识形态开始松动，经济慢慢活跃，同一时期贾平凹的小说《小月前本》《鸡窝洼人家》《腊月·正月》《古堡》，都是在传统与现代的比照中，来发现乡村的可喜变化，甚至对人物的塑造也有着开放与保守的两个类型。也就是说，作为一个乡村之子，他的内心还是希望有这样一种变革，使得乡村打开贫穷落后闭塞的局面，他也是带着欣喜来叙述这些变革的，这样一种情绪同样漫延在他的散文创作中，《商州初录·龙驹寨》里这样写道：

> 如今县城扩大了，商店增多了，人都时髦了，但也便哑巴吃黄连，有苦说不出。因为开支吃不消：往日一个鸡蛋五分钱，如今一角一只；往日木炭一元五十斤，如今一元二十斤还是青枫木烧的。再是，菜贵、油贵、肉贵，除了存自行车一直是二分钱外，钱几乎花得如流水一般。深山人也一日一日刁滑起来，山货漫天要价，账算得极精，四舍五入，入的多，舍的少……毕竟乡下人报复城里人容易，若要挑着山货过亲戚门，草帽一按，匆匆便过，又故意抬价，要动起手脚，又三五结伙。原先是城里人算计赚乡下人钱，现在是乡下人谋划赚城里人钱：辣面里掺谷皮，豆腐里搅包谷面，萝卜不洗，白菜里冻冰……①

很难说，这里面有怎样的道德批判，更多的还是去欣喜地发现城乡之间的变化，特别是乡下人的变化。比如《屠夫刘川海》里屠夫看不惯乡下年轻人自由恋爱，但是乡村爱情风尚早已不似从前，就像《石头沟里的一位复退军人》里与军人相好的妇人，顶着前夫家族的压力也要为自己的感情做主。《商州又录·九》就写到一群年轻人因为县上修公路到村里而庆祝了一番，相反老人家却不为所动。再如《木碗世家》，父亲坚守自己做木碗的工艺，却苦于时代生活之变没有了销路，儿子却在政策信息的引导下，养猪、养鸡

<hr>

① 贾平凹：《商州初录·龙驹寨》，《贾平凹散文大系》（第二卷），漓江出版社1993年，第282—283页。

羊，跑运输，个体经济搞得红红火火。商州系列，既是文学寻根的结果，也记录着时代变革中的乡村风貌，此时的贾平凹也更多体现为一个时代的记录者与倾听者，于乡村的独特观照与更为自觉的文化意识显现在日后的创作当中。

九十年代以后，贾平凹的乡村小说一直关注乡村变迁及其各种问题症结，不仅是现代性境遇下乡村的式微情形，像农民工进城、上访、拐卖这些尖锐的社会问题同样有所涉及与书写，他的小说里会不由自主地弥漫着一种悲观的情绪，相反，在散文里一切都显得平淡与自然，只是偶有感慨，真正动情绪的时候还是少见的。更为常见的是，贾平凹只是在做一种记录，社会学意义上的，关于乡土日常、风俗民情、时代风尚之变，这时候散文的写法，亦如他在小说《秦腔》里对细碎日子不厌其烦的叙述。文风的转变，我想一方面是因为，到了一定的创作期，创作的各个要素都在做减法，包括情节、语言、情绪，这在他的小说中是可以明显感觉到的，比如，从《秦腔》到《带灯》再到《老生》，笔法从繁复到清健；再说，借用孙犁的话，散文是一种老年人的文体："我现在经常写一些散文、杂文。我认为这是一种老年人的文体，不需要过多情感，靠理智就可写成。"[①]心境、智慧，到最后散文倒成了一种闲话，也就是在平淡中觉出深长意味。另一方面，前面有提到过，我一直觉得贾平凹现实主义的情结在发挥着作用，相较之，在作品的结构或语言上再下功夫，乡村本来的面目更值得留存，是文化意义与社会结构形态上的标本存样。

谈到文化散文，或者说，散文的文化意味，自然会想到二三十年代周作人小品文当中所散溢开来的"闲适文化"，这样一种文化情调也曾被他这样"正名"："我们于日用必需的东西以外，必须还有一点无用的游戏与享乐，生活才觉得有意思。我们看夕阳，看秋

---

① 孙犁：《答吴泰昌问》，《孙犁全集》（第六卷），人民文学出版社 2004 年，第 10 页。

河，看花，听雨，闻香，喝不求解渴的酒，吃不求饱的点心，都是生活上必要的——虽然是无用的装点，而且是愈精炼愈好。"[①]这份闲适的正名大概可以上溯至晚明文人，他们流连于园林、古玩、书画、茶酒、花木，精致的小品文就是这样一种情调闲心的性灵笔录；晚清、"五四"后，虽然现代文人的处境已大为不同，但是周作人、林语堂等人的文章中仍可见这样一种流光飞影与情怀念想，于他们而言，我想小品文是在一个纷乱的大时代他们希求保存一种个性——生命的与文学的——最后的园地，正因为有抗争与纠结，所以在周作人的小品文当中，常常能够觉出隽永绵延的苦涩，如鲁迅一样也想要在纷扰中寻出一些宁静来。这份闲心执念在八十年代汪曾祺的散文中被很好地承继下来了，他谈花鸟茶食、地方风俗民情、历史掌故，隐现的就是周作人、沈从文的文脉。但是，这份文化的几许闲愁也许在现代光影的映照下愈来愈变成一种怀旧的情愫，闲适在现代社会也终归是要大打折扣的，后来的散文家董桥在一篇文章中就有提到过："现代教育不必再一味着重教人'发奋'，应该教人'求闲'。精神文明要在机械文明的冲击下延传下去，要靠'忙中求闲'。"[②]

也会想到九十年代余秋雨所引领的"文化散文"之风，以现代的眼光、文学的情思，重新解读历史与山水的人文内涵。论历史，它是大历史，大人物大事件的历史；论山水，并非小桥流水人家的清婉，而是人文化的写意。"我发现自己特别想去的地方，总是古代文化和文人留下较深脚印的所在，说明我心底的山水并不完全是自然山水而是一种'人文山水'。这是中国历史文化的悠久魅力和它对我的长期熏染造成的，要摆脱也摆脱不了。"[③]以个体的行走及

① 周作人：《北京的茶食》，《周作人自编文集·知堂文集》，河北教育出版社2002年，第101页。
② 董桥：《星期天不按钮》，《董桥书房美文》，陈子善编，广东人民出版社1999年，第11页。
③ 余秋雨：《自序》，《文化苦旅》，东方出版中心1992年，第3页。

生命体验来感悟甚至把脉民族的文化命运，从一景一物一人中来映照民族文化的精神底蕴，以此来重拾知识分子的话语，文化散文所激荡的情怀、触发的问题，说到底仍是精英或者庙堂的文化风范，它是宏阔且形而上的。在余秋雨看来，文化人如果不做长远思考，不为这个世界已经过去的世纪年月和即将来临的世纪做完整思考的话，文人的本位就失落了。他仅仅是个有知识的人，仅仅是个有文化技能的人，而不是我们严格意义上的知识分子或文化人。

但是，我以为，贾平凹散文的文化意味，或者说他本身的文化趣味，并不像周作人、汪曾祺那样，试图对生命生活进行审美观照，以文人的趣味来过滤日常生活的粗糙浅陋，打磨生活的棱角，尽管他的精神底色里并不缺乏文人的好恶与追求，古玩字画他照样精通，有研究者也从他的散文中读出禅味、闲情逸致——"我不是农夫，却也有一庭土院，闲时开垦耕耘，种些白菜青葱。菜收获了，鲜者自吃，败者喂鸡，鸡有来杭、花豹、翻毛、疙瘩，每日里收蛋三个五个。夜里看书，常常有蝴蝶从窗缝钻入，大如小女手掌，五彩斑斓。"[①]但终归还是有差别。他也不似余秋雨及更多的文化散文作家那样，用知识分子的眼光来打量并镀亮文化，带着精英主义的色彩。他的文化趣味里面始终有一种现实感与当下性，看重俗世生活的快乐，钟情的只是民间文化形态，观照的也是这样一种俗世人生。毕竟这是两种文化及趣味的对照：

> 在某一种文明里面，总会存在着两个传统：其一是由为数很少的一些善于思考的人们创造出的一种大传统；其二是由为数很大的，但基本是不会思考的人们创造出的一种小传统。大传统是在学堂或庙堂之内培育出来的，而小传统则是自发地萌发出来的，然后它就在诞生的那些乡村

① 贾平凹：《静虚村记》，《商州寻根》（贾平凹散文全编 1978—1983），时代文艺出版社 2015 年，第 32 页。

社区的无知的群众的生活里摸爬滚打挣扎着继续下去。[①]

　　而这样一种挣扎着继续行进的文化，关系着更多人的生活与精神形貌。倘若说贾平凹有着无法揩掉的文人生活的趣味与闲适，那也是这样未曾修饰与过滤过的俗世生活中的乐趣，即对乡土性的俗世生活的展现。乡土性并非只表现在农村的生活表象中，我更愿意将"乡土性"理解为一个民族所积淀的文化属性，它有着更为广泛的表征，不只是在乡村，在街市、城镇同样具备这样一种属性。费孝通曾这样来定义文化："所谓文化，我是指一个团体为了位育处境所制下的一套生活方式。"[②]贾平凹的乡土散文要描摹的就是这样一个乡土性的熟人社会及其生活方式。《静虚村记》里这样写道：

　　　　村人十分厚诚，几乎近于傻昧，过路行人，问起事来，有问必答，比比画画了一通，还要领到村口指点一番。接人待客，吃饭总要吃得剩下，喝酒总要喝得昏醉，才觉得惬意。衣着朴素，都是农民打扮，眉眼却极清楚。当然改变了吃浆水酸菜，顿顿油锅煎炒，但没有坐在桌前用餐的习惯，一律集中在巷中，就地而蹲。[③]

　　而乡土性不必是宏大的叙事或者概念，它其实就散播在日常的生活当中、人们的吃穿住行中，烟火气息也就是从这样的村庄、巷子、街市里升腾开来，俗世生活，却并不俗：

　　　　早上，是这个巷子最忙的时候。男的去买菜，排了豆腐

---

① ［美］罗伯特·芮德菲尔德：《农民社会与文化——人类学对文明的一种诠释》，王莹译，中国社会科学出版社 2013 年，第 95 页。

② 费孝通：《乡土中国　生育制度　乡土重建》，商务印书馆 2011 年，第 339 页。

③ 贾平凹：《静虚村记》，《商州寻根》(贾平凹散文全编 1978—1983)，时代文艺出版社 2015 年，第 31 页。

队，又排了萝卜队，女的给孩子穿衣喂奶，去炉子上烧水做饭。一家人匆匆吃了，但收拾打扮却费老长时间：女的头发要油光松软，裤子要线棱不倒，男子要领齐帽端，鞋光袜净，夫妻各自是对方的镜子，一切满意了，一溜一行自行车扛下楼，一声丁零，千声呼应，头尾相接，出巷去了。[1]

巷子的路很长很长，因为这是一个"中"字的形状三条正巷，便是那"中"字里的竖道，两边都是高高的楼房，这竖道就特别幽深。一盏昏昏的路灯在巷的那头亮了，无数的人头在晃动，家家的门窗已经打开，水瓢声，锅勺声，播放着豫剧的收音机音量开到了最大限度，一闻到饭菜的香味，一听到豫剧的唱腔，每一个进巷的人就感到"家"的温暖了。[2]

贾平凹也写到民间艺术、地方食物等等：

一次秦腔演出，是一次演员亮相，也是一次演员受村人评论的考场。每每角色一出场，台下就一片喊喊喳喳：这是谁的儿子，谁的女子，谁家的媳妇，娘家何处？于是乎，谁有出息，谁没能耐，一下子就有了定论，有好多外村的人来提亲说媒，总是就在这个时候进行。据说有一媒人将一女子引到台下，相亲台上一个男演员，事先夸口这男的如何俊样，如何能干；但戏演了过半，那男的还未出场。后来终于出来，是个国民党的伪兵，持枪还未走到中

---

① 贾平凹：《五味巷》，《商州寻根》（贾平凹散文全编1978—1983），时代文艺出版社2015年，第158—159页。

② 贾平凹：《河南巷小识》，《旷世秦腔》（贾平凹散文全编1983—1984），时代文艺出版社2015年，第40—41页。

台，扮游击队长的演员挥枪一指，"叭"的一声，那伪兵就倒地而死，爬着钻进了后幕。那女子当下哼了一声，闭了嘴，一场亲事自然了了。[①]

是夏天食品，三九寒天却有出售，吃者，男食客绝少，女人多，妙龄女人尤多，半老徐娘的女人更多。

……

卖主卖时并不用称，三个指头一捏，三下一碗，碗碗分量平等，不会少一条，多一条也不给。加焯过的绿豆芽，加盐，加醋，加芝麻酱，后又三指一捏，三条四条的在辣子油盆里一蘸放入碗里，白者青白，红者艳红，未启唇则涎水满口。

切记：吃凉皮子的别忘记带手帕，否则吃罢一嘴沿红色，有伤体面。[②]

文章不完全是对地方曲艺的欣赏，着墨更多的仍是村民的日常生活、俗世之念，写吃食也是如此。同样是写地方风物，周作人注重知识性的介入，他即使有情感的表露，也是异常的冷静冷清；汪曾祺谈吃食的散文虽同样散发着生活气息，但读来更多的是旧式文人的趣味，还有江南意韵的柔美。贾平凹的文章，有的是一股粗犷之风，更善于去描摹俗世烟火中的众生相。

可见，这里面其实暗含着贾平凹多重身份的纠葛，倘若说贾平凹的审美趣味里有文人的精神渊源，那么，还有知识者、农民这两个身份的交集，作为一个地之子，无论走多远，他仍然有着对乡风

① 贾平凹：《秦腔》，《旷世秦腔》（贾平凹散文全编 1983—1984），时代文艺出版社 2015 年，第 31 页。

② 贾平凹：《陕西小吃小食录》，《旷世秦腔》（贾平凹散文全编 1983—1984），时代文艺出版社 2015 年，第 167—168 页。

民俗最为亲切的感知，他的精神血脉里泅染的仍旧是最朴素最宽广的乡情；当然，多少还有作为一个现代知识者，于现代生活中回望乡土的审美乐感，像他最初回返商州那样，是带着被城市文明与现代理性所熏染的感知来察看与探听。

之前，在探讨贾平凹的小说时，提到他是乡土作家中为数不多的具备文化自觉的人，也即去理解并在一个宽广的历史与社会视阈中来考察费孝通所说的，从基层上看，中国社会是乡土性的，这包括一个民族的文化属性与生成背景，也涉及在理解这样一种乡土性的基础上，从而来认识与了解一种与自然、人性相依相存的生活习惯、风俗人情，理解在这样一种环境中相生相长的人性人心。这在他早期的作品中就体现出来了：

> 这十六户人家，一家离一家一二十里，但算起来，拐弯抹角都是些亲戚，谁也知道谁的爷的小名，谁也知道谁的媳妇是哪里的女儿。生存的需要，使他们结成血缘之网，生活之网。外地人不愿在这里安家，他们却也死不肯离开这块热土，如果翻开各家历史，他们有的至今还未去过县城，想象不出县城的街道是多么的宽，而走路脚抬得那么低，有的甚至还未走出过这一条沟。娘将身子在土炕上的麦草里一生下，屋里的门槛上一条绳，就拴住了一个活泼泼的生命。稍稍长大，心性就野了，山上也去，林里也去，爬树捉雀，钻水摸鱼，如门前的崖上的野鹞子，一出壳就跑了，飞了，闯荡山的海，林的海了。长大成人，白天就在山坡上种地，夜里就抱着老婆在火炕上打鼾。[①]

商州系列不止一次地描述过这种近乎原始、千年不变的人

---

① 贾平凹：《莽岭一条沟》，《贾平凹散文大系》（第二卷），漓江出版社 1993 年，第247 页。

生与生活状态，用钱穆的话来说："农耕文化之最内感曰'天人相应''物我一体'，曰'顺'曰'和'。其自勉则曰'安分'而'守己'。"[①]贾平凹既看到这些几千年未曾变更的环境及生活状态，亦感受到这种稳定的传统结构常常处于纷扰松动之中。但是，他并不排斥这些变动。不同于沈从文对自然人性的高扬，甚至上升到神性的层面，从而在这样一个基础之上建构一个"希腊神庙"，贾平凹从来不是孤立单纯地去展现人性，而是在人与自然、与社会历史的摩擦碰撞中来写人性的纠葛，人事的变迁。从这个角度而言，或许也是贾平凹的文学世界里一直葆有着现实主义的因子，不需要也无意去构筑一个理想世界的原因吧。《金洞》写被狼掳走的小孩，在狼洞里不得不学着与狼相处，渐渐有了动物的习性，人与动物之间也渐生感情。《莽岭一条沟》写到老汉在狼的胁迫下给狼看病，后来狼为了报恩，吃了谁家的小孩，将小孩的银项圈叼来以示答谢，老汉感到自己的罪恶，遂跳崖自尽。《周武寨》写两家人分合争斗几十年，最后却组成和睦的大家庭，恩怨仇恨消泯在岁月中。《一对恩爱的夫妻》中为了躲避公社书记的骚扰，丈夫把妻子原本俊秀的脸烧伤。《小白菜》《一个死了才走运的老头》都是对社会历史风云变幻下多舛的个体命运的记录。

认知与理解一种文化，除了它的生成背景与表征属性，处在这个文化体系中的人的现实表现，它所遭遇的裂变与新生同样是需要细细琢磨的，也即理解一种变动的情状与价值。"文化是一种手段，它的价值在它是否能达到求生的目的……生活的要求和生活的处境既是变动的，一种手段在某一个情景可以是有效的，但这并不保证它在另一情况中一定也有效，所以文化的价值也是常会变的。"[②]

二十世纪九十年代直至新世纪的乡土散文，大概有这样三种倾向：其一，像张炜、刘亮程一样，将乡土视为一块净土，赋予道德

① 钱穆：《中国文化史导论》（修订版），商务印书馆1994年，第3页。

② 费孝通：《乡土中国 生育制度 乡土重建》，商务印书馆2011年，第480页。

的或哲学的形而上意味，进而上升至某种主义。张炜的野地充斥着道德激情与人文主义精神的焦虑，与真实的乡村已相去甚远，况且乡村即便是传统负载之所，她也不应当来承担去应对整个精神伦理滑坡的重任。而刘亮程的乡土，于"一花一世界"中点染诗意，细节的体察不是充溢着俗世生活的色彩，而是被赋予一份意义与价值，这样的乡村或许也已经失去了原生态的味道。其二，是像熊培云、梁鸿、黄灯那样，带着问题意识，也兼及社会学的调查方法，来呈现乡村的现状及问题，文学性并非那么强烈的色彩，反而是知识分子的内省与自审更为令人动容，文本的价值更多的也是作为知识者的精神思想史的一部分而存在。其三，也就是在乡土衰落凋敝现状的描写中，在现代与传统的精神与物质对照中，来哀悼这样一种社会结构及文化形态的逝去，如田瑛《未来的祖先》；或者在对亲人的缅怀中，同样将一份渐行渐远的伦理温情细细道来，如阎连科《我与父辈》、彭学明《娘》等等。此外，韩少功的乡土散文《山南水北》算是一个例外，既有着一个城里人回归乡野所享受的自然生态，多少隐藏着现代人的美学焦虑，也有乡土人事的记录，或喜或忧，总的来讲，在韩少功的叙述中，乡土是敞亮的，也有能力很好地来对接现代性的生发。贾平凹仍是在行走中，观察乡村的变局，感受着乡土性的浓郁或淡漠，与多年前带着寻根的目的去踏访商州不一样，那是积极地去赋予文化以意义，或者说是"赋魅"之举。而眼下，也正因为他文化趣味里的现实感与当下性，他所做的是去还原现实原貌。

也就是说，贾平凹其实更愿意在日常细节里来感受乡村的常与变，《六棵树》以皂角树、药树、楸树、香椿树、苦楝树、痒痒树六棵树的存亡，来打探村里人事的变迁，回忆人事，亦唏嘘命运的无常。比如秃子死后，村里也把皂角树给砍了；痒痒树被永娃的儿子卖掉，移植到城市却并没有存活下来……《走了几个城镇》写到了这样一段经历：

第二天的上午，我到了那条河街上。因为来前有人就提说过河街，说有木板门面房，有吊脚楼，有云墙，有拱檐，能看到背架和麻鞋，能听到姐儿歌和叫卖山货声，能吃到油炸的蚕蛹和腊肉。但我站在街上的时候我失望了，街还是老街，又老不到什么地方去，估摸也就是二十世纪八十年代吧，两边的房子非常窄狭，而且七扭八歪的，还有着一些石板路，已经坑坑洼洼，还聚着雨水。没有商店，没有饭馆，高高台阶上的人家，木板门要么开着，要么闭着，门口总是坐着一些妇女，有择菜的，菜都腐败了，一根一根地择，有的却还分类着破烂，把空塑料瓶装在一个麻袋里，把各种纸箱又压平打成捆。[1]

也就是在一次次的行走中，面对的是这样不曾改变的泥土味，也仍然能够遇到各种各样安于农村现状的人，比如作者在二郎镇遇到的老汉，待过女儿所在的城市，仍是感叹："北京好是好，就是太偏远了！"[2]是的，站在自己熟悉的地方，其实也就是安于自在所在的乡土生活，所有看似光鲜的地方都是偏远的。同时，也不得不来面对每况愈下的乡村及其不可知的发展局面。《定西笔记》里写到与老汉交流，谈到上了大学的儿子在城市里并不如意的现状，先是以一句话来表明心情："这一顿饭吃得没滋味。"[3]后来看到村里同样背书包上学的学生，进而想到：

---

① 贾平凹：《走了几个城镇》，《顺从天气》（贾平凹散文全编2002—2012），时代文艺出版社2015年，第132页。

② 贾平凹：《二郎镇》，《顺从天气》（贾平凹散文全编2002—2012），时代文艺出版社2015年，第210页。

③ 贾平凹：《定西笔记》，《顺从天气》（贾平凹散文全编2002—2012），时代文艺出版社2015年，第150页。

越是贫困的农村越是拼死拼活地供养着孩子们上大学，终于有了大学生，它耗尽了一个家，也耗尽了一个地方，而大学生百分之九十再不回到当地，一年一年，一批一批，农村的人才、财物就这样被掏空着，再掏空着……①

当然，我们也可以感觉到，九十年代以后贾平凹乡土散文中的色调明显暗淡了些，整体的情绪却是散淡开来的。

对传统及其变迁、对生活及其方式的常与变、对人心人性良善与险恶的巡察，这就是贾平凹对乡土生活的用心观察与体悟，更重要的是把这一种文化体察落实在日常烟火与生产劳作中，落实在一个细节、一句言语当中。也不难揣测，就是这样一种实感经验，现实生活中生发的感受与经验，使得贾平凹对乡村的书写继续延伸到小说的创作当中，而且呈现得更为透彻，具有寓言意味，这也使得他的小说有着更为扎实的物质外壳，从这一点看，散文或许是贾平凹小说写作的源头。

如果试着把贾平凹的乡土散文连贯着来读，他对乡村日常物质形态的持续关注，可以看作是中国乡村几十年来的风尚之变，于他自己而言，那种悠长的乡土味弥漫开来，而又一点一点地散落消匿在一食一物这些寻常的物质层面上的时候，何尝不是一份文化的乡愁呢。这份乡愁里既涵盖着对一份热腾腾的俗世生活的执念，亦有着对一个民族文化的祭奠。贾平凹以他所感应到的文化血脉，以散文来保存着这份文化的记忆，物质记忆通往更宽广的民间大地，他的乡土散文恰恰也是将一份对文化的理解与思索完完全全融解在可以触摸与感知的物质与生活现象中，从中接通的是更宽广的精神生活，于乡土的情感坦荡实在，而又扎实绵密。

---

① 贾平凹:《定西笔记》,《顺从天气》(贾平凹散文全编 2002—2012), 时代文艺出版社 2015 年, 第 150—151 页。

第三节　文体与精神的互文性

　　童庆炳在《文体与文体的创造》中这样来定义"文体"的概念："是指一定的话语秩序所形成的文本体式，它折射出作家、批评家独特的精神结构、体验方式、思维方式和其他社会历史、文化精神。从表层来看，文体是作品的语言秩序、语言体式；从里层看，文体负载着社会的文化精神和作家、批评家的个体的人格内涵。"[①]也就是说，文体折射出的是一个作家综合的创作与精神体系，一个优秀的作家也必定是一个文体家，或者说具备文体创造能力的人，一方面是对某一类文体的传统样貌与一般艺术规律有充分的认知，另一方面是对文体所拘囿的历史积习与现状有所察觉，并做一定的突破，这对于散文这样一种有着悠久历史的文体来说同样不例外。

　　我们试着回看在现代文学史上散文这一文体的"破"与"立"，散文虽是一种传统文体，但是古代散文是一个包容性极强的概念，与韵文相对，"五四"时期正是确定了它的独立身份与价值。周作人不仅为一种叙述与抒情的美文正名，而且给现代散文寻其土壤，一面是西方的社会文学思想，一面将其看作是言志派文艺运动的复兴。郁达夫则为现代散文标识其区别于古代散文的特性，即自我的发现，个性的倡扬，在人性、社会性与大自然之间的调和。事实上，二三十年代的散文，真正体现了时代个性与人文个性，抒情、叙事、议论，既有着天地浩渺的冥想、时政的热议，亦有着个体的冷暖感知，或婉约灵动、清新自然，或沉郁自省、低吟浅唱，或嬉笑怒骂、畅快淋漓。这一时期周氏兄弟不仅引导了百年现代散文的两种话语，他们对文体的自觉与开创也是有目共睹的。鲁迅的杂文

---

① 　童庆炳：《文体与文体的创造》，《童庆炳文集》（第四卷），北京师范大学出版社2016年，第3页。

体正视社会与历史的痼疾，以《野草》为代表的"独语体"散文则直面个体内在的精神纷争，就他个人而言，在文体的创造中呈现出了不同的精神面相，在往后的散文中都各有回响。周作人将小品文发挥到了极致，"苦雨斋"的文脉在俞平伯、废名、钟敬文等人身上相承相袭，只是在当代不再复现隐隐渗出的苦涩，交杂着涩味与简单味的小品文毕竟一个时代一番心境，一种人文底色。三四十年代直至五六十年代是杂文的盛行，抨击时弊，戾气弥漫，尔后又有着政治抒情体的主导，刘白羽、杨朔的出现，给文坛带来了别样的风向，从某种角度而言，也是对当时杂文体一统局面的打破，"立"的方面则在于，在古典的意象世界里重启诗意，以抒情来冲淡文章的硝烟味，但终归都是言他人之志，于散文二三十年代所张扬的自身独立意义与本然价值而言，已相去甚远。

八九十年代的散文文坛，我以为一方面是对散文本体精神的恢复，也即表现自我与个性，言一己之情怀；另一方面则是对散文文体的拓展，这包括题材的扩充——学者散文叙写旧人往事、人生感味，文化散文写人文山水、地方风物，思想随笔是对社会思想哲理的运思，小女人散文触及生命与成长的隐秘……还包括文章技法的突破，这一阶段我们读到的有影响力的散文背后，无疑都站着对文体有所突破的作家。余秋雨带着学者的知识与才情，游历山川，行走异域，感知民族的文化命脉，从文章的内容、体式，到语言、文气，我想都是对现代散文这一既有文体的冲击。在孙绍振看来，"他把诗的激情与文化的智性，水乳交融地结合在一起，散文的新阶段，也就是从主情到主智的历史过渡"[①]。史铁生留给文坛的不只是《我与地坛》里的思想气息、生命渐次明朗的澄明之境，还在于游走于散文与小说两种文体，在写实与虚构之间游刃有余的自由力度。再看新世纪的"非虚构"叙事和"在场主义"散文，从某种角

---

① 孙绍振：《散文：从审美、审丑（亚审丑）到审智》，《当代作家评论》2008年第1期，第82页。

度而言，补充了散文现有的弊病，比如对个体之思的太过矫情，而忽略现实的生发与远方的人事；专注于思想的运思，而忽略生活的质感与问题的生发。

从不同的文体面相中可以看到，真正具备文体意识的作家总会从既有的程式中寻求突围。与此同时，我们也完全可以觉察到，文体的向度连接着作家的精神伸张，也就是说，当一个作家在文体上有所突破之际，也正是这一文体有所收获的时候。正是在打破已有的文体意识与规范的基础之上，文体的革新也就变得愈加现实、从容。

对于贾平凹来说，他要做的突破之一是在八十年代如何摆脱杨朔、刘白羽散文的余绪，开启新的话语方式，尽管一个时代的思维方式与审美习惯并不能随着意识形态的解体而随即消散，但贾平凹找到了商州，也借鉴了笔记体的形式来写散文，这一举动的影响力不仅仅在于散文的创作，它对贾平凹整体的文学创作也是有开创之功的。之二是九十年代，此时，贾平凹的散文创作已经比较稳定，而从题材、立意、气韵来说，他还能做哪些突破呢？九十年代贾平凹提出"大散文"的概念，并开始创办《美文》杂志，践行这一理念，可见他是少数具备散文文体自觉的人之一。《走向大散文》一文中他所提出的三点，涉及散文的气象格局，"写大的境界，追求雄沉，追求博大的感情"；写作范围，"让社会生活进来，让历史进来。继承古典散文的大而化之的传统，吸收域外散文的哲理和思辨"；还要打通专业与业余的界限，"以不专写散文的人和不从事写作的人来写，以野莽生动力，来冲击散文的篱笆"。[①]

"大散文"之大，并非题材之宏大、气势之浩荡、篇幅之绵长，对"大"的理解，恰恰是对"散文"之"散"的理解，从题材方面来看，我想是不拘泥于某一方面，扩充题材的面相本也是"大散

---

① 贾平凹：《走向大散文》，《贾平凹文论集·关于散文》，生活·读书·新知三联书店 2015 年，第 138 页。

文"的提倡本意；从写作上来看，意在散，重在无为，是像鲁迅所说的那样，散文是大可随意为之的，有点错误也无妨。这样一种气定神闲的气质，记得贾平凹在评论张爱玲的散文时就有谈到："张的散文短可以不足几百字，长则万言，你难以揣度她的那些怪念头从哪儿来的，连续性的感觉不停地闪，组成了石片在水面一连串地漂过去，溅一连串的水花。一些很著名的散文家，也是这般贯通了天地，看似胡乱说，其实骨子里尽是道教的写法——散文家到了大家，往往文体不纯而类如杂说。"[1]对于孙犁的散文同样看重内里的"道"："他的模仿者纵然万千，但模仿者只看到他的风格，看不到他的风格是他生命的外化，只看到他的语言，看不到他的语言有他情操的内涵，便把清误认为浅，把简误认为了少。"[2]这样一种大道无形的气韵，或许用贾平凹自己的话能感知得到："'卧虎'，重精神，重情感，重整体，重气韵，具体而单一，抽象而丰富。"[3]再回溯古典美学，我们可以用《文心雕龙》里的"文气说"做进一步理解，而到现代作家谈散文，比如周作人所说的"味"、林语堂的"笔调"、梁实秋的"文调"，或许都有着异曲同工之妙。

文体的自觉，意味着对散文文体本身的认知，这在第一节中有具体的谈论，像提出"大散文"的理念一样，在既有文体理论基础之上提出建设性的设想，与此同时，对文体局限的跳腾，不必再用叙事、说理、抒情等等现代文体的观念来厘清划分，因为"好散文往往有一种综合美，不必全是美在抒情，所以抒情、叙事、写景、议论云云，往往是抽刀断水的武断区分"[4]。对于贾平凹来说，文体

① 贾平凹：《读张爱玲》，《贾平凹文论集·关于散文》，生活·读书·新知三联书店2015年，第127页。

② 贾平凹：《孙犁论》，《贾平凹文论集·关于散文》，生活·读书·新知三联书店2015年，第121页。

③ 贾平凹：《"卧虎"说》，《贾平凹文论集·关于散文》，生活·读书·新知三联书店2015年，第14页。

④ 余光中：《缪斯的左右手》，《余光中集》（第七卷），百花文艺出版社2004年，第334页。

的突破更具体地表现在用小说家的笔法来写散文，对这方面的思考早在 1983 年写作的一篇《散文就是散文》中就有显现："小说家可以以散文笔调去写小说，为什么你不可以以小说笔法去写散文？诚然，散文不是以塑造人物为目的，可有什么理由将人拒在散文门外呢？"[1]散文中有故事，有人物，有细节，因为有从小说中所借鉴的感情的挥发、自我的显隐，张弛有度，与此同时，还有虚构与真实之间的调适。"真实"一直被看作是散文的文体属性之一，情感的真挚、事件及细节的真实在贾平凹的散文中并不缺乏，而对虚构的处理，比如对意象的运用、对境界的营造，往往使得他的散文有一种他人所不及的味道。

贾平凹散文文体的自觉还在于对"边缘"文类的充分利用，比如序、跋，周作人在《美文》一文中就说过，古文里的序、记之类也是美文中的一类，治新文学的人应该去试试。但是，在众多专业与非专业的散文作家中，其实真正去尝试这类文体的并不多见。贾平凹对序、跋的写作可以看作是他的文学艺术批评，不仅常见于为他人而作，他的每一部长篇小说几乎都附有一篇情真意切的序或跋，交待写作的缘由、过程，彰显自己的文学观、创作观，表达对写作根据地的念想与体悟，而这恰恰呈现了虚构世界里作者无法透露的精神秘密。在这类文章中，可以发现，贾平凹也仍然会有细致的叙述，他笔下人物的原型会不由自主地蹦出来，比如刘高兴的原型刘书桢、蚕婆的原型周苹英，甚至不惜大量笔墨来讲述引发创作事件的来龙去脉，如《极花》《秦腔》的后记，像是在听一个比小说更真实的故事。相比于小说的精细打磨，这时的文字散漫松弛，仿佛是为了舒缓小说的紧张感；抒情当然也是少不了的，情到深处，细细呢喃，那些无法消解开来的郁结惆怅像烟雾一样缭绕在字里行间，留下余韵让旁人回味。

---

[1] 贾平凹：《散文就是散文》，《贾平凹文论集·关于散文》，生活·读书·新知三联书店 2015 年，第 17 页。

文体的自觉也造就了贾平凹文体的丰富性，他自己曾说，"散文要表达情绪"①，我将"情绪"用郁达夫所说的"散文的心"来置换："我以为一篇散文最重要的内容，第一要寻这'散文的心'，照中国旧式的说法，就是一篇的作意，在外国修辞学里，或称作主题或叫它要旨，大约就是这'散文的心'了。有了这'散文的心'后，然后方能求散文的体，就是如何能把这心尽情地表现出来的最适当的排列与方法。到了这里，文字的新旧等工具问题，方始出现。"②这样一个表达情绪与心意的过程也就是在寻求一种适当的文体，或者对一种文体进行探索寻找话语方式的过程，包括立意、结构、文辞。在贾平凹的散文创作中，至少存在这样三种文体：抒情哲理体、说话（议论）体、叙事体。

　　抒情哲理体，基本集中在贾平凹创作的早期，《空谷箫人》《月迹》《丑石》《溪》《爱的踪迹》《一棵小桃树》《观沙砾记》等等，以童心或单纯的视野来观照世界，或抒情，或托物言志，虽有着模仿的痕迹，也难以脱开一个时代的背景与思维方式，但是所勾勒的乡村的清新恬淡、人性人心的单纯美净，于一花一石中所体悟到的情思意蕴，或者在自然之境中焦虑与郁积的舒缓，多年以后再读，仍然觉得亲切自然：

> 　　我们就坐在沙滩上，掬着沙儿，瞧那光辉，我说：
> 　　"你们说，月亮是个什么呢？"
> 　　"月亮是我所要的。"弟弟说。
> 　　"月亮是个好。"妹妹说。
> 　　我同意他们的话，正像奶奶说的那样：它是属于我们的，每个人的。我们就又仰起头来看那天上的月亮，月亮

---

① 贾平凹：《浅谈儿童文学中散文的写法》，《贾平凹文论集·关于散文》，生活·读书·新知三联书店 2015 年，第 101 页。

② 郁达夫：《中国新文学大系·散文二集》，上海良友图书印刷公司 1935 年，第 4 页。

白光光的，在天空上。我突然觉得，我们有了月亮，那无边无际的天空也是我们的了：那月亮不是我们按在天空上的印章吗？

　　大家都觉得满足了，身子也来了困意，就坐在沙滩上，相依相偎地甜甜地睡了一会儿。①

　　我吹起我的箫来，悠悠忽忽，原来在这空谷里，声调这么清亮，音色这么圆润；我也吹得醉了……我又回到了我的境界里，这山，这水，这林子，都是有情物了，它们在听着我的烦闷。我吹着，想把一腔的烦闷都吹散。我愿意将我的箫眼儿，将我的口，变成那山巅上的风洞儿，永远让风来去地吹吧！②

　　沙砾本是无情，也有如此属性，而万千世界，人为第一，百人百貌，不能定然，不可固一。应是让其在充分发挥自己的条件下，不拘一格，各逞其才。那么，人便更是活的，就有生气，就有创造，这个人世就有了最伟大的、最光辉的色彩。③

这些文字带着作者的记忆及其苦乐忧伤，也是最初的审美感观，或者说这些山川自然同样构成了贾平凹世界观中的一部分，怡养着他的审美情操：

① 贾平凹：《月迹》，《商州寻根》（贾平凹散文全编 1978—1983），时代文艺出版社2015 年，第 21 页。

② 贾平凹：《空谷箫人》，《商州寻根》（贾平凹散文全编 1978—1983），时代文艺出版社 2015 年，第 15 页。

③ 贾平凹：《观沙砾记》，《商州寻根》（贾平凹散文全编 1978—1983），时代文艺出版社 2015 年，第 239 页。

社会的反复无常的运动，家庭的遭遇，连锁的反应，构成了我是是非非、灾灾难难的童年、少年生活，培养了一颗羞涩、委屈的甚至孤独的灵魂。

　　慰藉这颗灵魂安宁的，在其最初漫长的 20 年里，是门前屋后那重重叠叠的山石，和山石之上的圆圆的明月。[①]

　　不难断定，贾平凹散文小说常常出现的秀美风景、传统柔美的女性形象，论其源头还是在这里。而无论他以后的小说中有着怎样的血腥与暴力、人性的丑恶与病态，仍然可见人性的善美与坚忍。而这些文章虽然现在看来意境简单，在言语间还是有一种味，或苦涩或静默或美净。

　　叙事体，贾平凹最耐读的叙事体散文一类是"商州三录"，故事有山野色彩，人物或有传奇经历，再加之地方风俗、人性人情的叙写，即使不当作旅游地图一样来寻找真实的地理存在，也会当成某一地方志而津津有味地看下去。另一类则是贾平凹写自己的人生经历，还有亲朋好友的文章，如《我的小学》《初中毕业后》《我的台阶和台阶上的我》《我是农民》《自传——在乡间的十九年》《祭父》《我不是个好儿子》等等，这些散文读取作者一路所经的阴晴风雨，还有就是作者内在的感情世界，而这些人事情感的背后其实铺陈的是一个时代的背景，一代人的精神底色。特别要提到的是长篇散文《我是农民》，如果说沈从文在三十岁左右写作的《从文自传》是可以去察看他成为一个作家之前所积累并具备的素养和素材，那么，《我是农民》则同样能体察到贾平凹写作所带的那份原发的感情与责任、他所倾心的现象与人事，它或者也构成了贾平凹文学世界的雏形。文章的末尾这样写道：

---

① 贾平凹：《山石、明月和美中的我》，《贾平凹文论集·关于散文》，生活·读书·新知三联书店 2015 年，第 19 页。

这一去，结束了我的童年和少年，结束了我的农民生涯。我满怀着从此踏入幸福之门的心情要到陌生的城市去。但20年后我才明白，忧伤和烦恼在我离开棣花的那一时起就伴随我了，我没有摆脱掉苦难。人生的苦难是永远和生命相关的，而回想起在乡下的日子，日子变得透明和快乐。

……

真正的苦难在乡下，真正的快乐在苦难中，你能到乡下吗？或者到类似乡下的地方去？[①]

在乡间的十九年，贾平凹完成了对人性的认识、对民族与个体苦难的体认，这是个体世界与文学世界的雏形。贾平凹在文章中写自己在乡间所经历的苦难、逃离乡村所经历的波折，以及他与家人相互扶持所经的动荡岁月，让我想起与他同时代的乡土作家，莫言、阎连科、路遥等等，他们由乡到城的经历相似，回忆往事的文章都有着同样的主旨，他们笔下的人事也几乎抹上了同样的晦暗色彩，而正是他们在乡间所经历的生活，让他们在日后的创作中再难以跳开乡村大地，也难以褪去城乡二元结构的审视视角，乡村人的命运及过去与未来也将一直是他们书写并追问的主题。尽管难以揩去沉郁的或伤怀的心境，但是当我们来读这些文字，感受着作者命运，触摸作家情感的时候，反而在节制中体味到了悠长的苦涩与无奈。

在贾平凹所有的散文作品中，我觉得比较有趣的一类散文应该要算说话（议论）体，这类型的文章大概可以用周作人的写作的标准来衡量："一是有意思，二是有意义，换句话说也即是有趣与有用。"[②]"有意思"大概可以理解为有趣，"有意义"我想是应该有余

---

① 贾平凹：《我是农民》，安徽文艺出版社 2010 年，第 134—135 页。
② 周作人：《拿手戏》，《周作人文选》（1945—1966），广州出版社 1995 年，第 323 页。

韵，有让人回味与思考的意味。八十年代末至九十年代贾平凹集中创作了一批说话体散文，像《关于女人》《关于父子》《闲人》《弈人》《名人》《谈病》《说话》《说家庭》《说生病》《说请客》《说奉承》等等，看似是对某件事、某个现象的看法，实则是在描绘世相人情，揭示社会乱象，风趣幽默，也不乏嘲讽，包括对自己或他人。幽默散文在现代散文史上一直并不缺乏，但是要写好就不容易，不仅需要一种画个性与灵魂的逼真功夫，还需要透视现象看其本真的穿透力，由审丑，转向审美，在我看来，闪现的是一种审智的灵光。

　　我曾经努力学过普通话，最早是我补过一次金牙的时候，再是我恋爱的时候，再是我有些名声，常常被人邀请。但我一学说，舌头就发硬，像大街上走模特儿的一字步，有醋熘过的味儿。自己都恶心自己的声调，也便羞于出口让别人听，所以终没有学成。后来想，毛主席都不说普通话，我也不说了。[1]

　　只有在儿子开始做了父亲，这父亲才有觉悟对自己的父亲好起来，可以与父亲在一条凳子上坐下，可以跷二郎腿，共同地吸一锅烟，共同拔下巴上的胡须。但是，做父亲的在已经丧失了一个男人在家中的真正权势后，对于儿子的能促膝相谈的态度却很有了几分苦楚，或许明白这如同一个得胜的将军盛情款待一个败将只能显得人家的宽大为怀一样，儿子的恭敬即使出自真诚，父亲在本能的潜意识里仍觉得这是一种耻辱，于是他开始钟爱起孙子了。[2]

① 贾平凹：《说话》，《时光长安》（贾平凹散文全编 1992—1995 ），时代文艺出版社 2015 年，第 27 页。
② 贾平凹：《关于父子》，《太白山魂》（贾平凹散文全编 1989—1992 ），时代文艺出版社 2015 年，第 58 页。

请客者大多是有求于别人，或者在求人前，或者在求人后，深谋的还有个早些渗渠，短见的只要个立竿见影，吃一次饭当然是送蝇头以图牛头……吃请的呢，有帮了你的，就等着你有什么表示，连一顿饭也不请吗？或许也知道君子不吃嗟来之食，他家里并不缺一顿吃的，吃请是一种身份和荣誉呀。有的人却是吃请吃烦了，饭菜是人家的，肠胃是自己的，花时间，穷应酬，说免了免了，会给帮忙的。但不吃人家不相信，这饭是一种凭证。吃吧，实在是把自己做了人质，把肚子做了坟墓，一股脑地埋葬那些鸡鱼猪羊的尸体了。[①]

　　由具体的人、事、物而起，而又由这具体的一点铺陈开来，指向更立体的世相人生、生活断面。贾平凹的这些文章，常会让人想起鲁迅的笔法，但是从本质上来看，很难讲贾平凹是站在一个启蒙者的角度来批判或者自省，论及对世情人性的反思批判我想其中的力度远远不及贾平凹在小说中的表现，散文之于他来说，更多的还是日常记录与苦闷的宣泄，或者他的兴趣仍然在于对俗世生活的观察与展现，用中国人的思维与处世方式来回归到这些生活，还有人生生命的本质层面。

　　此外，我把贾平凹的序、跋、书信、讲话、创作谈、谈论及品评文学艺术作品的文章看作是另一类说话（议论）体散文。贾平凹创作的早期就有相应谈语言、谈文章的精神气韵、谈散文文体等等理论性的文章。他虽不是理论性很强的作家，但却是有着理论自觉，或者说对写作及其技法有着用心探讨与实践的作家。在这类文章中作者并不是正襟危坐，引经据典，往往都是由自己在写

---

① 贾平凹：《说请客》，《时光长安》（贾平凹散文全编 1992—1995），时代文艺出版社 2015 年，第 63 页。

作中所得的经验与困惑来谈，并非严格意义上的理论文章，更像是体验式的漫谈，如程光炜所说的："贾平凹终究不是鲁迅、张承志那种分析型的作家，而是典型的感悟型作家。因不受知识理性束缚，他的杂书杂著札记，有点杂乱无章。带有品赏书画的行文特点，还带有术士占星家的荒诞奇诡。"[①] 在评点他人的作品时，注重人与文的合一，既写出文字以外的人物气质，着重挖掘作品背后的精神维度与精神成人，自己的文学观、对文体的理解也适时地娓娓道来，这与他在给自己写作的序跋中梳理自身的精神来处与文学地理有着一样的道理。比如他谈张和的画时是这样说的："艺术家创造艺术的目的就是让我们发现和明白我们是人，随命随缘地活在这个年代的这个地方，作为具体的人而要享受人的烦恼和欢乐。张和的画里没有逃避而去的闲逸，也没有那种以为深刻其实浮躁的激愤。"[②] 在《黄宏地散文集序》中看到"平常心"的重要，在《匡燮散文集序》中领悟到淡泊的人格与文格："人与自然接近，媒介就是淡泊，接近了，人可完满一个人的文格，才可在形而上的基础上建构自己的意象世界。"[③] 再如，他评雷达的抒情散文，以为艺术的感觉正来源于一个作家的素养："文章的博大与单小，来源于作家的智慧而不在于聪明与机巧，他以往的文章因多是面对了别人的作品作分析批评，或对着整个文坛发自己的感慨，论自己的建设，他的智慧虽然很好，却较为分散，又集中了一个类型，而现在写抒情散文，面对着是自己亲身经历的生活，智慧之点就是一个接一个，且皆鲜活不已。"[④] 所有的感悟都是源于自己对文学的实践与

---

① 程光炜：《贾平凹序跋文谈中的"古代"》，《文学评论》2016 年第 5 期，第 180 页。

② 贾平凹：《喜欢张和的画》，《远山静水》（贾平凹散文全编 1995—1997），时代文艺出版社 2015 年，第 274 页。

③ 贾平凹：《匡燮散文集序》，《土门胜境》（贾平凹散文全编 1984—1989），时代文艺出版社 2015 年，第 209 页。

④ 贾平凹：《读雷达的抒情散文》，《时光长安》（贾平凹散文全编 1992—1995），时代文艺出版社 2015 年，第 25—26 页。

信仰。

钱穆说："散文之所以被重视，是因为它最容易表现人生。"[1] 如果说散文是最贴近于一个人的人生与性情，那么，丰富的文体实践也就映照着驳杂的精神世界，不同的文体尝试意味着不同的精神欲求。比如，鲁迅在写作启蒙批判目的性较强的小说杂文之外，回忆故乡人事与童年经历的《朝花夕拾》是要在纷扰中寻出一点宁静来，但又不妨看作是他内心对乡愁的慰藉；1924 年至 1926 年间的《野草》，充斥着生与死、人与鬼、虚妄与实有、绝望与希望之间的反复辩证，而当时鲁迅正经历《新青年》阵营的解体、兄弟失和、与许广平的情感这些现实纷争，《野草》是直面灵魂的书写，面对的是个体的精神危机。其实与文体相对应的精神诉求，不只是反映在对多种文体或者话语方式的尝试，有时候也仅仅表现在语言、文风等等这些文章的外在层面上，但与之映照的同样是作者驳杂的精神体验。比如刘再复，在他的文学创作中是集中于散文诗和散文这两个文体，大概也可以以 1989 年去国之后来做个界线，在国内时更多写作的是散文诗，多是对大自然、故乡、亲情、思想智慧的礼赞，还有各种生命的沉思，生命的热情与激情同在。而单论他海外的"漂流手记"来讲，也能清晰地读到变化，前期散文里的彷徨与孤寂到了往后的"手记"里却渐次化为明朗与沉思，散文的写作亦如生命的行走，在某一天豁然开朗。同样寄居异域之后才开始写散文，北岛的文章却一直保持着一种文风，读不到太多生命的跳跃惊喜，更多的是对漂流旅程及所经人事的絮叨，我把它看作是一种诉说，或者讲故事，但是散文写作的散漫冗长正好与其诗歌的精练精致形成了对比，同样联结着不同的精神私语。正如本雅明所说："在漫长历史的长河中，人类的感性认识方式是随着人类群体的整个生活方式的改变而改变的。人类感性的组织方式——这一认

---

[1] 钱穆：《中国散文》，《中国文学论丛》，生活·读书·新知三联书店 2002 年，第 40 页。

识赖以完成的手段——不仅受制于自然条件，而且也受制于历史条件。"[1]也就是说，人的感知体验方式是历史文化的产物，而文体的不同向度也正是社会历史与现实、文化与经验的产物。

可以肯定的是，不同的文体链接着贾平凹不同的创作阶段，表征着他精神思索与蜕变的痕迹。孙见喜曾用"哲理—风情—世相"三个阶段来概括贾平凹的散文创作，曾令存以"描风情—绘世相—考灵魂"来总结，贾平凹则把自己的创作境界划分为三个阶段——单纯入世、复杂处世与单纯出世。这三种归纳，大概都只是停留于贾平凹新千年之前的散文创作，这其中我想是有一个写作不断圆融成熟的过程，对应的是一个精神不断成长丰满的过程。

早期的抒情体散文对应的是"单纯入世"的阶段，贾平凹纯净柔软的心迹在文章中表露无遗，那时大学毕业留在省城工作，初涉文坛，开始了自己的人生。这让我想起不少现代乡土作家，他们在最开始尝试写作时，往往也是有着由乡到城的经历，比如沈从文，他在最开始以写作作为营生时，并没有很自觉的城乡对照的概念，相反，只是纯粹地回忆性书写边地湘西的风物风情。我将之看作是寓居城市而以文字来慰藉乡愁，贾平凹也同样如此，只不过他还想在这样一个纯净美好的世界里以求精神的释放与休憩。记得贾平凹在一篇名为《性格心理调查》的文章中这样写过："我出生在一个二十二口人的大家庭，自幼便没得到什么宠爱。长大体质差，在家干活不行，遭大人唾骂；在校上体育，争不到篮球。所以，便孤独了，喜欢躲开人，到一个幽静的地方坐地。"[2]这份年少时习成的寂寞或许只有走到山水自然之间才得以释怀。

接着是"商州三录"，还有一系列来自个体经历的叙事体散文，

---

① ［德］本雅明：《机械复制时代的艺术作品》，王才勇译，中国城市出版社 2002 年，第 12 页。

② 贾平凹：《性格心理调查》，《商州寻根》（贾平凹散文全编 1978—1983），时代文艺出版社 2015 年，第 266 页。

与九十年代创作的说话体散文同处于"复杂处世"的阶段，与小说的创作日渐丰富一样，散文也渐渐脱离意象境界的单纯构造、情思哲理的简单领悟，对社会历史与人性人情有着更为深刻的体察。而这一阶段也正是贾平凹自身经历的非常期，"废都事件"、肝病困扰、家庭变故，一方面是社会的复杂浮沉、世间的人情冷暖，一方面是来自生命本体的生老病死、喜怒哀乐，而这一时期的散文无疑也就成了去照看作者的人生经历、内心情感的途径。

"复杂处世"阶段之后的出世阶段，其实再难看到明显的流变、革新与差异、跳跃，由此显现的是"自我"由显至隐的调适、文风的多样，语言由优美恬淡到文白妙用，古语、土语方言交杂，或沉静有力，或诙谐幽默，或闲话清新，多种体式交叉进行。其实，从贾平凹散文创作的总体情况来看，除了早期抒情言志类的作品，有着巧营赋魅的痕迹，他后来的大多数作品，都并不在意文章体式的规整，不拘泥于固定的章法，反而是随意取景，随意赋形，并不刻意雕琢与升华。像八十年代的"商州三录"，"商州初录"与"商州三录"更倾向于传奇色彩的渲染，而中间的"商州又录"则更像是一幅水彩画，似有淡淡的抒情味道，将山川的风物、乡村的微末变动娓娓道来，再如后来写其他风情类的游记散文，比如《西路上》，你又难以从中体会到要彰显的主旨，甚至也读不到作者要表达的具体心思，而那些一步步显现的民情风俗及其细微变化又似乎隐现着作家想说的，人文的意象也是在这之中随意点染开来。而他谈社会万象、古玩字画，品评艺术，往往也是随手写就，信笔由缰。好的散文，也许到最后表现的都是一种自然的心态与神态吧。他想要做到的，如他自己所言，散文写到一定的层次，不单纯是一种抒情或说理，"是天文、地理、人间、地狱、神界融合贯通的东西，随心所欲，没了章法，完全是从天地自然、现实生活以及生命里体验出的东西"[①]。而在我看来，这不仅是散文的最高境界，或者也可以

---

① 贾平凹、谢有顺：《贾平凹谢有顺对话录》，苏州大学出版社 2003 年，第 249 页。

说，是人生的境界。

与此同时，我们可以看到他最初的抒情哲理散文有杨朔模式的存迹，也能找到朱自清、冰心、孙犁的影响，接着的"商州三录"有沈从文的影子、京派文人传统，后来的说话体散文又可见鲁迅、林语堂的文风，但还是很难为贾平凹的散文找寻接续到一种具体的文脉。这也正像梁实秋说过的，"一个人便有一种散文"[①]。从这之中，可以看出真正维系散文个性的，还是个人的情怀真意。可以说，我们在贾平凹的散文中其实更多见证到的是一种相对稳定的精神气质，那就是一个在散文世界里不断显山露水的文人，他的气质里难以掩饰与传统文人一样的文化旨趣，他表达着自己的文化关怀，塑造着自己的文化形象，也在吁求文学艺术背后健全的文化品格，与小说里隐匿的叙述者共享着同样的精神面相；同样的，我们也从一篇篇俗世生活的勾勒、个体经历的记叙中，捕捉了个体的情怀与性情，寻得了乡土的烟火的气息，还有平凡的世道人心，至于社会历史的驳杂、世相的面影我们知其一二，心境的悲喜与人生的况味亦从中感知。如果我们要说贾平凹的散文有怎样的"味"，我想，就是这样一种与所在文化相生长的浓郁的乡土味、与生命和人生相感知的世俗烟火味吧。

第四节　虚实之间　小说笔法

前面也有提到过，优秀的作家往往都是文体家，不仅表现在对某一种文体的创造变革，也体现在对多种文体的把握上。鲁迅、沈从文、张爱玲，他们的小说与散文俱佳，也都创造了属于自己的文体及其精神气质，当代的汪曾祺、王小波、韩少功、史铁生等

---

① 梁实秋:《论散文》,《中国现代散文理论》,俞元桂编,广西人民出版社 1984 年,
第 36 页。

等，也都是游走于小说与散文之间，两种文体彰显的是不同的精神操练，不同文体的创作我以为是精神与思想、倾诉与表达的不同诉求。创作早期阶段，孙犁在给贾平凹的信中有过这样的评价：

> 你的小说，我只看过很少的几篇，谈不上什么"出世"或"顿悟"之类。但我觉得，你的散文写得自然，而小说则多着意构思，故事有些离奇，即编织的痕迹。是否今后多从生活实际出发，多写日常生活中的人和事，如此，作家主观意念的流露则会少些。①

刘志荣也在一篇评论《秦腔》的文章中说过类似的话，大致可以看出贾平凹创作小说与散文的两种心态与风格：

> 不管现实如何混乱，生命根本上终究还是清澈的，好的艺术家，成长到一定程度，都需要返璞归真。如果内心获得了一种平静，即使写的是极混乱的事，但深处却自有一种宁静。譬如沈从文的《长河》，所写的也是乡村的破坏，但小说的叙述深处却有一种平静，显示出作者本身生命的朴素清澈。贾平凹也并非做不到这样，譬如《秦腔》的《后记》，写得那样朴素感人，让人感觉他的散文是写得越来越好了，如果他能完全放开心态，像写散文那样写这部小说，在艺术境界上会截然两样。但因为太过照顾读者趣味，也许还出于表现那种恶浊之气和内在分裂的考虑，《秦腔》还是起用了那样一个神神道道的叙述者，显得还是不够朴素，也显示出贾平凹尚有进一步发展的余地。②

---

① 孙犁：《致贾平凹》，《孙犁全集》(第七卷)，人民文学出版社 2004 年，第 335 页。
② 刘志荣：《缓慢的流水与惶恐的挽歌——关于贾平凹的〈秦腔〉》，《文学评论》2016 年第 2 期，第 151 页。

混浊与清澈，浮躁与平静，我想贾平凹是需要这样一种互为相生的精神状态来调和自我与文本、自我与外界之间的关系。几乎每一部长篇小说贾平凹都会附上一篇感人至深的序或后记，它与小说有着不可分割的互文性，作者不易在小说中表露的情思与隐秘、创作的缘由与过程、人物的原型与展开、写作的困惑与探寻的苦恼都能从这些序跋文中清晰读到。相比于小说构思的精巧绵密，这些文章往往是放下了所有的警惕，而只是以一颗平常心来诉说，语言也是随意的——作为小说家，贾平凹是当代作家中不多的那么几位，能将自己的内在情感、困惑迷思完全袒露出来，从这一点来看，他其实承继的还是人与文相谐贯通的传统美学意蕴，人格即文格，从他的文学世界里是足以知人论世的。重要的是，这些序跋文往往也就成为他文学观的最好注释，贾平凹不是理论性强或学者型的作家，也少有专门的理论文章来谈创作论及文学观，但这些都一一彰显在此。

　　可以说，贾平凹对现实有着自觉关注，他始终是一位现实主义者——并不是指创作上拘泥于传统的现实主义方法，更多的指向他文学创作的一种精神、面对现实的一种态度，他也是一位有着写作根据地的作家，《高老庄》的后记有着很好的回顾：

> 　　我的情结始终还是在现当代。我的出生和我的生存环境决定了我的平民地位和写作的民间视角，关怀和忧患时下的中国是我的天职。
>
> 　　我终生要感激的是我生活在商州和西安二地，具有典型的商州民间传统文化和西安官方传统文化孕育了我作为作家的素养，而在传统文化的其中浸淫愈久，愈知传统文化带给我的痛苦，愈知其中的种种弊害深恶痛绝。[1]

---

① 　贾平凹：《高老庄》，安徽文艺出版社 2010 年，第 317 页。

忠实于自己的时代，对写作有着使命感，这是我对贾平凹及其同代作家的认识。贾平凹对写作与时代之间关系的理解，我想包括这么三个向度：其一，是如何地来抓住并体现时代精神，这具体地集中在他早期以商州为根据地的写作，如《浮躁》，还有反映二十世纪八十年代乡村变化的小说，如《古堡》《小月前本》《鸡窝洼人家》等等。其二，是如何地写出历史的真相，这个真相并非是要与史书上的大事件大人物相连，而是去发现历史动乱及其场景下普通人的生命感知、所作所为，良善与邪恶、泯灭或新生，这些又是怎样导演了历史的发生，由此成为历史布景中的一个注解，这表现在《古炉》与《老生》中。其三，对于九十年代以来乡村境遇的关注，如《土门》《秦腔》《带灯》《极花》。于乡村的经历与记忆，包括伤痕经验，都促发着贾平凹时刻保持这样一种现实感：他所写的是否是大多数人所经历所面对的，所叙述的变化是否影响着这片大地上大多数人的生活与精神状态。这些与中国乡村社会密切相关，甚至把贾平凹目前所创作的所有小说综观来看，他其实反映了中国现代性百年进程以来的乡村变革及其遭遇。鉴于这样一种现实感，我们不难理解这些序跋文中难以散开的情意与挥之不去的忧虑，如《秦腔》后记里就这样写过："体制对治理发生了松弛，旧的东西稀里哗啦地没了，像泼去的水，新的东西迟迟没再来，来了也抓不住，四面八方的风方向不定地吹，农民是一群鸡，羽毛翻皱，脚步趔趄，无所适从，他们无法再守住土地，他们一步一步从土地上出走，虽然他们是土命，把树和草拔起来又抖净了根须上的土栽在哪儿都是难活。"[1] 从另外一个方面来看，也正是这些郁结的心绪，多少让贾平凹九十年代以来的小说弥漫着悲观悲悯的情绪，影响着他对人物的塑造、对小说情节的处理，甚至是那些飘忽的意象、零散的语言也可从中探察。

---

[1]　贾平凹：《秦腔》，作家出版社 2009 年，第 515 页。

从这些序文中所得的另外一个强烈的感知，也就是贾平凹对文化的自觉，对小说如何在传统与现代之间寻得一种来表现本民族思维、情绪与生活的方法的自觉，而且这样一种意识在八十年代的创作中就已经显露出来。换一句话说，从这一时期的创作开始，贾平凹就在有意识地探讨传统与现代的转换，既是思想的，也是技艺的。"以中国传统的美的表现方法，真实地表达现代中国人的生活和情绪，这是我创作追求的东西。"[①] 这是 1982 年贾平凹《"卧虎"说》中提到的，同样的观点在不同的时候均有提及，如 1994 年在《商州：说不尽的故事》序言中回顾当初叙写商州的经验及缘由，重又提到："讲述商州的故事或者城市的故事，要对中国的问题作深入的理解，须得从世界的角度来审视和重铸我们的传统，又须得借传统的伸展或转换，来确定自身的价值。"[②] 而从这似乎可以看到，尽管贾平凹的写作一直与时代紧密相连，也可以隐现时代文学思潮的影响，但是终归还是回到自己所倾心的中国社会现象及文化传统。也是在这样的文化自觉的基础上，贾平凹来进行"怎样写"的调适与创新。

　　通览贾平凹这些足以整合成厚厚一集的序跋文，可以感知到一个小说家的成长与蜕变、困惑与探寻、精神及忧虑，而散文正好成为了这一出口。反过来，我们也从这一篇篇扎实的序及后记中，来解读小说及其敞开的精神向度。小说与散文的互文性也就这样构成了贾平凹文学世界的整体。

　　之于写作，我以为，作为小说家的贾平凹是在以小说的技法反哺散文的创作，这是在我们探讨贾平凹文体的创造时就已经说到过的，即散文的小说化倾向，或者说散文的小说笔法，这在八十年代

①　贾平凹：《"卧虎"说》，《贾平凹文论集·关于散文》，生活·读书·新知三联书店 2015 年，第 15 页。

②　贾平凹：《〈商州：说不尽的故事〉序》，《时光长安》（贾平凹散文全编 1992—1995），时代文艺出版社 2015 年，第 198 页。

以来的文坛并不少见，如汪曾祺、孙犁、史铁生等等。借鉴小说的笔法，不仅可以从自我的放大与无限抒情中分离出来，灵活地调配人称与叙事的角度，还可以在人物与细节上有更细致的笔墨，给人一种生活的质感与厚实感。文坛不乏小说家写作的散文，他们在叙事中调和情感，呈现丰富的生活场面与人物形象，以抒情与说理来表情达义。正如史铁生所说："散文正以其内省的倾向和自由的天性侵犯着小说，二者之间的界线越来越模糊了。这是件好事，既不必保护散文的贞操，也用不着捍卫小说的领土完整，因为放浪的野合或痛苦的被侵犯之后，美丽而强健的杂种就要诞生了。这杂种势必要胜过它的父母。"[①] 在贾平凹这里，小说笔法具体表现在自我的调适与抒情的节制，散文中同样有坚实的物质外壳，有人物，有细节，有可以考究的物质肌理，也是在这样一个基础之上最大限度地突破了散文实与虚的问题。

"自我"一直被看作是现代散文的灵魂，个性的张扬被视为现代散文区别于古代散文的精神标志，而"自我"如何妥帖地安放，其实也是散文创作中一个比较重要的问题。记得贾平凹在与谢有顺的一次对谈中就提到过散文的两大弊病，即滥情与知识崇拜，滥情也就是忠实于自我的表现，个性的张扬、个体情感的放大与呢喃，放任自我之境的膨胀；知识崇拜也就意味着个体的"我"穿行于毫无生命感的历史文献，让自我隐没在生硬的知识叙述中，营造无我之境，没有"我"之精神印象。说到底，散文的写作仍然是个体的"我"如何交集于客体世界，这个"我"在感应天地之大、苍蝇之微时，能否留下易见的性情与志趣、恰如其分的情意与情怀，这其实跟"自我"的处理、感情的节制有很大关系。周作人的小品文当然是"有我"之境，随意点染的文字都是作者的心迹，却与更广大的生灵息息相通，也就没有旧式文人的迂腐陈旧感。鲁迅的《野

---

① 史铁生：《谈散文热》，《好运设计》，春风文艺出版社 1995 年，第 254 页。

草》也是"自我"的坦荡,但情感的纠葛是落实在思想的纷争当中,从而呈现的是精神的向度,还不流于一般的苦闷的宣泄。在这一点上,小说家或者说有过小说写作经验的作家往往处理得比较有分寸。

那么,小说家又是依托什么来安放"自我"及其情感旨意?汪曾祺曾说:"小说家的散文有什么特点?我看没什么特点。一定要说,是有人物。小说是写人的,小说家在写散文的时候也总是想到人。即使是写游记,写习俗,乃至写草木虫鱼,也都是此中有人,呼之欲出。"[1]更进一步说,有人物,就会有细节,有场景,有故事,而这些故事与情节的选择与叙事往往就有着作者的情感导向,只是不是以一种倾诉放浪的方式来表现罢了。在我看来,这是小说家写好散文的策略之一。确实,我们在贾平凹的散文中见过不少的人物,这并非只体现在他专门记人的散文中,在记事、游记、文化散文,甚至是评论文章中,我们都能读到那些可亲可感的人物形象。比如《通渭人家》里整篇的游历中就写了这么一个会持家会生活的女人:

> 山沟人家能栽牡丹,牡丹竟长得这般高大,我惊得大呼小叫,说:这家肯定生养了漂亮女人!敲门进去,果然女主人长得明眸皓齿,正翻来覆去在一些盆里倒换着水。我不明白这是干啥,她笑着说穷折腾哩,指着这个盆里是洗过脸洗过手的水,那个盆里是涮过锅净过碗的水,这么过滤着,把清亮的水喂牲口和洗衣服,洗过衣服了再浇牡丹的。水要这么合理利用,使我感慨不已,对着县长说:瞧呀,鞋都摆得这么整齐!台阶上是有着七八双鞋,差不多都破得有了补丁,却大小分开摆成一溜儿。女主人倒有

---

① 汪曾祺:《散文应是精品》,《汪曾祺全集》(第六卷),北京师范大学出版社1998年,第120页。

些不好意思了，说：图个心里干净嘛！①

在为他人作序或者评论文章中，也常是在三言两语中就将人物的人格与文格突显出来：

> 因为喜欢了穆涛的文，也就喜欢了穆涛的人，人是小眼睛的，看着就生急迫，话又慢，仿佛在肚里酝酿了又酝酿，一点一点地滴洒。
>
> 穆涛就占了个从容。②

像《闲人》《弈人》《名人》等等这类文章中，贾平凹往往是拉开一个生活的场景，在世俗烟火中将人物的群像勾描出来：

> 闲人总是笑笑的。"喂，哥们儿！"他一跳一跃地迈雀步过来了，还趿着鞋，光身子穿一件褂子，也不扣，或者是正儿八经的西服领带——总之，他们在着装上走极端，但却要表现一种风度。他们看不起黑呢中山服里的衬衣很脏的人，耻笑西服的纽扣紧扣却穿一双布鞋的人。但他们戴起了鸭舌帽，许多学者从此便不戴了，他们将墨镜挂在衣扣上，许多演员从此便不挂了——"几时不见哥们儿了，能请吃一顿吗？"喊着要吃，却没乞相，扔过来的是一颗高档的烟。③

---

① 贾平凹：《通渭人家》，《倾听笔墨》（贾平凹散文全编1997—2002），时代文艺出版社2015年，第20页。

② 贾平凹：《〈原罪〉序》，《时光长安》（贾平凹散文全编1992—1995），时代文艺出版社2015年，第137页。

③ 贾平凹：《闲人》，《太白山魂》（贾平凹散文全编1989—1992），时代文艺出版社2015年，第64页。

一般人下棋，下下也就罢了，而十有三四者为棋迷：一日不下瘾发，二日不下手痒，三日不下肉酒无味，四五日不下则坐卧不宁。所以以单位组织的比赛项目最多，以个人名义邀请的更多。还有最多更多的是以棋会友，夜半三更辗转不眠，提了棋袋去敲某某门的。于是被访者披衣而起，挑灯夜战。若那家妇人贤惠，便可怜得彻夜被当当棋子惊动，被腾腾香烟毒雾熏蒸；若是泼悍角色，弈者就到厨房去，或蹲或趴，一边落子一边点烟，有将胡子烧焦的，有将烟拿反，火红的烟头塞入口里的。①

　　从对人物性情与性格特征的敏锐洞察，不得不叹服贾平凹的功底。更重要的是，我想背后是贾平凹的一颗平常心，还有一份诚恳的态度，不伪饰自己的情感，也不以自己的好恶来肆意地评判周遭的生活现象与人、事、物，反而以一颗平等世俗心来观照与对话，于是，文章中多了一份包容与理解，也多了一份尊重与欣赏，使得他的散文散发着寻常巷陌的烟火味，这或许也是贾平凹的散文在岁月中慢慢积淀的一种沉静感。余光中也说过："在一切文体中，散文是最亲切、最平实、最透明的言谈，不像诗可以破空而来，绝尘而去，也不像小说可以戴上人物的假面具、事件的隐身衣。散文家理当维持与读者对话的形态，所以其人品尽在文中，伪装不得。"②所以说，我们看到贾平凹笔下的人物皆有光彩可爱之处，他们背后的生活或许世俗寻常，但终归还是敞亮的、有滋味的。比如《母亲》一文写的是妻子沉浸在育儿的幸福中，对孩子的一切细微变化都有观察与感知，比如孩子的笑，从尿布的颜色来看孩子是受

---

① 贾平凹：《弈人》，《太白山魂》（贾平凹散文全编1989—1992），时代文艺出版社2015年，第69页。

② 余光中：《散文的知性与感性》，《余光中集》（第八卷），百花文艺出版社2004年，第335页。

热还是着凉，会对着孩子自言自语和逗笑，这是一个年轻母亲的形象，母爱的光辉让她如此美丽。《我的老师》其实写的是一个叫孙涵泊的小孩，他对花草怜惜，听到国歌旁若无人地打起拍子，看到别人打架去劝说，天真的一面尽显无遗。

谈到散文的创作，我们一般不会谈及它的叙事伦理，但其实散文更需要去发现这些真切的闪光人性与生活的存在。如果说，我们在小说戏剧里看到的是被塑造的性格及其冲突，是一种被高度提炼过的象征性生活，那么，我更愿意将散文看作是原生态生活的素描，作家要紧的是将这种自然生态、性情趣味来还原勾勒，这其实更考验着一个作家体察人性与人生的智慧与情怀。

倘若说，作者的智慧与情怀需要在绵密的叙事中一一袒露，那么，作者的情感则需要在叙述中隐忍不发，这个时候往往需要的是事件及其细节的力量，在我看来，这也是小说家调节自我、调适情感的策略之一。贾平凹写亲人的文章是最感人的，比如《祭父》，作者真正抒情的话语是非常少的，转向的是于事件的回忆与细节的形塑中来表达对父亲的哀悼，一个父亲的形象也正是在这样的叙事中立体起来：作为贾氏家族里唯一一个念书有成就的孩子，父亲对乡间伦理及大家庭的关系极为遵从与维护，从他对三个堂兄弟的照顾及与兄弟的深厚感情即可看出；而作为一个乡村知识分子，他自尊却也胆小，"文革"中被诬陷受迫害，不断地写申诉材料；在这些精神困顿的日子里，一家人既要面对世态炎凉，还要将贫困的生活维持下去。这些人事的纷争是生命中挥之不去的记忆，也是作者年少性格成形的原因，但情感的抒发却只有短短的两句，一是文章开头："一下班车，看见戴着孝帽接我的堂兄，才知道我回来得太晚了，太晚了。"[1]二是文章结尾："这面黄土坡离他修建的那一院房子并不远，他还是极容易来家中看看，而我们更是永远忘不

---

① 贾平凹：《祭父》，《太白山魂》(贾平凹散文全编 1989—1992)，时代文艺出版社 2015 年，第 27 页。

了他，会时常来探望他。"①悲痛、思念之情只是用简洁的"太晚了""忘不了他"来表达，事件与细节的回忆隐藏着巨大的伤恸。《我不是个好儿子》主要写的是母亲，也是通过对一系列事情的叙事来展现她身上的朴实、勤劳、能干的传统美德，同样是非常简短的一句话："不管儿子离她多远又回来多近，她永远使儿子有亲情，有力量，有根有本。"②表达了对母亲最为真切实在的感情。

其实，当我们得以如此真切地来感受贾平凹笔下人物的人格与道德力量时，他们也只不过是生活中平凡普通的人物，对生活与人生尽着自己的那份责任，但因为有着历史的境遇，往往使人物身上的品性与智慧显得愈加的可贵。当作者表达着对这些普通人事的敬意与感怀时，又何尝不是在与晦暗的历史境遇、并不平坦的命运人生进行对话呢，更具体地说，也就是从一个人身上，或者说从普通人的身上看到更宽广的命运及人生，书写这些不只是回看过往的路，更是诘问与反思，关于农民的出身，关于制度，关于一个历史阶段。从这个层面来讲，长篇散文《我是农民》具有着代表性意义，展现了二十世纪六七十年代普通百姓的乡村日常及情感生活，一面是贫穷之苦、世态炎凉，一家人在父亲被革职之后，如何地在逆境中寻得生存与生活的希望；一面却有着大家族的清欢之乐，亲人之间相互扶持依附，就像父辈们共享的那瓶酒，虽苦，却也醇厚。作为贾平凹这一个体来说，在乡间物质与精神困顿中挣扎的十九年里，所真切感悟到的正是"农民"这一身份所带来的生存之痛，逾越制度的艰辛，人生跳腾的艰难，甚至婚恋也是由身份及其境遇所决定的，更不用说前途。

怀着最朴质的感情来回忆往事，彰显细节实事的力量，又带着

---

① 贾平凹：《祭父》，《太白山魂》（贾平凹散文全编 1989—1992），时代文艺出版社 2015 年，第 36 页。

② 贾平凹：《我不是个好儿子》，《时光长安》（贾平凹散文全编 1992—1995），时代文艺出版社 2015 年，第 54 页。

探问寻得这些人事的底色，由此获得的是一种文体的精神体量，为自己的感情寻得了更为坚实的所在，为平凡的人事加冕，不得不说，这也是贾平凹的散文写得如此厚实与深沉的原因吧。从另一个层面上来说，也足见一个小说家的散文功力。

不禁想问，在贾平凹的散文中，我们感受至深的力量是怎样达致的？一直以来，"真实"被视为散文区别于其他文体的重要标识——"散文创作是一种侧重于表达内心体验和内心情感的文学样式，它对于客观感情的社会生活或自然图像的再现，也往往反射或融合于对主观感情的表现中间，它主要是以从内心深处迸发出来的真情实感打动读者。"[①] 在传统的散文观念里不只是在乎情感的真挚与真实，所叙之人事景物都需要与个体经验有高度的吻合，这样一种狭隘的"真实观"无疑直接影响着散文的革新，想象的介入变得不太可能，甚至有的时候也极容易走向真实的虚幻之象，一意孤行的"真实"往往带来的是相反的效果。比如，六十年代杨朔、刘白羽的散文，所激荡的是浪漫主义召唤下的一种政治情怀，经验与感情的真实其实都早已不再。"文革"后巴金提出要"讲真话"，恢复的其实只是散文写作最基本的伦理，即对自我的张扬，表现一己之情感、态度。九十年代以后，散文的"真实观"有所改变，或者说文体的实验大大突破了传统的"真实观"，不再单纯地追求经验层面与个体感情的真实，而是开始默认虚构之笔同样能够达致一种精神情感与事实经验方面的真实，更进一步说，我们所需要的"真实"更趋向的是艺术层面的"真实"，而非现实层面的狭隘"真实观"。

读过贾平凹的小说就可感知，他是一位非常善于写实的作家，生活场景、地方风俗、山川风貌、历史细节等等都能在他的笔下展现出细密厚实的质感来，我以为，小说家写作散文表现的"真实"是一种细节、经验、情境层面的"真实"，或者说，是通过细节、

---

① 林非：《散文创作的昨日与明日》，《文学评论》1987年第3期，第37页。

经验、情境的真实来走向并彰显情感的真实，而不是靠空洞的意象、虚假的抒情来言不由衷。正像孙犁所说：

> 中国散文写作的主要点，是避虚就实，情理兼备。当然也常常是虚实结合的，由实及虚，或因虚及实，例如《兰亭集序》。这也可以解释为：因色悟空，或因空见色。这是《红楼梦》主要的创作思想。有人可以问：不是有一种空灵的散文吗？我认为，所谓空灵，就像山石有窍，有窍才是好的山石，但窍是在石头上产生的，是有所依附的。如果没有石，窍就不存在了。空灵的散文，也是因为它的内容实质，才得以存在。[①]

贾平凹游走定西时，看到村里住的是旧式的房子，吃的仍是几十年如一日的主食土豆，家具的式样、摆放仍是旧时的模样，情不自禁地咀嚼着农村的味：

> 就在男人领着我们到堂屋和厨房去转着看的时候，女人总是在那里不停地收拾，其实院子已经很干净了，而屋里的柜盖呀，桌面呀，窗台呀，擦得起了光亮，尤其是厨房，剩下的一棵葱，切成段儿放在盘子里，油瓶在木橱上挂着，洗了的碗一个一个反扣着在案板上，还苫了白布。到了柴棚门口，女人说：候一会儿，乱得很！我们说：柴棚里就是乱的地方么！进去后，竟然墙上挂的，地上放的，是各种各样的农具，锄呀，锨呀，镰呀，镢是板镢和牙子镢，犁是犁杖、套绳和铧，还有耧子，耙子，椎枷，筛子，笼头，暗眼，草帘子，磨杠子，木墩子，切草料的

---

① 孙犁：《散文的实与虚》，《孙犁全集》（第八卷），人民文学出版社 2004 年，第 167 页。

镲子，打胡基的础子，用布条缠了沿的背篓、筐篮、簸箕、圆笼。[1]

文章里还有这样赶集的场面：

公路经过一个镇子，镇子上正逢集，公路也就是了街道，两旁摆满了五颜六色的日常百货，还有苞谷土豆、瓜果蔬菜，还有牲畜和农具，也还有了油条摊子、醪糟锅子。人就在中间拥成了疙瘩。这场面在任何农村都见过，却这时我想着了：常常有蚂蚁莫名其妙地聚了堆，那一定是蚂蚁集。集上的人大都是平脸黑棉袄，也有耸鼻深目高颧骨的，戴着白帽。黑与白的颜色里偶尔又有了红，是那些年轻女子的羽绒服，她们爱并排横着，不停地有东西吃，嘎嘎地笑。

我们的车在人窝挪不动，喇叭响着，有人让路，有人就是不让。小吴头从车窗伸出来，喊：耳朵聋啦？县长的车！我看见有人撅着屁股在那里挑选筅篱，回过头了看，又在挑选筅篱，还把一把鼻涕顺手抹在了车上，忙按住了小吴，把车窗摇起，说那么多人走着，咱坐在车上，已经特殊了，不敢提自己是领导或警察，这人稠广众中领导和警察是另一类的弱势群体。于是，我们都下了车也去逛集，让司机慢慢把车开到镇东头，然后在那里会合。[2]

这就是鲜活的生活场面，细节、经验俱实。谢有顺曾在谈到小

---

① 贾平凹：《定西笔记》，《顺从天气》（贾平凹散文全编 2002—2012），时代文艺出版社 2015 年，第 145 页。
② 贾平凹：《定西笔记》，《顺从天气》（贾平凹散文全编 2002—2012），时代文艺出版社 2015 年，第 147 页。

说所应具备的物质外壳时说，要"有合身的材料，有细节的考据，有对生活本身的精深研究"[①]，这一点我以为对散文来说同样重要，甚至是要求更高，小说家、散文家同样是生活家，是俗世生活的观察者与体验者。

贾平凹的商州系列中有一篇是《小白菜》，写到一位戏剧演员小白菜，叙述乡里乡亲对她的喜爱：

> 娘死得早，家里有一个老爹，十天半个月来县上看看闺女，小白菜就领爹逛这个商店，进那个饭店。饭店里有人给她让座，影院里有人给她让队，爹说，你认得这么多人？她笑笑，说有认得的，也有不认得的。爹受了一辈子苦，觉得有这么个女儿，心里很感激。偶尔女儿回来，她不会骑自行车，也没钱买得起自行车，但每次半路见汽车一扬手，司机就停了车，送到家里。满车人都来家里坐，爹喜得轻轻狂狂，经八辈家里哪能请来这个客，如今一车干部来家，走了院子里留一层皮鞋印。七天七夜舍不得扫。[②]

这就是一种情境的真实，我把情境的"真实"理解为一种想象，势必要用上小说家的虚构之笔，它是一种对性格、命运分析之后所做的描述，而这样一种情境是否具备真实感，也就在于它所提供的细节、实事是否与人物及其性格，与时代氛围相符合。

在我的理解中，情境的真实也指向创设的意境，这在贾平凹早期散文中比较普遍：

> 妻委屈得说不下去，捂了脸，从草丛里斜斜地走了。她

---

① 谢有顺：《小说所共享的生命世界》，《小说评论》2012 年第 3 期，第 52 页。

② 贾平凹：《商州初录·小白菜》，《贾平凹散文大系》（第二卷），漓江出版社 1993 年，第 299 页。

走了，把我留给夜里，把我的影子留给了我。风已经住了，潜伏在蒿草根下去了，消失在坝子外的沙滩上去了。月亮还在照着，照得霜潮起来，在草叶上、茎秆上，先是一点一点地闪亮，再就凝结成一层，冷冷的，泛着灰白的光。①

这固然是一种抒情，但感受到的其实也是一种生命的状态，压抑的，并不那么畅快。于景物中移情，让纠纷的人事得以喘息，让景物来表情达意。这就由"实"走向了"虚"，但是这样一种虚笔之境却是可感可触摸的。贾平凹散文中常见"虚"写，也体现于内心独白、梦境、隐喻、象征、寓言等等的运用。

除此之外，散文的"虚"笔也意味着文章中"闲话"的运用，在商州系列作品中，作者往往会在叙述人与事的过程中，汇入自然景物的描写，从而营构出一幅立体的画面；在写完该写的人事后，再多说几句"多余"的话，往往也就是这样的旁白余韵，给文章增添了不少意味。这大概也就是贾平凹所说的散文不能写得太实，写文章也要讲究空间艺术，他提到从绘画艺术中获取写作的启示："画画没有画满的，都余空间……有了空间，就有了比例，比例是构成种种节奏韵律的基础……诗、散文综合艺术、生活的印象，有色彩，有音响，有流动的、内在的、潜在的情绪。"②他所理解的文学作品的"空间"，我想也就是需要这样一种"闲话"的存在。

徐复观曾这样对照解读文章的"意义"与"意味"："'意义'的'意'，是以某种明确的意识为其内容；而'意味'的'意'，则并不包含某种明确意识，而只是流动着一片感情的朦胧缥缈的情调。"③这用来解读散文这一文体恰如其分，如果说，经验、细节、

---

① 贾平凹：《月鉴》，《商州寻根》（贾平凹散文全编 1978—1983），时代文艺出版社 2015 年，第 182 页。

② 贾平凹：《浅谈儿童文学中散文的写法》，《贾平凹文论集·关于散文》，生活·读书·新知三联书店 2015 年，第 98 页。

③ 徐复观：《释诗的比兴》，《中国文学论集》，九州出版社 2014 年，第 106 页。

实事的真实是明确的"意义",是"真实",那么,意境的创设、闲话的存在则是淡远的"意味",是"虚构",虚实相生,留有余情,也就使得散文可以看见触摸,亦可回味感知,这也正像周作人所说的,好的文章意思要好,要有趣。贾平凹的散文我想也是这样。这种感觉,用他的《四十岁说》里的话来道出再好不过:"艺术的感受是生活的趣味,也是人生态度,情操所致,我必须老老实实生活,不是存心去生活中获取素材,也不是弄到将自身艺术化,有阮籍气或贾岛气,只能有意无意地,生活的浸润感染,待提笔时自然而然地写出要写的东西。"[1]

①　贾平凹:《四十岁说》,《太白山魂》(贾平凹散文全编 1989—1992),时代文艺出版社 2015 年,第 131 页。

结语　汉语写作的经验与可能性

　　在本书的开篇，我们就已提到贾平凹的现实主义精神及笔法，他在八十年代的文学实验中，最终没有成为最具现代主义色彩的先锋人物，而是延续现实主义的创作脉络，寻找体现中国社会现实及情感的民族形式，这个时候他就已经表现出了一种文化自觉与文体自觉。九十年代以后，贾平凹继续回到传统的叙事及情调中来，他对长篇小说文体的探索，对小说是一种"说话"的体认，由日常生活中来展现世情、国情、民情，带动故事的发展与推进，勾勒小人物的群像，这些尝试往小的方面说，是贾平凹在摸索如何讲述一个好的乡土故事，往大的方面讲，面对的则是汉语写作的问题。其实这个问题，在"五四"时期新文学发生伊始就已经生成了，也可以说新文学以来的汉语写作是需要放置在世界格局的范围内。我对"汉语写作"的理解是，从表象来看，是用汉语（母语）写作中国故事，而从深层来讲，却关系到文体、语言、美学风格等等这些文本内部的特征，以及它们是否接能通一个更大的文学传统，从而在现代视野中展现其价值与意义。

　　回溯"五四"那个新旧交替的时期，无论是新文学本身的理念、陈独秀、胡适所说的建设新文学的主张，还是就创作思潮与方法来说，都离不开西方文学思潮与人文主义思想的影响，文学的现代性，或可等同于西方的现代性——"现代性可以被定义为那种其主要特征与传统文化特征相对立的文化形态。"① 但不能否认的是，除了散文，现代意义上的白话小说、诗歌、戏剧，都是在西方思潮的影响下而成长成熟的。中国文学再一次投向西方视野，是在 1985 年前后，像新文学的前二十年一样，又把西方现代派的诸种实验都进行了一遍，同样需要厘清的是，当代作家之所以能够挣脱意识形态的色彩，摆脱"十七年"文学所带来的写作桎梏，建立自己的文学根据地与个性化特征，也是与这一文学实验分不开的。无论是文学本身的启蒙，还是精神意识处的启蒙，或许都是需要在这样一种西方现代性的背景下完成。即使是具有传统文人底蕴的贾平凹也是如此。但是，到了这一时期，文学的现代性更多表现的是如何在传统与现代之间寻得一种融合的方式，从作家们围绕"寻根"所发表的言论即可观之。

其实，在中国文学现代性路途上，一面是比较鲜明的西化色彩，从结构、语言、叙事者，到精神旨意，都有着与西方文学现代性的相通之处，另一面还有着一条不那么张扬却一直存在的传统路数，是散淡的、抒情的，如周作人、废名、沈从文、孙犁、汪曾祺等等。乡土浪漫派的书写也就是这样，他们不仅表达了与现代性相异的价值标准与审美趣味，而且叙事方式及语言情调都散开着传统文化的韵味。

之所以提到汉语写作的问题，究其底，仍是传统与现代如何相融、转化的问题，因为汉语写作首要面对的是如何来表现中国经验，何谓"中国经验"？晚清以来，中国所面对的最大的现实，即现代性问题，民族国家的现代性、社会的现代性，其焦虑，或者说影响力，辐射到方方面面。但是，与西方现代性建立在富足的物质基础上，且早已有着平等自由的人本理念、科学技术及进步理性思想相异的是，中国现代性经验往往有其特殊性。正如艾森斯坦特所

---

① ［法］伊夫·瓦岱：《文学与现代性》，田庆生译，北京大学出版社 2001 年，第 25 页。

说："现代性确定蔓延到了大部分地区，但却没有产生一个单一的文明，或一种制度模式，而是产生了几种现代文明的发展，或至少多种文明模式，也就是产生了多种社会或文明的发展，这些文明具有共同的特征，但依然倾向于产生尽管同源，但却迥异的意识形态和制度动态。"① 这种不同方案的差异，"并不单纯是'文化'或'学术'的差异。它们与现代性的政治方案和制度方案所固有的某些基本问题密切相关"②。

那么，中国的现代性又是怎样的状况？马歇尔·伯曼在《一切坚固的东西都烟消云散了》一书中提到现代主义的两极：先进民族国家的现代主义和起源于落后与欠发达的现代主义，前者建立在经济与政治现代化的基础上，后者"被迫建立在关于现代性的幻想与梦境上，和各种幻象各种幽灵既亲密又斗争，从中为自己汲取营养"。"孕育这种现代主义成长的奇异的现实，以及这种现代主义运行和生存所面临的无法承受的压力——既有社会的、政治的各种压力，也有各种精神的压力——给这种现代主义灌注了无所顾忌的炽热激情。"③ 中国的现代性进程几经转折，从被迫进入现代性进程，到寻求民族国家的独立，到革命与运动中中止的现代性，再到1978年后重启现代性方案，尔后进入一个快速的发展期。也就是在这样一个过程中，现代与传统的较量，很多时候衍变为城市与乡村的较量，"乡土"，既是传统社会及文化的实指，也是需要被变革、同化力量的象征。而这大地上的种种迹象，恰恰体现的是中国现代性进程的丰富图像。

这里也要谈到我对"乡土文学"的理解，我以为乡土文学也就

① ［以］艾森斯坦特：《反思现代性》，旷新年等译，生活·读书·新知三联书店2006年，第22—23页。

② ［以］艾森斯坦特：《反思现代性》，旷新年等译，生活·读书·新知三联书店2006年，第27页。

③ ［美］马歇尔·伯曼：《一切坚固的东西都烟消云散了》，徐大建、张辑译，商务印书馆2003年，第304页。

是记录传统到现代转换过程中的各种艰辛、磨难与喜悦，它承担着描绘与反思这一进程的任务。所谓的"现代意识"也是伴随着中西方思想与文化的碰撞而生长的。呈现出这种局面，亦是在很大程度上显现汉语写作的精神实有。因而，将这一问题也放置到乡土文学当中，不只是涉及其本身的所指，其实也是如何弥合由来已久的乡土书写的悖论——乡土文学作为中国新文学的重要题材，不妨看作是汉语写作的一个重要个案，无论是精神，还是形式上的现象，都足以作为体察与省思的对象。贺仲明在《一种文学与一个阶层》中详尽分析了乡土文学与农民生活及精神状况之间的这种错位的复杂关系：一是现代与传统的错位，知识者与农民隶属于精英文化和民间文化两个系统，知识者对农民的境遇确实有同情悲悯，但对民间文化也有歧视和忽略；二是现实与文化的错位，作家们普遍关注在文化层面上，而较少关注农村及农民生活的现实层面，这也就是赵园所说的，"地之子"分享了乡土的不同意义；三是政治与文学的错位，政治与文学虽应有不同的价值评判标准，但在二十世纪政治色彩强烈的时代，文学难以脱离政治意识形态，甚至是沦为政治的传声筒，对于五六十年代的政治运动和乡村生活，作者大多是从肯定的角度来叙写，这样就造成了艺术真实和现实真实的失衡。作家对乡土社会的反映与叙写，直面的是最具代表性的中国经验，而文学与现实之间的落差，则从某种角度说明了言说的艰难、叙事的困境，尽管文学所要做的不只是对现实的实录，她还有自身的梦与幻想。说到底，乡土作家所要面对的不只是文学外围的环境，还有几经裂变的乡土社会本身，一方面，需要有理解现状的思想资源，另一方面，则是如何来传达这些中国现实。首要面对的是这些个体所经的中国现实经验是如何再内化到文学的语境当中，这些经验又有着怎样的特殊性。正如张清华所说："真正意义上的艺术的书写，即'作为文学叙事的中国经验'，还要还原到个体生命与个体形象的主体之上，也就是要写出具体的'人物形象'，落实到'艺术的主体'上，才会产生出更具有现实和历史载力的叙事。所以，只有当这些最切近于我们周身现实的故事与景象同我们再度'拉开距离'之后，才会变成'文学意义上的中国经验'，而不只是'现实意义上的中国经验'，它们最终才能变成当代中国人的'精神影像'和'文化记忆'。"[①]

贾平凹、莫言、韩少功、刘震云、阎连科、李锐、张炜这代人，前面的章节中都有谈到他们叙述中国经验的有效性、意义性。他们大多数都有着相似的人生经历，他们是最后一代具有完整乡村经历的作家，而且也是历史动乱的亲历者、见证者，乡村的历经既内化到个人的记忆甚至伤痕中，也深藏于一代人的精神意识深处，形成了对人事的初步认识。而他们的书写所触及的也是对所经历的现代化进程的反应与反思。对他们而言，汉语写作的问题，从来不只是语言、文体形式的问题，而是那些反复显现的关于中国经验的历史与当下，既是作为精神隐疾出现的，也是作为社会现实突显的。

就他们而言，其文学创作，也是从传统的文学陈设中挣脱出来，是八十年代"寻根文学""改革文学"的参与者，标识这些思潮，是为了更清楚地看到这一代人所经的社会与艺术变革，其思想的跳腾，与其文本中所呈现的驳杂的精神意识，更进一步说，对文学的实验所装载的是对中国问题及经验的看法与想象。九十年代以后，我们已经看到了不同的书写面貌。莫言、刘震云、阎连科这三位作家的写作是最具现代主义气质的，注重一种精神意念的提炼勾勒，不再追求对客观世界真实的镜像式呈现，而是一种精神的神似，戏谑、反讽、碎片化的后现代特质无不穿行于文本当中，也是这样的外在形式得以接通与激发那些伤痕经验。特别是莫言，他的现代风范与本土经验的融合并不突兀，反而给本土经验带来了我们

---

① 张清华：《"中国经验"的道德悲剧与文学宿命》，《当代作家评论》2012 年第 4 期，第 75 页。

之前并没有接触过的呈现方式。韩少功与李锐其实是很难归类的作家，但他们都具有强烈的思想气质，往往也赋予了创作不一样的质地，韩少功的小说虽有着明显的实验痕迹，比如在语词中寻找民间的思维与意识，在现象与理念之间捕捉那些看似灰飞烟灭但实际上从未揩去的记忆，但留存的是中国的味道，内里的精神张力也一直未曾改变，即对中国现代性及其伤痕的反思。李锐说过，中国是一个成熟得太久的秋天，因而他对历史的考辨总怀揣着一个知识者的忧心。张炜将野地看作是精神与理想的高地，他的浪漫化书写如果不是为了追溯某种源流，我想也是对传统文化的致意与回归。他们都以自己的方式为中国问题提供了认识与解读，为汉语写作示出了书写经验。我想这一代人在传统与现代之间所做的尝试，也是足以放置到百年新文学的流脉当中来看待。正如陈晓明所说："相对于其他的艺术种类来说，叙事类文学是最为保守的，而在这保守的文学种类中，乡土叙事又是更为保守的。如果在这里发生某些深刻的变异，足可见当今文学或文化发生了更为真实和内在的变革。"①

回到贾平凹，难以说他是对中国经验呈现得最彻底最全面的作家，却是以传统的笔法呈现乡村社会最为丰富的作家，我们在他身上所看到的，正是汉语写作的一些经验与可能性，我以为有这么三点是值得思考的：

一是重回现实主义的创作传统。这首先是作为精神的现实主义，我们仍然需要面对中国的现实问题，并有反思与批判之力。尽管乡村在不断地式微，但不能够掩盖那些仍然存在的问题，看《带灯》与《极花》我们就可知贾平凹对现象与问题的尖锐意识。其次才是作为方法的现实主义，曾经僵化的被摒弃的现实主义，在贾平凹的小说中又重新焕发了生机。对乡村事事物物的精细描摹，对世相的提炼，他的村庄因而有着丰富而厚实的物质生活基础；他不再追求大场面、戏剧性情节、主要（英雄）人物的刻画，相反，将目

---

① 陈晓明：《中国当代文学主潮》，北京大学出版社 2009 年，第 583 页。

光及大量笔墨投入到了对乡村日常生活还有人物群像的描写当中，既留下了社会学意义上的村庄影像，也记录了普通人的情感及纠葛、生命琐屑。如像沈从文所说的，文学是可以接触到更多人的人生，进而对生命多一份理解。我想，贾平凹的乡土书写是可以提供这样一份世情的画卷。他的现实主义既是对百年乡土书写的有效补充，也是对传统历史书写的反叛。

二是文化自觉，表现在对中国人生活与精神的一种领悟，或者还有理解与认同，在这样一个基础之上寻找表现这种生活与精神的形式。它包括语言的选用、"说话"的姿势、小说中的生活流、抒情的意象及情调等等，此外，还表现在对民间文化的有效利用与挖掘上，传统文化及叙事传统不仅成为小说的外在形式，也作为一种意象或内容呈现在文学世界里，从而留下民间文化的印迹，如剪纸、秦腔、远古文化、民间信仰等等，很多时候与其说他是在展示一种地域风情，不如说他是试图在勾勒乡土文化的牵绊下人的精神状态。对此，贾平凹从不避讳文人趣味的欣赏眼光，但也从来没有放弃对精神现状的省思，对更多人不自知与不自由的人生命运、对现代性及城乡制度的诘问。

三是接通一个更宽广的中国文学传统。将贾平凹放置在中国新文学的背景及乡土文学历史的视阈中来考察时，更多的时候只是去寻找他与鲁迅、沈从文、孙犁、汪曾祺、郁达夫、朱自清等现代作家的关联，其实他的写作也是对一个更久远的文学传统的致意。从小说来看，他从话本小说和明清世情小说中得其小说文本及精神的启示，既是对传统小说文体的回退，也是试图以小说的形式来体察日常生活里的民族精神形貌，把握时代的大潮与波澜。从散文来看，他追求大的境界，不拘泥于主题与题材，大事小物都能入文章之眼，言自己的道，抒自己的情，越到后面，越散淡自在。既有小品文的雅致，也有先秦散文的古风。总的来看，贾平凹与古代文学的抒情传统，与钱穆所讲的文化精神是写意的、抒情的，而非社会人生的、叙事的，有着会意相通之处。而他的文人底色，更让人感觉他的文学世界整体而言是俗世生活的，却也是性情的。他的作品输出的不只是一种"国家形象"——"我们的文学应该面对着全部人类而不仅仅只是中国，在面对全部人类的时候，我们要有中国文化的立场，去提供我们生存状况下的生存经验和精神理想，以此在世界文学的舞台上展示我们的国家形象"①——更是一种民族精神及其审美的呈现，而后者在新文学以来的思潮与革新中常常是容易被忽略的。

在愈来愈繁盛的城市及城市文学面前，贾平凹的写作依然在面对着大多数人的生活与精神问题，一方面，乡村社会的转型仍然关联着很多人的命运，即使在众多的人都拥向了城市的今天，传统的意识、制度的牵掣也仿佛带着原罪的意味；另一方面，在无所谓宗教信仰的国度，乡土其实承载了精神的寄所，无论是民间艺术，还是巫鬼传说，都有着召唤国人的魅惑。对此他有着清醒的认识与自觉的承担。因而，在同质化的现代笔法中，贾平凹的现实主义，还有对传统叙事方式的回归，显得古朴而有力量。他的乡土文学精神，朝向传统文化的同时也彰显着汉语写作的精神与高地。

---

① 贾平凹：《我们的文学需要有中国文化的立场》，《贾平凹文论集·关于散文》，生活·读书·新知三联书店 2015 年，第 138 页。

参考文献

一、资料汇编

陈国球、王德威编：《抒情之现代性——"抒情传统"论述与中国文学研究》，生活·读书·新知三联书店，2014 年版。

郜元宝、张冉冉编：《贾平凹研究资料》，天津人民出版社，2005 年版。

雷达编：《贾平凹研究资料》，山东文艺出版社，2006 年版。

李伯均编：《贾平凹研究》，陕西师范大学出版社，2014 年版。

肖夏林编：《废都废谁》，学苑出版社，1993 年版。

许纪霖编：《20 世纪中国知识分子史论》，新星出版社，2005 年版。

俞元桂编：《中国现代散文理论》，广西人民出版社，1984 年版。

郁达夫编：《中国新文学大系·散文》（一集、二集），上海良友图书印刷公司，1935 年版。

二、专著

国内：

曾令存：《贾平凹散文研究》，中国社会科学出版社，2003 年版。

陈晓明：《中国当代文学主潮》，北京大学出版社 2009 年。

程歗：《晚清乡土意识》，中国人民大学出版社，1990 年版。

丁帆：《中国大陆与台湾乡土小说的比较史论》，南京大学出版社，
　2001 年版。

丁帆等：《中国现代乡土小说史》，北京大学出版社，2007 年版。

丁帆等：《中国乡土小说的世纪转型研究》，人民文学出版社，2013
　年版。

费秉勋：《贾平凹论》，西北大学出版社，1990 年版。

费孝通：《乡土中国　生育制度　乡土重建》，商务印书馆，2011 年
　版。

冯友兰：《中国哲学史新编》（第一册），人民文学出版社，1982 年版。

葛兆光：《中国思想史导论：思想史的写法》，复旦大学出版社，
　2001 年版。

龚鹏程：《中国文人阶层史论》，兰州大学出版社，2004 年版。

韩鲁华：《精神的映象：贾平凹文学创作论》，中国社会科学出版
　社，2003 年版。

胡风：《胡风全集》，湖北人民出版社，1999 年版。

胡兰成：《中国文学史话》，中国长安出版社，2013 年版。

黄平：《贾平凹小说论稿》，云南人民出版社，2013 年版。

贾平凹、韩鲁华：《穿过云层都是阳光：贾平凹文学对话录》，北京
　联合出版公司，2016 年版。

李星：《贾平凹评传》，郑州大学出版社，2005 年版。

梁漱溟：《乡村建设理论》，上海人民出版社，2011 年版。

梁颖：《三个人的文学风景：多维视镜下的路遥、陈忠实、贾平凹
　比较论》，人民出版社，2009 年版。

刘宁：《当代陕西作家与秦地传统文化研究：以柳青、陈忠实和贾
　平凹为中心》，中国社会科学出版社，2014 年版。

刘小枫：《沉重的肉身——现代性伦理的叙事纬语》，华夏出版社，
　2004 年版。

刘小枫：《这一代人的怕和爱》，华夏出版社，2007 年版。

刘再复：《双典批判》，生活·读书·新知三联书店，2010 年版。

刘志荣：《从"实感经验"出发》，广东人民出版社，2014 年版。

毛泽东：《毛泽东选集》，人民文学出版社，1991 年版。

牟宗三：《生命的学问》，广西师范大学出版社，2005 年版。

钱穆：《国史新论》，生活·读书·新知三联书店，2001 年版。

钱穆：《中国文化史导论》（修订版），商务印书馆，1994 年版。

孙见喜、孙立盎：《废都里的贾平凹》，陕西人民出版社，2013 年版。

孙见喜：《危崖上的贾平凹》，花城出版社，2008 年版。

孙立平：《断裂——20 世纪 90 年代以来的中国社会》，社会科学文献出版社，2003 年版。

邰科祥：《"泡沫"中沸腾的〈秦腔〉》，人民出版社，2010 年版。

童庆炳：《童庆炳文集》（第四卷），北京师范大学出版社，2016 年版。

王春林：《贾平凹〈古炉〉论》，北岳文艺出版社，2015 年版。

王德威：《历史与怪兽：历史，暴力，叙事》，麦田出版有限公司，2004 年版。

王德威：《现当代文学新论：义理·伦理·地理》，生活·读书·新知三联书店，2014 年版。

王德威：《写实主义小说的虚构：茅盾，老舍，沈从文》，复旦大学出版社，2011 年版。

王富仁：《灵魂的挣扎——文化的变迁与文学的变迁》，时代文艺出版社，1993 年版。

王光东等：《20 世纪中国文学与民间文化》，复旦大学出版社，2007 年版。

王建仓：《中国现代乡土文学的叙事诗学——现代民族境界叙事和意象叙事兼论沈从文贾平凹》，中国社会科学出版社，2010 年版。

王晓明：《潜流与漩涡》，中国社会科学出版社，1991 年版。

王一川：《中国现代性体验的发生》，北京师范大学出版社，2001 年版。

温儒敏等：《现代文学新传统及其当代阐释》，北京大学出版社，
　　2010 年版。

夏志清：《文学的前途》，生活·读书·新知三联书店，2002 年版。

谢有顺：《散文的常道》，广东人民出版社，2014 年版。

徐贲：《人以什么理由来记忆》，吉林出版集团有限责任公司，2008
　　年版。

徐复观：《中国文学论集》，九州出版社，2014 年版。

许子东：《当代文学阅读笔记》，华东师范大学出版社，1997 年版。

阎连科：《发现小说》，人民文学出版社，2014 年版。

杨洁梅：《文学叙事策略研究：以贾平凹〈高老庄〉为例》，人民文
　　学出版社，2015 年版。

杨扬：《月光下的追忆》，山东友谊出版社，1997 年版。

叶君：《乡土·农村·家园·荒野——论中国当代作家的乡村想象》，
　　中国社会科学出版社，2007 年版。

张鸣：《乡土心路八十年——中国近代化过程中农民意识的变迁》，
　　上海三联书店，1997 年版。

赵园：《赵园自选集》，广西师范大学出版社，1999 年版。

郑明娳：《现代散文类型论》，大安出版社，1999 年版。

郑明娳：《现代散文纵横论》，大安出版社，1997 年版。

周宪：《文学与认同：跨学科的反思》，中华书局，2008 年版。

国外：

［奥］弗洛伊德：《精神分析引论》，高觉敷译，商务印书馆，1984
　　年版。

［德］埃德蒙德·胡塞尔：《欧洲科学危机和超验现象学》，张庆熊
　　译，上海译文出版社，1988 年版。

［德］本雅明：《机械复制时代的艺术作品》，王才勇译，中国城市
　　出版社，2002 年版。

〔德〕本雅明:《经验与贫乏》,王炳钧译,百花文艺出版社,1999年版。

〔德〕恩斯特·卡西尔:《人论》,甘阳译,上海译文出版社,1985年版。

〔俄〕巴赫金:《巴赫金全集》(第六卷),李兆林、夏忠宪等译,河北教育出版社,1998年版。

〔法〕伊夫·瓦岱:《文学与现代性》,田庆生译,北京大学出版社,2001年版。

〔加〕查尔斯·泰勒:《世俗时代》,张容南等译,上海三联书店,2016年版。

〔美〕海登·怀特:《元史学:十九世纪欧洲的历史想象》,陈新译,译林出版社,2004年版。

〔美〕汉娜·阿伦特:《反抗"平庸之恶"》,陈联营译,上海人民出版社,2014年版。

〔美〕汉娜·阿伦特:《共和的危机》,郑辟瑞译,上海人民出版社,2013年版。

〔美〕汉娜·阿伦特:《人的境况》,王寅丽译,上海人民出版社,2009年版。

〔美〕罗伯特·芮德菲尔德:《农民社会与文化——人类学对文明的一种诠释》,王莹译,中国社会科学出版社,2013年版。

〔美〕马歇尔·伯曼:《一切坚固的东西都烟消云散了》,徐大建、张辑译,商务印书馆,2003年版。

〔美〕莫里斯·迪克斯坦:《途中的镜子——文学与现实》,刘玉宁译,上海三联书店,2008年版。

〔美〕斯宾格勒:《西方的没落》(上册),商务印书馆,1963年版。

〔美〕托尼·朱特:《重估价值:反思被遗忘的20世纪》,商务印书馆,2013年。

〔瑞士〕荣格:《寻求灵魂的现代人》,苏克译,贵州人民出版社,

1987 年版。

［匈牙利］阿格妮丝·赫勒：《日常生活》，衣俊卿译，黑龙江大学
　　出版社，2010 年版。

［以］艾森斯坦特：《反思现代性》，旷新年等译，生活·读书·新
　　知三联书店，2006 年版。

［以］玛格利特：《记忆的伦理》，贺海仁译，清华大学出版社，2015
　　年版。

［英］维特根斯坦：《维特根斯坦论伦理学与哲学》，江怡译，浙江
　　大学出版社，2011 年版。

三、论文

陈晓明：《本土文化与阉割美学——评从〈废都〉到〈秦腔〉的贾平
　　凹》，《当代作家评论》2006 年第 3 期。

陈晓明：《乡土文学、现代主义与世界性》，《文艺争鸣》2014 年第
　　7 期。

程光炜：《贾平凹序跋文谈中的"古代"》，《文学评论》2016 年第
　　5 期。

雷达：《心灵的挣扎——〈废都〉辨析》，《当代作家评论》1993 年
　　第 6 期。

李丹梦：《作为认同构造的现代文学"乡土"》，《南方文坛》2013 年
　　第 3 期。

李遇春：《"说话"与贾平凹的长篇小说文体美学》，《小说评论》
　　2013 年第 4 期。

梁鸿：《当代文学往何处去》，《文艺理论与批评》2007 年第 1 期。

林非：《散文创作的昨日与明日》，《文学评论》1987 年第 3 期。

刘震云：《整体的故乡与故乡的具体》，《文艺争鸣》1992 年第 3 期。

刘志荣：《缓慢的流水与惶恐的挽歌——关于贾平凹的〈秦腔〉》，

《文学评论》2016 年第 2 期。

吕新雨：《农民、乡村社会与民族国家的现代化之路》，《读书》2004
年第 4 期。

莫言：《捍卫长篇小说的尊严》，《当代作家评论》2006 年第 1 期。

莫言：《我的文学经验：历史与语言》，《名作欣赏》2011 年第 10 期。

邵燕君：《与大地上的苦难擦肩而过》，《文艺理论与批评》2004 年
第 6 期。

孙绍振：《散文：从审美、审丑（亚审丑）到审智》，《当代作家评
论》2008 年第 1 期。

孙郁：《贾平凹的道行》，《当代作家评论》2006 年第 3 期。

王德威：《伤痕即景　暴力奇观》，《读书》1998 年第 5 期。

谢有顺：《小说所共享的生命世界》，《小说评论》2012 年第 3 期。

谢有顺：《尊灵魂，叹生命——贾平凹、〈秦腔〉及其写作伦理》，
《当代作家评论》2005 年第 5 期。

叶立文、李锐：《汉语写作双向煎熬——李锐访谈录》，《小说评论》
2003 年第 2 期。

张清华：《"中国经验"的道德悲剧与文学宿命》，《当代作家评论》
2012 年第 4 期。

四、作品

艾青：《艾青诗选》，人民文学出版社，2004 年版。

董桥：《董桥书房美文》，陈子善编，广东人民出版社，1999 年版。

冯德英：《苦菜花》，春风文艺出版社，2003 年版。

李广田：《中国现代作家选集·李广田》，人民文学出版社，1984 年
版。

鲁迅：《鲁迅全集》（第一、六卷），人民文学出版社，1981 年版。

路遥：《人生》，北京十月文艺出版社，2012 年版。

茅盾：《茅盾全集》（第十一卷），人民文学出版社，1991 年版。

莫言：《红高粱家族》，作家出版社，2012 年版。

莫言：《碎语文学》，作家出版社，2012 年版。

莫言：《檀香刑》，作家出版社，2012 年版。

沈从文：《沈从文全集》（第一—二十七卷），北岳文艺出版社，2002
　年版。

史铁生：《好运设计》，春风文艺出版社，1995 年版。

孙犁：《孙犁全集》（第六、七卷），人民文学出版社，2004 年版。

汪曾祺：《汪曾祺全集》，北京师范大学出版社，2004 年版。

王尧：《一个人的八十年代》，华东师范大学出版社，2009 年版。

阎连科：《我与父辈》，云南人民出版社，2009 年版。

余光中：《余光中集》（第七、八卷），百花文艺出版社，2004 年版。

余秋雨：《文化苦旅》，东方出版中心，1992 年版。

张爱玲：《张爱玲文集》（第四卷），安徽文艺出版社，1992 年版。

张炜：《九月寓言》，作家出版社，2009 年版。

赵树理：《赵树理文集》（第四卷），工人出版社，1980 年版。

周作人：《周作人自编文集》，河北教育出版社，2002 年版。

贾平凹创作年表简编^①

1973 年

发表小说《一双袜子》（与冯有源合作），《群众艺术》八月号。

1974 年

发表散文《深深的脚印》，《西安日报》。

1975 年

发表小说：《鸭司令夜奔》，《群众艺术》第二期；《商山枣花》，《群众艺术》第三期；《野枣刺》，《西安日报》；《弹弓和南瓜的故事》，《朝霞》第六期；《队委会》，《朝霞》第十二期；《两个木匠》，《陕西文艺》第十二期。

1976 年

发表小说：《曳断绳》，《陕西文艺》第二期；《豆腐坊的故事》，《群众艺术》第二期，后改名《兵娃》。

---

① 主要参阅郜元宝、张冉冉编《贾平凹研究资料》（天津人民出版社 2005 年），雷达编《贾平凹研究资料》（山东文艺出版社 2006 年），李伯均编《贾平凹研究》（陕西师范大学出版社 2014 年），张涛《贾平凹创作年表简编》（《文艺争鸣》2012 年第 10 期），郜元宝《贾平凹文学年谱》（《东吴学术》2016 年第 3 期）。

1977 年

短篇小说集《兵娃》，中国少年儿童出版社出版。

发表小说：《铁妈》，《人民文学》第二期；《铁手举火把》，《陕西文艺》第三期；《农村人物速写》》（包括《乍角牛》《成荫柳》），《安徽文艺》第四期；《闹钟》，收入"百花文艺丛刊"第三期《六月花》；《短篇四题》（包括《果林里》《帮活》《猪场夜话》《菜园老人》），《安徽文艺》第十期；《春女》，《人民文学》第十一期；《姚生枝老汉》，《延河》第十二期。

1978 年

发表小说：《第一堂课》，《上海文艺》第一期；《满月儿》，《上海文艺》第三期；《第五十三个——》，《上海文艺》第六期；《清油河上婚礼》，《甘肃文艺》第二期；《"交待书"上的画》，《延河》第三期；《短篇二题》（《威信》《石头沟》），《甘肃文艺》第四期；《老师不在——》，《陕西教育》第六期；《黎明》，《河南文艺》第六期；《水》，《儿童文学》第六期；《保京上任》，《延河》第九期；《泉》，《安徽文艺》第十期；《眼睛》，《陕西少年》第十二期；《闷姑》，《群众文艺》第十二期；《端阳》，《甘肃文艺》第十二期。

发表散文：《瘪棒棒变成黄金珠》《城河一片棒枪声》，《西安日报》；《夜话》《派饭》，《莲湖文艺》第五期；《深深的秦岭里》，《郑州文艺》第六期；《静静的脚步声》，《西安日报》；《茶壶嫂》，《文艺作品》第七期。

1979 年

中篇小说《姐妹本纪》，安徽人民出版社出版。

发表小说：《进山》，《十月》第三期；《雪夜静悄悄》，《上海文学》第三期；《竹子和含羞草》，《收获》第四期；《林曲》，《人民文学》第四期；《结婚》，《光明日报》；《夏夜光棍楼》，《延河》第七期;《春》,《北方文学》第七期;《最后一幕》,《边疆文艺》第九期;《琴声》,《奔流》第九期;《丈夫》,《鸭绿江》第十一期;《明日要上课》,《少年文艺》第十一期;《纺车声声》,《青春》第十二期;《麦收时节》,《人民文学》第十二期。

发表散文:《夜话》,《宁夏文艺》第二期;《爱和情——〈满月儿〉创作之外》,《十月》第三期;《盼儿》,《少年文艺》第十一期。

1980 年

小说集《山地笔记》,上海文艺出版社出版。

作品集《早晨的歌》,陕西人民出版社出版。

发表小说:《癌症—— 一个真实的故事》(与冯有源合作),《芳草》第一期;《笛韵》,《绿原》第一期;《日历》,《朝华》第二期;《牧羊人》,《新港》第二期;《提兜女》,《上海文学》第三期;《青枝绿叶》,《雪莲》第三期;《山镇夜店》,《雨花》第四期;《阿娇出浴》,《长安》第四期;《花儿》,《文艺增刊》第四期;《月夜》,《芒种》第五期;《夏家老大》,《芳草》第五期;《大碗"羊肉泡"》,《滇池》第五期;《他和她的木耳》,《延河》第五期;《头发》,《广州文艺》第六期;《春愁》,《花溪》第七期;《饭间》,《春风》第八期;《地震—— 一九七六年的一个故事》,《北京文艺》第九期;《瓦罐》,《长安》第九期;《七巧儿》,《新港》第十期;《上任》,《延河》第十期;《鲤鱼杯》,《解放军文艺》第十一期;《在姚村》,《光明日报》。

发表散文:《空谷箫人》,《上海文学》第八期;《月迹》,《散文》第十一期。

1981 年

小说集《贾平凹小说新作集》,中国青年出版社出版。

发表小说:《野火》,《奔流》第一期;《老人》,《当代》第一期;《病人》,《延河》第一期;《路过》,《文艺增刊》第二期;《下棋》,《北京文学》第二期;《亡夫》,《长安》第二期;《水月》,《上海文学》第三期;《二月杏》,《长城》第四期;《哥俩》,《文汇月刊》第五期;《"夏屋婆"悼文》,《十月》第五期;《在一个小镇的旅店里》,《天津日报》;《镜子》,《南苑》第六期;《马大叔》,《芒种》第七期;《香椿芽儿》,《奔流》第七期;《生活》,《长安》第八期;《乡里舅家》,《河北文学》第八期;《任小小和他的舅舅》,《泉城》第九期;《文物—— 一个过去的童话》,《上海文学》第九期;《年关夜景》,《安徽文学》第九期;《好了歌》,《北京文学》第十期;《晚唱》,《文学报》;《沙地》,《延河》第十一期;《在鸟店》,《长安》第十二期。

发表散文:《溪》,《芒种》第一期;《钓者》,《绿原》第三期;《一棵小桃树》,《天津日报》;《陈炉》,《散文》第五期;《丑石》,《人民日报》;《鸟巢》,《人民文学》第八期;《夜游龙潭寺》,《散文》第八期;《云雀》,《长安》第十期;《观沙砾记》,《人民日报》;《地平线》,《人民日报》;《"冬花"》,《草原》第十一期;《冬景》,《散文》第十二期。

1982 年

作品集《野火集》,陕西人民出版社出版。

发表小说:《房东》,《泉城》第一期;《春天》,《鹿鸣》第一期;《退婚》,《文艺》第一期;《拉车》,《上海文学》第二期;《马玉林和他的儿子》,《华夏》第二期;《针织姑娘》,《飞天》第二期;《阿秀》,《延河》第三期;《清官》,《南苑》第三期;《清茶》,《小说界》第三期;《童年家事》,《莽原》第四期;《小城街口的小店》,《人民文学》第五期;《一个足球队员》,《百花洲》第五期;《喝酒》,《奔流》第六期;《院子》,《雨花》第八期;《阳光下的绿湖》,《文汇》第九期;《鸽子》,《北京文学》第十期;《土地》,《新港》

第十一期；《朝拜》，《江城》第十一期。

发表散文：《爱的踪迹》，《芒种》第一期；《品茶》，《草原》第二期；《落叶》，《芳草》第二期；《泉》，《新港》第二期；《夜籁》，《人民文学》第三期；《酒》，《文艺》第三期；《入川小记》，《散文》第四期；《少不入川》，《青年作家》第五期；《天上的星星》，《北京文学》第七期；《十八桥》，《福建文学》第七期；《紫阳城记》，《散文》第九期；《太阳路》，《河北文学》第十期；《五味巷》，《文学报》。

发表诗歌：《致陕北黄土高原》，《星星》第四期；《诗二首》，《星星》第五期；《夜航给月》，《丑小鸭》第五期。

1983 年

发表小说：《鬼城》，《花城》第一期；《老人与鸟》，《三月》第一期；《连理桐》，《人民文学》第一期；《土炕》，《钟山》第二期；《两代人》，《钟山》第二期；《黄土高原》，《花溪》第二期；《刘官人》，《北京文学》第三期；《遗璞》，《长安》第三期；《小月前本》，《收获》第五期；《商州初录》，《钟山》第五期；《蜜子》，《鹿鸣》第七期；《两个瘦脸男人》，《奔流》第七期；《一只贝》，《长安》第七期；《核桃园》，《四川文学》第八期；《干爹娘小史》，《北京文学》第九期；《白浪街》，《延河》第九期。

发表散文：《走三边》，《散文》第一期；《一位作家》，《文艺》第一期；《地下"动物园"》，《飞天》第二期；《商州》，《朔方》第二期；《雪品》，《奔流》第三期；《小巷》，《长城》第三期；《雨花台拣石记》，《山丹》第三期；《凉台记》，《解放军文艺》第四期；《风竹》，《文艺》第四期；《读书示小妹十八岁生日书》，《萌芽》第六期；《黄陵柏》，《人民文学》第六期；《十字街菜市》，《散文》第八期；《棣花》，《十月》第四期；《一匹骆驼》，《文学报》；《一个有月亮的渡口》，《花城》第六期。

1984 年

小说集《小月前本》，花城出版社出版。

发表小说：《曲径通幽处》，《春风》第二期；《鸡窝洼的人家》，《十月》第二期；《三十未立》，《青春丛刊》第二期；《编辑逸事》，《小说月报》第四期；《求缺亭》，《文学青年》第四期；《九叶树》，《钟山》第四期；《腊月·正月》，《十月》第四期；《商州》，《文学家》第五期；《商州又录》，《长安》第七期。

发表散文：《游品》，《文学家》创刊号；《河西》，《散文》第一期；《木耳》，《边塞》第二期；《温泉》，《萌芽》第四期；《敦煌沙山记》，《散文》第四期；《河南巷小识》，《现代作家》第五期；《秦腔》，《人民文学》第五期；《我的小传》，《文学青年》第六期；《相思——给我的好友丁××》，《青年文学》第七期；《我的台阶和在台阶上的我》，《青春》第七期；《观菊》，《文学报》；《关中论》，《散文》第八期；《他回到了长九叶树的故乡》，《草原》第九期。

1985 年

小说集《腊月·正月》，北京文艺出版社出版。

散文集《爱的踪迹》，上海文艺出版社出版。

散文集《心迹》，四川人民出版社出版。

发表小说：《山城》，《朔方》第一期；《远山野情》，《中国作家》第一期；《天狗》，《十月》第二期；《冰炭》，《中国》第二期；《蒿子梅》，《上海文学》第三期；《初人四记》，《花城》第三期；《商州世事》，《中国作家》第四期；《西北口》，《当代》第六期；《人极》，《文汇月刊》第七期；《黑氏》，《人民文学》第十期。

1986 年

小说集《天狗》，作家出版社出版。

散文集《平凹游记选》，陕西人民出版社出版。

诗歌集《空白》，花城出版社出版。

《新时期中篇小说名作丛刊：贾平凹集》，海峡文艺出版社出版。

发表小说：《古堡》，《十月》第一期；《水意》，《钟山》第二期；《火纸》，《上海文学》第二期；《龙卷风》，《人民文学》第十二期。

1987 年

长篇小说《商州》，十月文艺出版社出版。

小说集《故里》，中原农民出版社出版。

小说集《晚唱》，百花文艺出版社出版。

小说集《远山野情》，四川文艺出版社出版。

《贾平凹散文自选集》，漓江出版社出版。

发表小说：《浮躁》，《收获》第一期，并由作家出版社出版单行本；《故里》，《十月》第二期。

1988 年

散文集《商州三录》，百花文艺出版社出版。

长篇小说《妊娠》，作家出版社出版。

《贾平凹小说选》（法文），外文出版社出版。

1989 年

《中国新文学大系·天狗》，柏杨主编，林白出版社出版。

《浮躁》，天地图书公司出版。

发表小说：《太白山记》，《上海文学》第八期。

1990 年

长篇小说《浮躁》（英文），美国路易斯安那州立大学出版社出版。

散文集《人迹》，广东旅游出版社出版。

文论集《静虚村散叶》，陕西人民教育出版社出版。

发表小说：《美穴地》，《人民文学》第七期；《白朗》，《中国作家》第六期。

1991 年

小说集《太白》，四川文艺出版社出版。

《贾平凹获奖中篇小说选》，西北大学出版社出版。

《贾平凹小说精选》，陕西人民出版社出版。

散文集《守顽地》，人民文学出版社出版。

发表小说：《废都》，《人民文学》第十期；《五魁》，《中国作家》第五期。

1992 年

《贾平凹自选集》（六卷本），作家出版社出版。

作品集《人极》，长江文艺出版社出版。

《贾平凹早期小说选（一九七五——九八〇）》（上卷），张敏编，陕西旅游出版社出版。

小说集《龙卷风》，陕西人民出版社出版。

散文集《抱散集》，作家出版社出版。

《贾平凹散文精选》，陕西人民出版社出版。

《贾平凹游品精选》，陕西人民出版社出版。

发表小说：《晚雨》，《十月》第四期；《佛关》，《长城》第四期。

1993 年

小说集《逛山》，浙江文艺出版社出版。

长篇小说《废都》，北京出版社出版。

长篇小说《废都》，天地图书公司出版。

《贾平凹散文大系》，漓江出版社出版。

1994 年

《平凹之路：贾平凹精神自传》（与穆涛合作），青海人民出版社出版。

散文集《四十岁说》，陕西旅游出版社出版。

散文集《闲人》，作家出版社出版。

发表散文：《红狐》，《十月》第二期。

1995 年

长篇小说《白夜》，华夏出版社出版。

《贾平凹文集》（八卷本），雷达编，中国文联出版公司。

1996 年

长篇小说《土门》，春风文艺出版社出版。

发表散文：《书信十一篇》《土门·后记》《〈美文〉四年编辑部午餐桌上的谈话》，《人民文学》第十一期。

1997 年

发表小说：《玻璃》，《人民文学》第五期；《梅花》，《上海文学》第五期；《观我》，《大家》第五期。

1998 年

发表小说：《高老庄》，《收获》第五期，并由太白文艺出版社出版单行本；《读〈西厢记〉》，《人民文学》第一期；

1999 年

长篇散文《老西安：废都斜阳》，江苏美术出版社出版。

发表散文：《感谢混沌佛像》，《人民文学》第十期。

2000 年

长篇散文《我是农民》，陕西旅游出版社出版。

发表小说：《怀念狼》，《收获》第三期，并由作家出版社出版单行本。

发表散文：《老西安——历史的记忆》，《北京文学》第四期。

2001 年

长篇散文《西路上》，云南人民出版社出版。

文论集《贾平凹书画艺术论》，陕西旅游出版社出版。

发表小说：《阿吉》，《人民文学》第七期。

发表散文：《一个丑陋汉人终于上路》，《收获》第一期；《爱与金钱使人铤而走险》，《收获》第二期；《重重叠叠的脚印》，《收获》第三期；《是谁留下前年的期盼》，《收获》第四期；《缺水使我们变成了沙一样的叶子》，《收获》第五期；《带着一块佛石回家》，《收获》第六期。

2002 年

发表小说：《病相报告》，《收获》增刊春夏卷，并由上海文艺出版社出版单行本；《阿尔萨斯—— 一千四百年前发生在姑臧的故事》，《北京文学》第七期；《猎人》，《北京文学》第一期；《饺子馆》，《北京文学》第五期。

发表散文：《五十大话》，《华商报》。

2003 年

《贾平凹谢有顺对话录》，苏州大学出版社出版。

发表小说：《艺术家韩起祥》，《当代》第三期；《贾平凹小说二题》，《北京文学》第六期。

发表散文：《我要说的》，《北京文学》第一期；《拴马桩》，《收获》第五期。

2005 年

发表小说：《秦腔》，《收获》第一、二期，并由作家出版社出版单行本；《羊事》，《上海文学》第七期。

发表散文：《贾平凹近作》，《美文》第一期；《悼巴金》，《美文》第十二期。

2006 年

发表散文：《我有一个狮子军》，《美文》第一期；《沙家浜记》，《美文》第七期；《看世界杯足球赛》，《美文》第八期；《受奖词两篇》（《在首届世界华文长篇小说奖"红楼梦奖"上的受奖词》《在第四届华语文学传媒大奖上的受奖词》），《美文》第十一期；《〈秦腔〉台湾版序》，《美文》第十一期。

2007 年

发表小说：《高兴》，《当代》第五期，并由作家出版社出版单行本。

发表散文：《六棵树》，《美文》第八期；《又上白云山》，《北京文学》第十一期。

2008 年

散文集《五十大话》，人民文学出版社出版。

发表散文：《寻找商州》，《收获》第一期；《有责任活着》，《美文》第七期；《〈秦腔〉获奖感言》，《美文》第十二期。

2009 年

《废都》封存十六年后，作家出版社再版。

发表散文：《给〈美文〉编辑们的一封信》，《美文》第一期；《官员》，《美文》第五期；《当下社会的文学立场——在咸阳的一次文学讲座》，《美文》第九期；《从棣花到西安》，《人民文学》第十期。

2010 年

发表小说：《古炉》，《当代》2010 年第六期、2011 年第一期。

发表散文：《"儒"这个字》，《美文》第二期；《走了几个城镇》，《美文》第九期；《钱语录》，《美文》第十一期。

2011 年

长篇小说《古炉》，人民文学出版社出版。

2012 年

发表小说：《带灯》，《收获》第六期。

2013 年

长篇小说《带灯》，人民文学出版社出版。

发表散文：《文学自信与"我的中国经验"》，《甘肃社会科学》第五期。

2014 年

发表小说：《老生》，《当代》第五期，并由人民文学出版社出版单行本。

2015 年

发表散文：《我说莫言》，《东吴学术》第一期。

2016 年

发表小说：《极花》，《人民文学》第一期，并由人民文学出版社出版单行本。

2017 年

发表散文：《评论也是一种写作》，《文艺争鸣》第一期；《我与传统接受》，《小说评论》第二期；《自述》，《文艺争鸣》第六期。

后　记

　　贾平凹生于1952年，我的父亲和母亲与他是同代人。

　　父亲幼小失怙，寄人篱下，体味人间的世态炎凉，也饱尝生产力低下、农村集体经济体制中各种劳作之累，物质贫穷之苦。对这些经历及其细节，父亲从未在我们面前提及甚至吐露半字，倒是母亲会给我们说起初见父亲时的光景，还有结婚后过得紧巴巴的那些年，由此推断他从前的日子。他老实，拙言，最常见的日常生活场景之一便是坐在堂屋一角抽烟，很多个夜晚，我看着那些忽明忽暗的小小光亮，总会猜想，父亲在腾腾的烟雾中是否会想起过去的晦暗时光……母亲生于小知识分子家庭，再加之地主成分背景，"文革"中我的外公外婆被停职，被批斗是少不了的，郁郁寡欢，终染疾病，平反后没几年就相继去世。那时母亲的兄弟姐妹众多，要么被剥夺上学的权利，早早回家操持家务，干农活；要么寄居异乡读书，或者去外地工作。母亲早婚，远嫁他乡，跟社会及家庭的境况不无关系。她常提及自己的憾事：外婆病退之时，想要让母亲回来顶职，信已写好，还没来得及发出，就已离世。

　　我相信，父亲母亲的经历也是那样一个年代众多人的一段人生。而他们在日后更漫长的农村生活中所历经的，比如很长时期的繁重税收，经济的艰难，乡村的城镇化……辛苦劳累是常有的，血腥与暴力、欺侮与霸权也并不陌生。我在看贾平凹的《我是农民》《秦腔》《古炉》《带灯》等等作品时，会不由自主地想起他们所遭遇的，还有那些我从未见过的亲人。这是我选择作《贾平凹论》的情感因素。

回到文学及其研究，正像我一直无从单纯地进入一个文本的分析，也就是韦勒克所说的文学内部研究，我也一直在规避着枯燥文献和高深理论，以为需要个体的经验及精神困惑才能打通那些文献与理论的"隔膜"。如若说，贾平凹有着自觉地为乡土作传的意识，想要记录那些他所见所听的乡村往事与现实景况，于我而言，我正是要打探那些我无从企及的历史现场与生命过往，也可以说，贾平凹的作品能够满足我对人生对社会的某种想象。

研究与写作的过程，也常会让我想起幼时看父亲农忙时节晒谷，先是在晒谷坪里用稀疏的耙子把稻谷摊开来，将那些没有被打谷机完全处理的稻穗爬梳到几处；接着用筛子把稻穗里残留的稻谷筛选出来，用大竹扫帚把那些细小的稻穗叶子做再一次的爬梳，如此反复几次，收获的稻谷已无杂质；最后，在日后几天晾晒时，用细密的耙子反复翻晒，使其干燥。

面对贾平凹如此庞大的创作量，大致也是要慢慢厘清背景，梳理线索，提炼出书写者那些最精彩的亮点，或者说，留下研究者最感兴趣的地方。我把贾平凹放置在乡土文学的书写视阈，也打开新文学的历史背景。他四十余年的写作生涯与乡土为伴，在我看来，就主题及成就而言可以分为两部分，一是对二十世纪七十年代直至当下乡村的变迁实录，既有整体性的勾描把脉，也有具体问题的分析对照。他对村庄有着"乡村""乡土""荒园"三重立体的解读，制度、文化、精神难题等等都是贯穿其间的。二是对历史暴力、记忆伤痕的记录、反思与批判，他对历史本身的理解、对小人物的温爱，那些抒情笔调将历史的血腥与些许暖意都一一勾勒。再扩大一些，他与当代文学各种思潮不无关系，但又不拘泥于某种文学主义与革新，他的书写可以看到鲁迅、沈从文、孙犁的影像，甚至是精神契合，却与同代乡土作家莫言、刘震云、阎连科等等走向的是不同的路径与美学风范。他的文学世界也与他自身的精神结构与人生经历息息相关，他有着完整的农村经验，自觉地从民间传统中汲取营养，但文人底色也赋予其乡土书写不一样的精神质地。总的来说，基于乡土文学创作，他有着少有的文化自觉，理解一种生活，理解并尊重一种卑微的人生，也是不多的呈现出乡村原貌的作家之一，在此基础之上，他对暴力与恶的审问既指向制度、环境，也归于人性的多重面目。就文学本身而言，他的创作所引发的现象与问题，比如现实主义笔法及精神与当代文学转型之间的关系等都是不尽的话题。此外，之于贾平凹的写作与传统文化与文学之间的关联，我以为，还是一个可以也应当继续深入探讨的问题，或许会出现在我接下来的研究中。

最后，仍然是一些感谢的话。感谢亲人一直以来的支持与原宥，你们依旧是我工作与生活的最大动力与牵挂。开头提到父母的经历，确实是想用文字对他们平凡不易的人生加以记录。感谢谢有顺教授、胡传吉教授，研究与生活的诸多启发皆来源于你们的提点与开悟。亦感恩那些萍水相逢的匆匆际遇，或者只是通过文字神交已久的朋友，一点会心、一点感动，都是不错的生命回眸。

转眼，已是我在康乐园的第六年，图书馆外一年有多半是绿意盎然，书架上的书却落满尘埃。《贾平凹论》是继博士学位论文后写作的第二本书稿，从学习到工作，其实生活的基调并没有根本的改变。虽难以避免置身那些毫无生命力的琐屑之事，日益感受到校园内外各种迫近的纷扰，所幸的是，还能从书本中得其宁静与勇气；对文学的信仰、对文字的敬畏还一如当初。也正像很多个七点半的早晨，从校园里穿过，看到鲜亮的大草坪，感动每每从心底生起。

我曾经希望，问学之事能与人生一起可以被打磨得越来越从容，这，仍是我现在的期待。

是为记。

苏沙丽

2017 年 11 月 2 日于广州康乐园

图书在版编目（CIP）数据

贾平凹论／苏沙丽著 . -- 北京：作家出版社，2018.5
（中国当代作家论）

ISBN 978-7-5212-0001-0

Ⅰ.①贾…　Ⅱ.①苏…　Ⅲ.①贾平凹–作家评论
Ⅳ.①I206.7

中国版本图书馆 CIP 数据核字（2018）第 064617 号

贾平凹论

总　策　划：吴义勤
主　　编：谢有顺
作　　者：苏沙丽
出版统筹：李宏伟
责任编辑：杨新月
装帧设计：合和工作室
出版发行：作家出版社
社　　址：北京农展馆南里 10 号　　　　**邮　编**：100125
电话传真：86-10-65930756（出版发行部）
　　　　　　　86-10-65004079（总编室）
　　　　　　　86-10-65015116（邮购部）
E-mail: zuojia@zuojia.net.cn
http://www.haozuojia.com（作家在线）
印　　刷：北京明月印务有限责任公司
成品尺寸：152×230
字　　数：250 千
印　　张：18.5
版　　次：2018 年 5 月第 1 版
印　　次：2018 年 5 月第 1 次印刷
ISBN 978-7-5212-0001-0
定　　价：45.00 元

中国当代作家论

第一辑

阿城论　　杨　肖 著　　定价: 39.00 元

昌耀论　　张光昕 著　　定价: 46.00 元

格非论　　陈斯拉 著　　定价: 45.00 元

贾平凹论　苏沙丽 著　　定价: 45.00 元

路遥论　　杨晓帆 著　　定价: 45.00 元

王蒙论　　王春林 著　　定价: 48.00 元

王小波论　房　伟 著　　定价: 45.00 元

严歌苓论　刘　艳 著　　定价: 45.00 元

余华论　　刘　旭 著　　定价: 46.00 元